ダブル
短篇集

SIDE A

パク・ミンギュ

訳 斎藤真理子

筑摩書房

目次

装丁　松本弦人

This book is published under the support of
Literature Translation Institute of Korea (LTI Korea).
本書は、韓国文学翻訳院の助成を受けて刊行されました。

短篇集ダブル

サイドA

私は吸収する
分裂し、繁殖する
そして、いつか

一つのチャンネルになるだろう

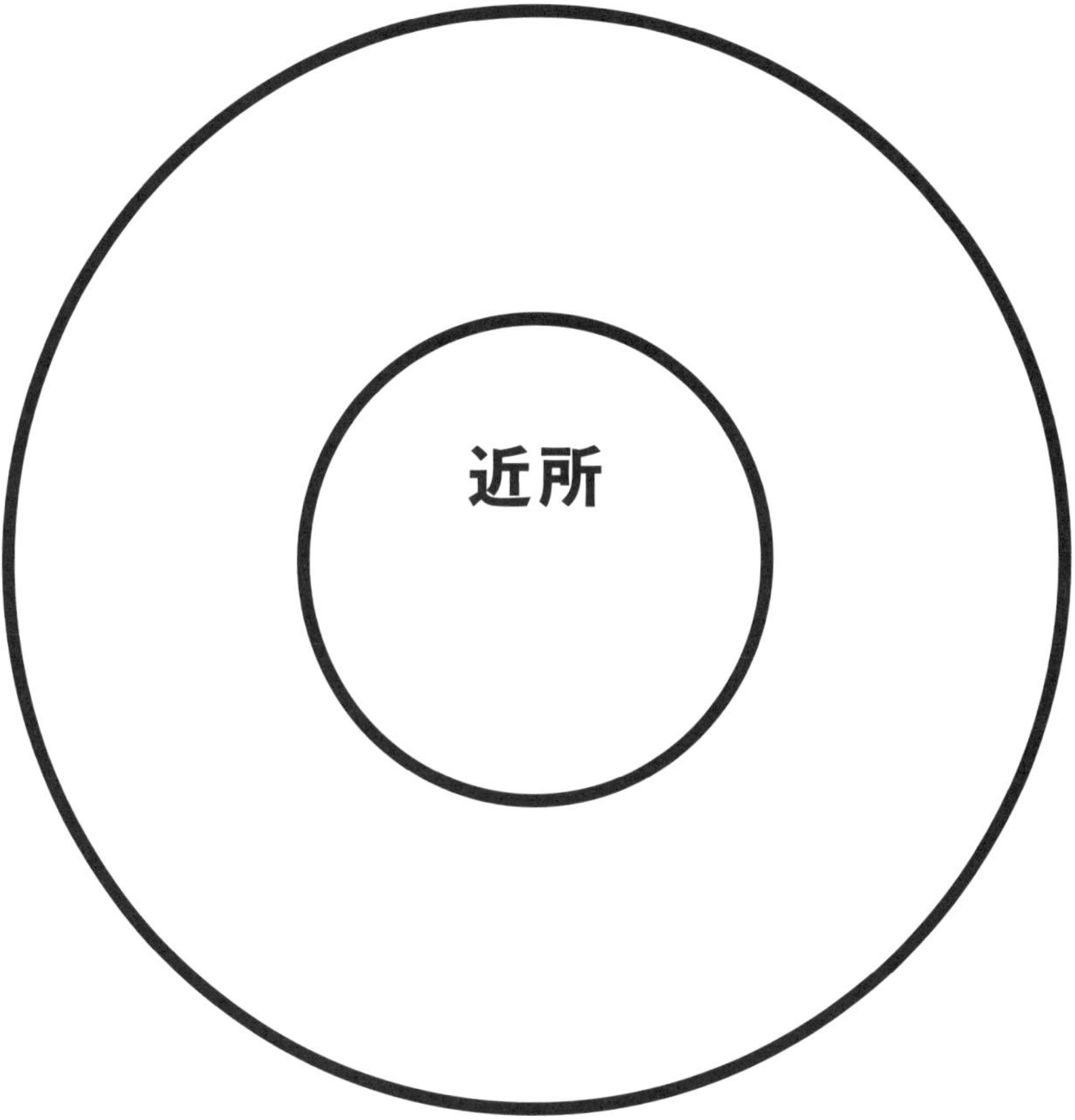
近所

たぶんこの、近所、のはずだ。

あの、そこそこ丈のある木はあとから植えたもので、今、目の前にあるこの柳が当時としては唯一の木だった。そうだ、この木だ。たぶん、という気がするだけあって柳の丈が縮んだ感じだが、十一歳の少年時代の記憶なのだからぼんやりしていて当然だ。豊かに茂った緑陰の中で僕は黙ってうなずく。水を多めに含ませた筆で描いたような柳の木が、二本ほど枝を垂らして、濡れた影をぽたん、ぽたんと地面に落とす。影が広がり、広がり、

広がっていって止まったところ、

そこの近所だ。微細な引き潮が波打っているような木陰を見ながら、僕は足を踏み出す。一歩、二歩、三歩。子どもの足で五歩だったのだから、たぶん三、歩、ぐらいだろう。バッグをおろして、準備してきた園芸用スコップを軍手と一緒に取り出す。盛んに生い茂って枝を垂らした柳にさえぎられて学校が見えない。たった三歩移動しただけなのに、講堂も、グラウンドのむこうの

校門も、いつのまにか視界から消えている。今の三歩がそのため、三十年ぐらいに感じられる。三歩だろうが、三報〔仏教でいう三種の果報。現世にしたことの報いを現世で受ける現報、来世で受ける生報、来世以降に受ける後報の三つを指す〕だろうが、実際には四十一歳の中年男のしがない足跡にすぎないけど。荒涼たる風のように、三十年という時間は過ぎ去った。柳の葉っぱが身をよじらせて、ぱさぱさに乾いた筆のように、僕のまぶたに春の日差しを振りまいていく。春の日差しがきらきら、きらきら、して、

そのきらきらが消えるまで僕は目を閉じる。たちまち涙がこみあげてきて、その水の中でたくさんのミジンコが目まぐるしくうごめく。日なたと陰の境目に立っていることを、両肩の温度差から僕は感じる、そういう感じがする。たぶんこの近所、だということは明らかだ。輪になってしゃがんだ子どもたちの姿が思い浮かぶ。あの日この場にみんながいた。いや、この場でなくても一つもおかしくないくらい、はるかな昔のことだ。それはどうでもいいことだと思いながら、僕はもう地面を掘りはじめている。先日降った雨のせいで土はやわらかく、僕は黙々と、やすやすと掘り進む。波打つ三、四本の枝の影が、陰と日なたの境目にリアス式海岸を作っていく。ちょっとの間、めまいがする。陰と日なたがゆらめくその海岸に座って、今、地面を掘っている僕は誰だろう？　わからない。僕は三十年前の少年で、三十年後の中年だ。そして僕は——

クッ

と手ごたえがして、十分も経ったころスコップの先に何かが確かにぶつかった。影の波打ちが

一瞬、津波のように巨大化する。ある。あった。と三十年前の少年と三十年後の中年が一緒に叫ぶ。少年の差し出した手と中年の呼吸が同じリズムで速まる。海水に洗われつづけた歳月の海岸線が、クッ、と一瞬で角を落としてなめらかになる。僕は初めてその海岸を訪ねた少年であり、ひそかに遺書を懐にして絶壁に立つ中年でもあるのだ。そうして僕は……汗が垂れる。水と火と、空気と土と……感じうるすべてのものに、塩分が充満していく。

箱は赤く錆びていた。念のために持ってきたペンキ用の刷毛《はけ》で、僕は表面の錆を払い落とす。飛び散る褐色の微粉は、時間の死骸を食べて育った微生物みたいだ。今の僕もまた、赤錆だらけの三十年前の少年なんだろうな。錆びた箱を眺めて、少年も中年も厳粛な気持ちになる。開けて……みようか？　開けて、みたいけど、僕は生つばを飲みくだしてしまう気分で箱を持ち上げる。バッグを大きく開けて、そうっと箱を入れる。底に敷いたタオルの上におろし、さらに何重にもタオルできれいに巻く。つぼみのようにふくらんだバッグの深淵の中から、時間の雄しべと雌しべが空へむかってちらりと突き出している感じだ。ふっと見たらきれいだった。一りんのビニールの花を揺らすそよ風と五月の日差し……後ろ脚に花粉をたっぷりつけた働き蜂のように、僕は急いでそこを抜け出す。一歩、二歩、三歩。グラウンドが、とっくに廃校になった古い校庭が、誰も出入りしない錆びた校門が、改めて視野に入ってくる。その昔の少年たちがそうしていたように、グラウンドの入り口をしきりに出入りする春の日差し。急に痛みが押し寄せてきた。横切らなくてはならないグラウンドが、校門が、家までの長い長い小道が、一瞬遠く、かすんで見える。

カタン

目が覚めたのは夜の七時で、そんな音を立てて箱を開けたのは夜中の零時を回ったあとだった。午後はずっと鎮痛剤を飲んで寝ていて、目を覚まして……飯を食べた。食堂があるモソまで車で十分。飯を食べ終わると、食堂の主人で友だちのホギとビール一本を分け合って飲んだ。特別な話をしたわけではない。ニュースを見てああだこうだ……友だちの近況を聞いてこうだああだ。みんなお前に会いたいって言ってんだよ。そうか、ぜひ会おう。お代なんかいらないよと言うホギのポケットに無理やり一万ウォンを突っ込んで出てきたら、十時だった。月があんまり大きくて明るくて、モブクの入り口で一度、車を停めずにいられなかった。眼球というものを持つすべての動物が立ちすくんでしまうような、月だった。思わず車から降りて……たぶんこれが人生最後に目にした壮観ということになるんだろうなと思ってずうっとその月を見ていた。

どれくらいそこに立っていただろう、そしてこの人生はどれくらい残っているんだろう？　小さな二つの目に、お代なんかいらないよと言いたげに、満月が無理やり光を突っ込んでくる。誰もいない森の道だ。満ちてくる何滴かの冷たい目薬のようなものが、知らないうちに頬の上を流れ落ちる。誰もいない森の道だから、しばらくはこうしていても大丈夫だと思った。そうして家に帰ってきた。お茶を飲み、ソウルからかかってきた二本の電話に出て……突然、箱のことを思い出したのは真夜中の零時をちょっと過ぎてからだった。しおれた花のように息を殺しているバッグを持って、明かりを消した居間を横切り、僕は屋根裏に上った。三十年前の僕の部屋の、当時のままの古い机の上に……僕は注意深く箱を載せる。かさかさでぱさぱさの錆びたブリキ箱の角は、ずっと五十肩を患っている老人ががっくり落とした肩みたいだ。錆びた肩の下に腕を差し入れ、脇を支えてあげるような気持ちで力をこめると

カタン、と弱々しく、そんな音が響いた。金属と木材の中間ぐらいにあたる、そんな性質の音だった。言いようもなく胸が躍る。スタンドの角度を調節して、僕は徐々にふたを開けていく。これを埋めた少年と掘り出した中年の中間ぐらいにあたる、あ、という声が漏れてきた。芝生をはがされた古墳の中みたいに、いろんな大きさの封筒がそっくりそのまま入っていた。震える手で僕は、自分の名前を探していく。チョン、ホ、ヨン……思った通り、色あせた封筒の外袋に強く押しつけて書いた少年の筆跡が残っている。しっかり糊づけされた封筒の口を僕はそうっと、はさみで切開する。切れ、た、というより粉々に砕けた封筒から出てきたのは、折りたたみ式の軍用羅針盤《コンパス》だった。そうだった……少年が入れたのは羅針盤だったのだ。

葬式の記憶もよみがえる。ホヨンや……と言ったあと言葉が続かなかった、母方の叔父さんの声を思い出す。顔は忘れたけど、あの声と、大きな両手を思い出す。片手で荒っぽく僕の頭を撫でてくれて、もう片方の手に羅針盤を持っていたんだ。何でこんなものをくれたのか、今もわからない。六歳の子どもに、単なるおもちゃとしてくれたのかもしれないし、または母親を亡くした甥に人生の道しるべを授けてやりたかったのかもしれない。ベトナム戦争に従軍してきたというあの叔父さんに会ったのも、そのときが最後だった。

クァク……ホギ。ホギの封筒を開けてみる。参ったな、何だよこりゃ、でっかいセミの抜け殻が入ってる。あいつめと失笑してしまったが、十一歳のホギには最高に大事な宝物だったのだろう。ちょっと台所に降りて、僕はポットとティーカップを持ってくる。お湯が沸くまで、お湯の沸く音を聞きながら、僕は黙って割れた抜け殻の背中を眺める。死も……こういうものなのかな？　ひょっとしたら人生って、殻を脱いで、違う生を生きていくこととの連続じゃないのだろうか、あの割れ目から抜け出して……それからまた、はるか昔に死んだセミの生について僕は考える。殻を脱ぐようにお湯の表面から飛び出した、よく滲出させたアールグレイの香りが鼻先まで漂ってくる。残りの人生がふと、紅茶になる直前のお湯みたいに感じられる。お茶の香りが広がり、広がり、

広がっていって止まったその

瞬間に、この生も終わるのだ……別の何かに性質を変えるのだ。ぼんやりと三十年前の森を思い浮かべながら僕は、スプーンをぐるぐる回す。どこからかあの夏のセミの鳴き声が聞こえてくるようだし、電源を切ったポットからはまだお湯の沸く音が低く聞こえる。生は、死の灰汁《あく》を抜くために沸かしているお湯みたいなものなのか？　僕は一瞬、抜け出すのだろうし、僕は一瞬……一杯のお茶を飲み終わるまで、思いは際限なく堂々巡りする。干からびた抜け殻のように軽くなったティーカップを、僕は置く。ティーカップの把手が……まだあたたかい。静かになったポットのお湯もまだあたたかいだろう。今のところは僕もまだ、あたたかいのだろう。

これはスニムだな。布で作った風変わりな袋には、「六年一組八番」までちゃんと入れて、イ・スニムという名前が書かれていた。五人のうち唯一の女の子だ、といっても夏にはみんな一緒にどやどや水遊びに行ってた仲だけど。スニムは今、子どもが二人いるよ、上の子がたぶん中学生だったな。離婚して一人で二人の子どもを育てているという話もホギから聞いた。スニムの封筒からこぼれ出てきたのは、花と思われるかさかさしたものの残骸だった。ロージンバッグを握ったときみたいに、それでも一時は花だったものだけが放つことのできる独特の香りが、かびくさい埃とともに立ち上る。そういえばスニムの顔もよく思い出せない。ぼろぼろにかさついて、かさかさに古びて……花も少女も、つまりすべてのものは残骸になる。

ドヒョンの字は当然、目立っている。人の二倍はある大きな字だ……つまり、一年生が書いたような六年生の字だ。若干、とっても若干、遅れのある友だちだったが、言葉が遅いだけで、勉強やものを考えることが遅れているわけでは決してなかった。よそものには威張ってみせるモブクの連中の中で、僕に初めて声をかけてくれたのもドヒョンだった。ほんとは、みみ、み……みんないい奴らなんだ……しばらくしてわかった。みみ、み……みんながどんなにいい奴らかってことを。封筒の中には厚みのある一枚のはがき、みたいなものが入っており、色あせた写真の裏面には、ものすごく力をこめて書いた小さな文字がぽつぽつと何行か残っていた。何だろう？スタンドの光を斜めに当てて、僕は文章を確認する。

二十年後、僕はスニムと結婚して幸せに暮らしている。
息子一人　娘一人
息子は大統領　娘はミスコリア。

ぷっ、と笑ってしまったが、そんなこと想像もしていなかった。そうだったのか、ドヒョンはスニムを……僕はうなずく。そういえば、モソのむこうのシンピョンだったかのニュータウンに住んでると聞いただけで、彼女の詳しい近況はホギも教えてくれなかった。残りの封筒は、やはりシンピョンで花屋を開いたというハン・ドングのものだ。あのドングが花屋を？　とまた笑いが漏れてしまったが、結構大きな店だというホギの話に、ほおーとうなずいた。ドングは一言で言って……けんかでは、モブクの大将だった。図体がでかくて力持ちで、それより何よりモブクでいちばん貧しい家の子だった。同年代の子にくらべて目端がきき、情のある、そして根性もある子だった。案の定、ドングの封筒の中には硬貨が入っていた。その年に発行された、たぶんいちばんよく光る硬貨だったのだろう。小さなドングは、金持ちになりたかったんだなあ。ドングは、大儲け……できたかなあ？　そういやドングの顔もおぼろげだ。三十年前の塔が一つ、ふいに硬貨の裏側で崩れていく〔十ウォン硬貨の裏面に多宝塔の絵がついていることによる〕。

夜の空気が冷たい。門を出て約五分、仁滔川《インド》が見えてくるまで僕は歩く。そうだよ、少年雑誌というものを見たのはあのときが初めてだったんだ。ソウルにいるホギの従兄弟《いとこ》が送ってきた本を……一文字もとばさず何度も読んだ記憶がありありとよみがえる。輪になって座り、マンガを模写したり、特集に載っていた時間旅行の物語なんかに夢中になって、日が暮れるのにも気づかなかったころのことだ。特集の隅っこに「タイムカプセル」というものが紹介されていた。二十年後、みんな一緒にこれを開けてみるんだよ。それまでは絶対に秘密を守るんだ……と五人の仲間は目を輝かせて固く約束した。ホギの家の倉庫で見つけたブリキの箱に、それぞれの大事なものを入れて土の中に埋めることにした。羅針盤と『プルターク英雄伝』のどっちを入れるかで何日か悩んだことも改めて思い出す。ものすごく蒸し暑い夏だった。ドングが土を掘り、どきどきしながら、柳の木の近くに深々と、それぞれの秘密を入れた箱を埋めた、埋めておいた。そしてすっかり

忘れていた。集まってタイムカプセルを開けることになっていた十年前の日付も、まるで思い出せない。今まで箱が埋まっていたのはつまり、全員が忘れていたからだよな。水の音を聞きながら、僕は黙ってポケットの中の羅針盤を取り出す。かすれた目盛りの夜光塗料が、月光を浴びてさらにかすれて見える。揺れて、揺れて……揺れていた針がやがて黙って北を指す。モソも、正確な西方向ではないんだな。ぼんやりと明かりがともっているモソの空を見ながら、僕はうなずく。それで……どこへ行くんだろう僕は……今となってはどこへ行ったらいいのか、あの水も、死を薄めるために、あんなふうに生きて流れているのか。どんな問いかけにも答えてはくれずに、月は背を向けて水の上を歩んでゆく。のろのろした、しかし断固たる歩みだ。のろのろと、しかし断固として今宵も更けてゆく。

朝にはミン課長から電話が来た。十時ごろ目を覚ましてみると、ミン課長にとっては朝の会議を終えてまだ午前中というわけだったのだ。どうだいという言葉に……元気でやってるよと、そう答えるしかなかった。俺も話は聞いてたんだが……と言いよどむので、うん、そうかと僕も話をつなげるしかない。あとは何を話したんだっけ……よく知ってる牧師さんがいるという話を聞いたんだ、聞いたので、僕はありがとうと言ってやった。ありがとうと。ありがたいことだから。そしてまたそれぞれの人生を生きていかなくてはならない。いかなる痛みもなく、久しぶりに深く眠った気分だ。お茶を淹れて、何枚かＣＤを探してバッハを聴き、顔を洗い、カメラのバッテリーを交換……し、た。確かに、元気で、やってるともいえる生活だ。振り返れば

寂しい人生だった。モブクにやってきたのが六歳のときだ。母さんが死んだので、ここに住む叔父さんに僕を預けて父さんは日本に渡った。そして帰ってこなかった。大阪で事故にあって息を引き取ったという話は聞いたが、正確なことはいまだにわからない。父さんと母さんの顔を覚えているのも、何枚かの写真が残っているからだ。どれもこれも無表情な顔だった。結婚写真一枚も、二枚ほどのスナップ写真も全部、表情が固い。だから、彼らの人生がどんなものだったのかまるで見当もつかない。人生って結局何も表情がないんじゃないかなと、二人の写真を見るたびそんなことを思ったりする。マンションを処分するときに見つけた自分の写真も、多くはそんな顔だった。生、老、病、死を経験しながらも、ほとんどの人間は自分が見せられるいちばん無表情な顔を地上に残す。どうしてそんなことになっちゃうんだろう。どうして。

叔父さんは度量のある人格者だった。息子が三人もいるのに僕を自分の戸籍に入れてくれた。二階建ての家を建てられるほど余裕のある暮らしではあったけど、余裕があるからといって誰もが下せる決断ではなかったはずだ。ありがたい上にも、ありがたい、ことだ。三人の従兄たちはみんな勉強ができた。かなり年の差があったので一緒に育ったというわけではないが、僕も知らず知らずそんな雰囲気に影響を受けたことは事実だ。モブクから大学に行くなんて、当時としては想像もつかないようなことだった。上の二人が順に進学し、そしていちばん下の従兄がソウルの名門大学に合格したときは、ご近所一帯が全員引っ越しでもするのかってほど盛大な送別会をやった。モブクの仲間のうち、大学に行ったのも僕一人だ。そしてだんだん僕はこの土地から遠ざかっていった。実際、中学高校は近くの大きな街まで通ったので、早くから仲間と距離ができたのだ。

立派に、大きくなったな、これからは自分で自分の道を行くんだよ……就職して、初月給を持ってこの家を訪ねたときのことは今でも鮮明に思い出せる。サイズを間違えて買ったのでだぶだぶだったプレゼントの高級下着に袖を通しながら、叔父さんがそうつぶやいたのだ。笑っているのか泣いているのかわからない、鼻声まじりの声だった。立派な体格だった叔父さんは、思ったより小さな老人になっていた。

電話が鳴る。おい、昼飯食べに来ないのか？　ホギの声だ。あ、ちょうど今、そっちへ行こうとしてたんだよ。短い電話を終えて僕は靴下をはく。薬を持って、それから戸締まりをする。国道の方へちょっと抜けてガソリンも入れなくちゃと考える。エンジンをかける。二十六歳になった年に会社員生活が始まった。途中で一度転職し、今までずっとそこで働いてきた。自分が見ても堅苦しいと思うくらいまじめな方だ。そしてまだ……結婚はしてない。避けていたわけでも、女性が嫌いだったわけでもない。変な言い訳に聞こえるかもしれないが、結婚してる暇がなかったんだ。企画部という部署のお定まりで、大切な業務が次から次へとやってくる。接触事故で車の片側のライトが陥没したのに修理もしないで乗りつづけ、結局新車を買ったこともある。そんな、生活だった。マンションと職場を行き来し、徹夜し、会議し、企画書を作成し、プレゼンの準備をし、帰ってきて洗濯して簡単な料理をし、お祝いとお悔やみに顔を出し、家電製品を買い、オーディオを替え、外国に現地調査に行き、帰ってきて、そのときどきのトレンドに合わせて服を買い、昇進のために努力し、年俸の交渉に臨み、ヘアーサロンを変え、会食をし、会食には最後まで残り、寝て、起きて、風呂に入るだけだったのに十五年近い歳月が流れていった。ときどき風俗みたいなところに出入りしてセックスは解消し、一年また一年と引き延ばしてきた結婚について真剣に悩むべき四十代独身になってしまったのだ。どうして

　こうなるんだろ？　ぼんやりとオフィスの窓の外を眺めて考え込んだりした。ぼんやりと座っていると、何食う？　今日は金払っちゃだめだぞとホギに言われる。何でもいいよと、僕はどうでもよさげな返事をする。モブクよりモソの方が栄えてる感じだ。田舎とはいえニュータウンに接しているから、大小さまざまの飲食店がずらっと並んでいる。あちこちでゴルフウェアを着た中年のカップルたちも目につく。ホギに会ったのも本当に偶然だった。サムパプ〔葉野菜にご飯と肉を包んで食べる料理〕と豆腐が描かれた立看板に惹かれて入ってみたら、一日でお互いがわかったのだ。俺もモ

ソに落ち着いてかなりになるんだよ、すぐそこなのに、今じゃモブクに行く機会もなくてなあとホギに言われて、休職してちょっと里帰りしただけだと僕は言い訳した。頭を冷やしに来たんだな、とホギが言った。そんなとこだ、と僕は答えた。二人ともぽつぽつ白髪が混じる中年になっていた。どこかに脱いできた少年の抜け殻も、もう冷たい残骸になっているだろう。

土曜日だけどさ、よかったら一度みんなで集まらないか。ドヒョンもその日大田《テジョン》から帰ってくるっていうし。俺はいつでも大丈夫だよ……で、ドヒョンは何やってるんだ？　言わなかったっけ、シンピョンでコンピュータの代理店やってるんだって……規模は小さいけど、そこそこ儲かってるらしいよ。そうか……ところでドヒョンって子どものころ、ひょっとしてスニムを追っかけまわしてなかったか？　違うよ、あいつらすごく仲悪いんだよ。お、そうなんだ？　たぶん、ちょっと、金、踏み倒されたんだと思う……いや、あとで返したって言ってたかな？　とにかくスニムの奴、ほんとに大変でさ、去年の秋夕《チュソク》〔陰暦八月十五日の中秋節。一年で最も重要な祭礼の日で、里帰りして先祖の墓参りをするのが恒例〕のときドングが言ってたんだけど、スニムが新聞配達やってたんだって。新聞配達？　酒飲んで夜中に帰ってくるとき、マンションの玄関の前で新聞のカートを押してるスニムを見たんだって。あいつがプライド高いことみんな知ってんだろ、だからドングもすぐにその場を離れたっていうんだけどな。そうだったのか。あいつ男運がひどく悪くてさ……旦那がどうかしたのか？　内幕はわかんないんだけど、とにかく慰謝料もほとんどもらわないで別れたらしい。旦那って奴は浮気相手とも別れてまた新しい女と暮らしてるってんだから、どうなってんだか。

川辺には蝶々がいっぱい、群れをなして飛んでいた。ホギの食堂を出て僕もあちこち歩き回り、仁滔川にたどりついた。蓋錦《ケグム》山を回ってモソに至る小川は、モブクとは比較にならないぐらい川幅が広く、水深も深かった。近くで二人の釣り人がタバコの煙混じりに、聞こえない会話をひそひそと交わしている。風が気持ちいい。魚が食いついたらしい釣り人が僕の方をちらっと見るので、僕は浮きになったみたいに、ぺこっと頭を下げてやる。肉づきのよさそうな手を挙げて、男があいさつを返す。そしてめいめい自分の人生に戻っていく。男は、釣り。そして僕は黙って川辺を歩くだけだ。そんなお互いの近所を、蝶々の群れを引き連れた風がそよぎ、そよぎ、そよいでから流れていく。きれいだ。肝臓ガンの末期だと聞いたのは三月だった。まずはお茶でも一杯いかがです？　と医者が尋ね、熱いお湯の中にティーバッグを浸すような感じで淡々と、手遅れですね、とつぶやいた。その瞬間、生が、一杯の水とはもう言えない別のものに変わってしまっていた。淡々とした、しかし断固たる変化だった。その後も何度か検査を受けたが、結果は同じことだった。

二つの「場合の数」を医師が提示した。死を受け入れることと、または最後まで死に抵抗してみることと。どのくらい生きられますか？　このままだと、六か月以上は難しいでしょう。手術のタイミングはもう逃してしまったし、抗ガン剤治療でしばらく延命するのも……見方によっては、さらに大きな苦痛を経験するだけといえます。ほかに手立てはないんですか？　奇跡……以外、期待できないでしょうね。わあー、と釣り人たちが歓声を上げている。遠くから、ゲンゴロウブナじゃないか？　違うよモツゴだよーという声が聞こえてくる。肉づきのいい手をしたあの男が、晴れやかな、少年みたいな微笑を浮かべている。受け入れるのか、または最後まで死に抵抗するのか？　ぶるん、ぶるん、じたばたとフナが身悶えする様子は遠目にも美しかった。何度かの相談の末に、結局僕は死を受け入れることに決めた。淡々とはしていられないけど、淡々とするしかない選択だった。ひとしきりあがいていたフナが横たわり、えらだけをぱくぱくさせている。それが次第に、遠目にはわからないくらい淡々と静まっていく。そんなふうにして、お互いの近所で凪は凪いでいく。

釣りは、したことがない。タバコを吸ったこともなかった。ビール一杯で十分だった。会社の健康診断は毎年欠かさず受けてきた。特別な問題は一度もなかった。いや、発見されなかったか、目を留めてもらえなかっただけだ、今そこで、すぐ足元の草は踏まれているし、フナは横たわって死にかけている。いつも誰かがああやって死んでいく。知っていても死に、知らなくても死ぬ。信じて生きて、眠っていると、知らぬ間に釣り糸が切れていて、それをつかみ、痛みがうずき、痛むところを叩き、のたうち回り、駆けずり回って……死ぬ。僕が……死ぬ……なんて。何と言ったらいいか。ぼんやりと僕の目を、または目を通り越して白い壁を凝視するかのようにして、部長は僕を見つめていた。他の社員には秘密にしておいてくださいね。机の上の辞表の封筒を見つめながら僕はそう言った。重たい静寂の中で、トン、トン、トン、トンと部長の人差し指がデスクのガラスを叩いていた。ほんとになあ、と額に手を当てて部長はつぶやいた。僕は何も言わなかった。

全身でのたうち回っていたフナの姿を思い出す。僕にもそういう時間があった。あの身悶えのことは、話したくない。苦痛と鎮痛、投薬と不眠……自分の血管を探して点滴の針を刺す日常については、話したくない。僕は生きている自分の姿を記憶したい。風が吹いている。僕は今、息をしている。遠目にはわからないくらい淡々とした姿だろうけど、限りなく豊かな感情をもって今、この場に座っている。一幅の絵を描くような気持ちで、黄緑、緑、黄色の色彩を吟味し、記憶しようとしている。絵の具を全色混ぜ合わせたら黒になるように、人生のささやかな瞬間も、結局死に染まっていくのだ。水が流れる。以前とは比較できないほど川幅の広い、深い生が流れている。僕は嬉しく、嬉しくもなく、悲しいが悲しいだけでもない。僕は怒っているが、どうして怒っているのかわからない。僕は病んでいるが、病んでいない部分もある。僕は楽しく、だが実は楽しむ何らの理由もない。わからない。感じているすべての感情を揺すって混ぜたら結局、諦念になる。それは真っ暗で、果てしなく深く豊かだ。人間のたどりつくところは

結局、諦めだ。

家に帰ってきたのはたそがれどきだった。寝て、ちょっと起きて、ジョン・バニヤンの『天路歴程』を読んでまた眠った。疲れていた。また目を覚ましたのは真夜中だ。暗闇の中で、ふと家の匂いが感じられた。すっかり忘れていた、ずっと昔の匂いだ。父さんと手をつないで初めてこの家に来たときに嗅いだ木の香りだ。いや、床に貼られた油紙の匂いだ。またはたんすに塗った

塗料だとか、床を拭いていた叔母さんの雑巾……から漂う、ちょっと生臭いような水の匂いだ。僕の人生の近所の人々、つまり親戚たちの体臭だ……いや、それらすべてが混ざり合った諦念の匂い、諦めきった家の匂いだ。起きて座って僕は待つ。お前はあの部屋で待っていろ、という父さんの声が思い浮かぶ。叔母さんの手にはまだ、水気がそのまま残っていた。

　モブクの家に来たのは十日前だ。急いでマンションを売りに出し、すべて片づいたところですぐここに向かった。医者も……みんなも、田舎暮らしや有機野菜の菜食を勧めるんですよねと、末の従兄の家を訪ねたときそんな話をしたのは、飯を炊く匂いが細く流れてくるたそがれどきのことだった。ぼんやりとリビングのテーブルを見つめていた従兄が、がっくりと頭を垂れた。ソファに体を埋めたまま、ホヨンなあ……と、従兄は長い長いため息をついただけだった。肌が荒れ、しわの寄った従兄の目元に、松やにのような粘っこい水気が滲み、たまっていく。かわいそうにな……と言ったあと、彼はその先を続けられなかった。二年前に叔父さんが亡くなってから、モブクの家を管理してきたのはこの従兄だった。気まずい夕食だった。何事もないように僕は甥の安否を尋ね、あれこれ答えてくれたのは奥さんの方で、従兄は黙々とタチウオのかけらを見ながら飯を噛んでいるだけだった。タチウオおいしいですねと、僕は言った。従兄が仕方なく、うなずいた。

　おかしなことだった。田舎暮らしや菜食に、毛一筋ほども期待をしたわけではないのだ。奇跡を信じるほど僕は愚かではなかったし、今になって信仰を持つほど賢明な性格でもない。ただ、帰るところはモブクしかなかったし、何よりも僕は一人になりたかった。六個……ぐらい……の個人ファイルが入ったフォルダを削除した瞬間を思い出す。人生のほとんどすべてと信じていた会社員生活が消えた瞬間だ。ええと……こんなこと言うのは何だけど……と部長が僕に頼んできた。一週間ぐらいでも……ちょっと引き継ぎを……僕の生きてきたことに、特に意味はないなという感じが、それで、した。天寿を全うしたとしても、やっぱり何の意味もないんじゃないかな。カタン、とこの家の戸を開けた瞬間、あのときも父さんの言葉が改めて思い出された。お前はあの部屋で待っていろ……もしかしたらあれが、父さんの最後の引き継ぎじゃなかったか。人間は結局、めいめいの死を待つために耐えに耐えている存在じゃなかったか。その部屋で荷物をほどいて、僕は掃除を始めた。あのときの水気がまだ手に残っているような感じだ。悲しげな月が

わが身を削っているような、深夜だ。

『天路歴程』の第一部を読み終わるころ、ホギから電話がかかってきた。土曜日だった。埋めておいた箱のことを思い出したときのように、変に胸がどきん、どきん、した。シャワーを浴びてローションを塗って、もしやと思って以前の名刺をのろのろ探し……て、見つけて、投げ捨てて、車に乗った。その代わり後部座席にあの箱を載せた。みんなを驚かせてやるつもりだったのだが、いざ食堂に到着するとホギの言葉を思い出した。あいつら、どんだけ仲悪かったか。結局、手ぶらで降りた。ドヒョンもスニムもどんな人間になっているかわからないのだ。ドアを開けて入っていくと、いつものように中年のお客三、四人が隅っこのテーブルを占領している。よお、とホ

ギがさっと手を挙げた。モブクの仲間だ。ああ、と言って僕はちょっとたじろいでしまった。スニムではない……スニムに似た中年女性が花束を手渡してくれる。用意された席に着席するとき無意識に、失礼します……と僕は口をすべらせて、失礼しろ！　と大声を上げたのは……ドングだった。よく見てドングだとわかったんだ。みんなが吹き出した。こんな夜なら僕だって、いくらでも

失礼したい、そんな夜だった。友はみな相変わらずのまま、変貌していた。おい、ホヨンの奴まだ未婚なんだってよ、まったくもう。ホギの発言を筆頭に、我先に話があふれ出てきた。ドングが何とかしてやれよ。聞けばドングはマッサージ治療院を開いているという。一人でやってるのではなく共同経営だ。子どもらも大きくなってきて……ちょっとあれだろ〔マッサージに性的サービスが含まれる場合もある〕、だから人に聞かれたら、あ、花屋やってますって言ってるんだ。じゃあ今日の二次会はハン・ドング氏の花屋で！　そうそう花屋で盛～大に……とホギがふざけてみんなが笑い出す。それじゃスニムのマッサージは誰がしてやるんだよ？　ドングのへらず口に、また笑いが爆発する。ドヒヨンはまだ吃音が残っていて、だ、だ、だから……俺は、お前が、お、お、俺たちを忘れたと思ってたんだ、と言った。お前なあ、振り返ってる暇もないのはみんな同じだろ。俺たちだって故郷を離れてもう何年になる？　ドングの言葉を聞いたときはくすっと笑ってしまった。モソは言うまでもなく、シンピョンとの間だってせいぜいソウル～水原《スウォン》間ぐらいの距離にすぎないのだから。彼らはみんな、実は故郷の近所で故郷を懐かしんでいるのだ。とにかく、こうやってしゃべりまくっている彼らの人生が

一瞬、うらやましくなる。ドングとホギは歌を歌い、僕はビール一杯を前にして沈黙、も、もう勘弁してくれよーと言いながらドヒョンはしょっちゅうかかってくる電話にいらいらし、スニムは黙々とグラスを空けていた。おい、水がいいせいなのかな、見ろよこの肌！　ホヨンの奴、すっかりソウル人になっちまって。そりゃソウル人だろ、住所もソウルだし。ドングとホギが無駄口を叩く。何だよいきなり……と思いながらも、その気持ちは想像がつく。お、お、俺たちを忘れたと思ってた。そんなドヒョンの言葉とも一脈通じる表現なのだろう。豊かな家で育ち……都会に、大学に、ソウルに行った僕の人生をみんなうらやましがっていたのだろう。俺も前に……何年か前、エバーランド〔京畿道龍仁市にあるテーマパーク〕に行ってきたぞ、子どもら連れてなとドングが言う。エバーランドはソウルじゃなくて龍仁《ヨンイン》だ。だけど僕は何も言わなかった。兵役を終えてから二年ぐらい、ホギは光明《クァンミョン》でサッシの仕事をしていたことがあるそうだ。そのとき連絡先でも知ってたらソウルで酒の一杯も飲めたのにな、この悪党。光明は……龍仁よりは近いけど、やはり僕はうなずいた。

ふと、ずっと昔のことを思い出した。大学に受かって上京したばかりで、末の従兄の家に泊まっていたときのことだ。ある日、上の従兄がお昼をおごってやろうと言って、職場のある光化門《クァンファムン》の方へ僕を呼んだ。そうそう、地下鉄に乗って乙支《ウルチ》路《ロ》入口《イック》で降りろ。そこで電話するんだよ、わかったかい？　命綱のように地下鉄路線図を握りしめて乙支路入口駅を目指したことを思い出す。お昼を食べたらすぐに帰らなくてはならなかったのだが、いざ上の従兄と別れてみると気が変わった。明洞《ミョンドン》。明洞という街をどうしても一度見物してみたかった。シェルブールという店があって、若さとロマンがあふれているという明洞……路線図を見ながら、僕はここから明洞へ行く二つの経路を必死で検討した。乙支路入口駅で地下鉄二号線に乗って市庁駅へ、市庁駅で一号線に乗り換えてソウル駅へ、ソウル駅で四号線に乗り換えて明洞駅へ……または反対方向の乙支路三《サム》街《ガ》駅へ、そこで三号線に乗り換えて忠武路《チユンムロ》駅へ、忠武路駅で四号線に乗り換えて明洞駅へ……僕は結局、より公的信用がありそうに思われた市庁駅―ソウル駅経由を選択した。そしてついに、明洞をそぞろ歩きすることに成功した。しっとりと傘を伝って春雨が流れ落ちる、気持ちの良い春の日だった。そのとき突然、目の前に乙支路入口駅という表示を見たのだった。

あの春からだけでも二十年という歳月が流れたのだ。僕もふっとエバーランド……みたいなところをさまよってきたみたいな気分になる。二十年だよ、二十年……そこはいったいどこだったんだろう？　そこはまた、どこの近所だったのか？　俺も今、子どもはソウルで教育受けさせなきゃと思って、考え中なんだよ……悩みは多いよな。えーっ、どうせ行かせるならアメリカだろ。おい、お前、食堂でそんなに儲けたのか？　何だとこいつ、世の中の親はみんな雁〔教育のため子どもを都会や海外に送った親のこと。渡り鳥のように行ったり来たりすることから雁と呼ぶ〕だろ、雁！　雁は飛び、梨は落ちる〔李下に冠を正さずと同じ意味のことわざ〕だ、いいから飲もう。死ぬまで飲もう！　か、かりじゃないだろ、か、からすだろこの、ば、ば、ばか。三十年前の少年たちはもう酔っていた。ドングはかなり前から目を開けていられない様子だったし、トイレに行くと言って立ち上がったホギが、おっと、ネズミがいたぞと言って座り込む。そのまま立ち上がれず、座ったままだ。ドングとホギの子どもたちはどこへ行くだろう。ソウルは、そしてアメリカはどこにあるのだろう。そこはまた、どこの近所なのか。生はつまるところ、終わりのない千路歴程〔韓国語では「天路」と「千路」は同音である〕なのか。

ドングとホギは引っくり返っていびきをかいており、ドヒョンは代行運転を呼んで帰り、母屋から布団を持ってきてくれたホギの奥さんにあいさつして、僕は結局スニムと二人で食堂を出ることになった。濃い霧で月が見えない真夜中だ。同じ方向のはずなのにドヒョンが一人でシンピョンへ帰ったのを見ると、彼らの仲が悪いというホギの話は本当らしい。どうやって帰るの？と尋ねると、待ってれば最終のバスが来るとスニムは言うのだが、どう見てもバスなど来そうにない真っ暗な田舎の国道だ。この時間にバスがあるのか？　ある……でしょ、大丈夫と答えるスニムを乗せて、結局西方向へと車を走らせた。初めての道だし、濃霧で視界が遮られるので、フォグランプをつけた車体が、明かり一個で進む渡し船みたいに心許なく感じられる。行くぞ、行くぞ、行くけど、どこへ？　流れ流れて、どこへ？　あたしずいぶん老けたでしょ？　急にうつむいてスニムが尋ねた。えーと、と僕は首をかしげる。年とった少女にふさわしい表現が思い浮かばない。老けた、とは違う、しかし、老けた、の近所にある、そんな形容が。

老けたというより疲れた感じだ。食堂の明るい蛍光灯の下でずっと見てても、そんな感じだった。僕より何歳も上に見える顔だ。未婚だって聞いてびっくりした、みんな、そんなこと思ってもみなかったよ。うん……まあね、と僕は返答を避ける。生きていくって大変だよね……そうでしょ？　前方を見ていても、窓の方に首を向けるスニムの動きが感じられる。そうだね……大変だったかなあ？　もうそんなことも判断がつかない、つかないけど……そうだねと僕は微笑む。

いつまでいるの？　うん、何か月か休んで帰ろうと思って。そう口に出してみると適切な表現だ。たぶん、休んで、それから帰っていくのだろうから。休んでるような、眠っているようなシンピョンに入るまでスニムはもう何も言わなかった。僕も黙って前方を凝視していた。ずらりと並んだ街灯が今日に限って疲れて見える。

ここでタクシーに乗るからとスニムは何度も言ったが、ほんとにもう、すぐそこだからと言って、彼女の家の近所だというところに降ろしてやった。ありがとうと言って降りたスニムが手を振ってみせる。気をつけて、と僕も手を振ってやる。そして、箱がカタカタ揺れる音を、十メートルぐらい先の歩道でUターンしたときに聞くことになった。そうだ、しまった、あの箱があったのにな。霧の中で僕はつぶやく。結局誰にも箱を見せてやれなかった。スニムが去っていった方向をちらっと振り返り、僕は無言で、来た道を引き返す。開いた窓のむこうから、僕は泣きに来たのか、笑いに来たのか……と酔っぱらいたちの歌声が流れてきて、流れていく。街路樹は街灯に染まり、夜の空気が顔をかすめて吹きすぎていく。誰かが無断で道を横切り、ぎょっとしてセンターラインに立っている見知らぬ顔が近づいては消えていく。僕も消える、消えるの、だろう。ほんとにもう、すぐそこなのか、と僕は自分に聞き返す。ほんとにもう、すぐそこなんだよ。まだモブクという標識を見てもいないのに、病んだ肉体があわてて返事をする。カタカタ揺れる箱の中で三十年前の少年が一人、声を殺して泣いている。僕をここに入れたのは誰なんだ。そしてまた取り出したのは誰なんだと。どうしてここに無断で入れられてるのかと。何の遠慮もなく、ほんとにどうでもいいことみたいにあの道は霧で先がよく見えないのに。

目が覚めた。なぜだか明け方まで泣いたり、本を読んだりしていたので、かなり遅くなってから目を覚ました。よけいなことばっかりしちゃったな。寝て起きたら、すべてが乾燥していた。何も考えず、ただこの状態で無味乾燥な死を迎えたい。屋根裏の机の上にまた箱をおろす。元通りに……置く。本当はまたグラウンドのあの木の、あの近所に埋めておきたい。全部、無意味だ。昨夜の集まりがずっと前のことのように遠く感じられる。結局、それぞれの生を生きていくだけだ。だから誰にも、死が近づいていることは話さなかった。お荷物になりたくないし、慰められたくもない。慰めの言葉を探している誰かの目つきを、もう見たくない。のろのろと朝食を作って食べ、僕は読書を始める。今日は身動き一つしないで、家にだけいたい。昨夜の霧で燻製にされたような、アカシアの強い香りが床板の上に降り注ぐ。振り向けば、居間の端っこを雑巾がけしている若い叔母さんの姿が見えそうな、そんな春の日だ。僕はページをめくる。

『天路歴程』の第二部は、主人公を探して旅立った妻と四人の子どもの物語だ。妻がいたらどうだっただろう？　本を伏せて僕は考える。もっと幸福だったかな？　または不幸だっただろうか？　子どもがいたら、僕の人生はまたどう違っていただろう？　わからない。疼痛が始まる。急いで薬を飲み、僕はしばらくこの世から消える。混迷する意識の中でふと、この前のクリスマスと年末のことを思い出す。会食を終えて帰っていく夜道で、急に立ちはだかってガムを一個差し出した老婆の姿がちらつく。路上の物売りのスピーカーから流れていたクリスマスキャロルも思い出す。いくらですか？　二千ウォン。わずか何か月か前のことなのに、あのときの僕の生は今と全然違っていた。僕の方が先に死ぬこともあるという事実を、あのとき僕は想像しただろうか？　あの老婆はまだあそこでガムを売っているだろうか？　出社して、退勤して、近所を毎日行き来していた僕の生きてきた意味は何なのか？　いくらですか？　二千ウォン。振り返ればあのガムは何て小さく、何て甘かったことか。それでも僕は……消えていく、このまま消えたら、おしまいなのか？

生きることより立ってることの方が辛い、そんなたそがれどきだ。やっとのことでシャワーを浴びて服を着てると電話が鳴った。スニムだった。電話、出ないから……番号、間違えたかと思ったわ。別に大した話じゃなかった。昨日はありがとう、こんどは私がご飯をおごるねという内容だ。そうしようと言って電話は終わった。間もなく、ホギとドングからも電話がかかってきた。飯食いに来ないか？　また会おうやと、まあそういう電話。次は末の従兄の奥さんだ。従兄と奥さんは交代で毎日電話をくれる。あいさつ半分、確認半分の電話だ。どうだ、しんどくないかい、検査はいつだ、一人で大丈夫か、いっそホスピスを探さないか、付き添いさんがいた方がいいだろう……いつもおんなじ内容だ。そして必ず奥さんがお祈りをする。電話機を持ったまま仕方なく一緒に神を讃え、お祈りが終わるとアーメンと言う。そして僕は一人だ。一人なんだ。探しに来てくれる妻もいない。もし四人の子どもがいたとしても、僕は一人だろう。何てラッキーなんだ……ふと、一人で一人を慰める瞬間だ。生きることも死ぬことも簡単すぎて飽きてしまう。この人生が何でもないということ、自分は何者でもないということ、この世界が誰のものでもないこと、僕は単にうろうろしながら時間つぶしをしてきただけだという事実を僕は一人で、いやというほど感じる。僕って、何だろう？　こっちは生、こっちは死……僕は初めて揺れが止まった羅針盤だ。僕って、誰だろう？　僕はずっと

「僕」の近所をうろついてきただけの人間なのだ。

そのようにして、日々は行く。ときどき検査を受けにソウルに行き、ときどきホギの食堂に寄って何だかんだ雑談し、本を読んだり考えごとをしたりし、乙支路入口から市庁とソウル駅を経由して明洞に行くみたいに、モブクとモソのあちこちを歩き回る。こんなに腹水がたまらないなんて珍しいことです、神のご加護のおかげですよと、慰めにならない医師の慰めを聞く。木の葉がちょっとだけ茂り、苦痛の森もちょっとだけ育ったようで、毎日がちょっとだけ早くなっていくようで、そして僕の人生もちょっとだけ短くなっていくようだった。そして僕はちょっとだけ、軽くなった。ずいぶんやせたね？　ある日スニムがモブクの家を訪ねてきた。川沿いの道を散歩して、ちょうど家に戻ってきたところだった。スニムが門の前に立っていた。ちょっと来てみちゃった、電話しようかとも思ったんだけど、モブクにも一度来てみたくてさ……。そうか、としか言えない。この近所にナツメの木がいっぱいあったはずなんだけど、すっかりなくなっちゃった

のね？　そう言われればそうだ、この近所には確かにナツメの木があった。
一緒に昼飯を食べた。あの日はありがとうという言葉をもう一度聞き、いろいろと雑談した。谷の方にあるログハウス風のレストランだったが、天体望遠鏡が設置された小さな展望台がついている。たぶんそのせいで値段が高いのだ。礼儀には反するかもしれないが、トイレに行くふりをしてこっそり支払いを済ませた。食事代ってのは男が出すもんなんだよと、あわてるスニムにそう言ってごまかす。じゃあお茶だけでもごちそうさせてよということで、結局二階のバーに移動してジュースを飲むことに。スニムが主に子どもたちの話をして、僕は主に聞き手に回った。それから、帰ってきた。私ずいぶん老けたでしょ？　停留所で降りるときスニムがまたそう聞いた。よくわからないと、僕は答えた。スニムはバスに乗って帰っていった。

一日はあっけないほど短いか
わけもなく長かった。
そして、たびたび
スニムが、来た。

ちょうどモブクを通る用事があったとか、急に散歩したくなったとか、薬飯《ヤッパプ》〔甘いおこわのような伝統菓子〕を作ったら思い出して……とかだった。嫌ではなかった、というより……思いのほか嬉しかった。あたしたちこの前、星を見られなかったね、星を見に行ったのに……と言われてある日、あの店にまた行って星を見た。どこ、どこ？　あらあ……と交代で望遠鏡をのぞき込んで帰ってきた。そこに立ってみてよ、撮ってあげるから。どうしたのよ笑いもしないで……チーズ……笑いなさいってば……ほんとに笑わないの？　さあ笑って、いち、にっ、さん……カシャ。あんなににっこり笑っている自分を見るのは初めてだ。小さな液晶画面の中に、まるで幸せであるみたいな顔をした男が一人、腕組みをして晴れ晴れと笑っている。スニムが店員を呼んだ。一緒のところ、一枚撮ってくれませんか。彼女がぴたっ、とくっついて自然に腕をからませてくる。スニムの電話が鳴る。ああそう、お母さんすぐに帰るからね、宿題ちゃんとやるんだよ……その瞬間、まるで家庭ができたみたいな気分になったんだが、あの気分の正体は何だったのだろう？　一瞬だったけど、一瞬でも

一瞬であっても

一人じゃないというあの気分が僕は、嫌ではなかった。傾いた月が徐々に太っていく夜だった。その夜帰ってきて、僕もまた自分を丸々と太らせるような深い眠りに落ちたんだと思う。いや、実はずっと寝つけなかったのだが……だからいっそう、眠りが深かったのだ。仁淯川の流れる音がして、ミズアオイのような夢のかけらがたくさん、一晩じゅう、ふわふわ、浮いてるような。この写真、一枚プリントしてくれないかな？　わかった、大きく引き伸ばしてあげるね。いや、小さくでいいんだよ。ほら見て、笑顔でよく撮れてるね？　そして写真を折って舟を作り、ふわりと川に浮かべる、そんな夢だった。笑いながらその紙舟の甲板に立っている僕の姿が見えた。

舟は一そうではなかった。近くの一そうには父さんと母さんが乗って笑っていたし、叔父さんと叔母さんも笑っている。小舟たちは群れをなして、やがて巨きな天の川になり、流れ、また流れていった。僕は一つも痛くなかった。僕は一つも、悲しくなかった。

異常なほど気分のいい何日間かだった。スニムが写真をプリントしてくれた。ありがとう……いい写真だ……読んでいたマルクス・アウレリウスの『自省録』のページの間に僕はその写真をはさんでおいた。一緒にお茶を飲み、僕らは散歩した。寂しい小道を、そしてそこから続く仁滔川へと歩いていくと、ふとスニムが聞いた。あなたって……好きな子いなかったの？　笑うだけで僕は答えなかった。手をつないで歩くのも楽しい川沿いの道を、五月の森の緑が流れていく。満たされた上にも満たされて。そしてスニムが、ぎゅっと強く僕の手を握った。仁滔川はこんなに長かったっけ？　たとえ海まで行ってみても、僕はこの川の終わりを見ることができないような気がした。

何でこのごろ来ないんだ？　ホギから電話が来た。特に用事があるわけじゃないが、男どうしでまた集まろうやというのだった。別に何も考えず、そうしようと言った。前に比べて体調も異常なほどよくなった感じだったし。夕方ごろ食堂に着くと、三人が車座になって座り、花札をやっていた。もうほろ酔い加減で、何杯か飲んだらしい顔だ。今日は花札の鳥は逃したけどカモは一羽捕まえたんだよと、たっぷりのカモ鍋を間に置いて本格的な酒宴が始まる。ああもうやってらんねーやとか、たまんないよなこのご時世はな、といった無駄話の果てに、口火を切ったのはホギだった。お前さあ……最近、スニムとつきあってる？　ビール一口を口に含んだままで、僕は何も言えなかった。田舎は人目がやかましいからな。まあ、いいんだけどさ……みんな友だちだろ、だから俺もごちゃごちゃ言ったりはせんけど……ホヨン、俺が言いたいのはな……スニムもあの、お前が知ってる昔のスニムじゃない……ってことだ。それだけは覚えておけよな、俺もここまでにしとくからよ。ホギの言っている意味はよくわかった。お、俺も、ちょっと、教えてやろうか？　ドヒョンが乗り出すとドングがさえぎった。やめとけ、ホヨンだって伊達に年くってるわけじゃないんだからさ。いいから酒でも飲もう。

やっと一口飲み込んだビールの味がこの上なく苦い。いつもの癖なのか、ホギとドングは飲みすぎてさっさと伸びてしまい、み、みんな、い、いえにか、帰っちゃった。時刻はまだ十時にもならないのに、ドヒョンと二人きりで飲むことになった。ドヒョンの話し方のせいで時間の流れがさらにお、お、遅くなった感じだ。僕の気分はまあ、可も不可もなかったよ。黙ってつないでいたスニムの手、あの人差し指や薬指の感じを思いだしたりしたけど……そうかもしれないし、そうじゃないかもしれないしと思っていた。よくあることだ、飽き飽きだ、よくあることだ、食傷する……お、俺もな、し、心配はしてないんだ。お、お前は、頭がいいから！　そ、そうじゃないか、ホヨン？　お、お、お前は俺らの、ヒ、ヒーロー、だったからな。ひどく酔っているのはドヒョンも同じだった。ほんとのことを知ったらドヒョンがどんな表情になるだろう、僕は笑ってしまう。

お、お、覚えてるか、あ、あ、あれ！　急に大声でドヒョンが叫んだ。何だ？　タ、タイムカプセル！　ろ、六年生のとき、み、みんなで一緒にう、う、埋めただろ。おお、と僕はうなずいた。ドヒョンはあの箱を覚えていたんだ。覚えてるとも、と思わず会心の笑みが口元に広がった。お、お前らはみみみんな忘れただろうけど……お、俺は手帳にか、書いておいたんだからな。あ、あのときはお、お互いに連絡がつかなくて、お、俺が一人でほ、掘ったんだぜ、くっくっ。じゃあ……あれを埋め直したのか？　う、埋め直したりするもんか、う、うちのどっかにころがってるだろ。そんなはずが……急にあたりが静まり返ったような感じがする。や、やっぱ、チョ、チョン・ホヨンはあれを入れてたな。何だ？　と僕が聞く。プ、プ、プルターク英雄伝。

　家に帰るや否や屋根裏に駆け上がった。そこには箱がそのまま、闇に包まれて置かれていた。スタンドをつけて僕は箱のふたを開けてみた。前に見たときと同じ、中身もそっくりそのまま入っている。どうなっているんだろう。まず埃の積もった机の前に座り、箱の深淵を眺めてはまた眺め入る。ドヒョンの言葉がほんとなら、今、目の前にあるこの箱は何なのか。いや、僕は確かに羅針盤を入れたはずだ。けれども僕は『プルターク英雄伝』を入れようかとも思っていたんだ。末の従兄の本棚に立ててあった、大事に大事にしていた本だ。そうだった……ドヒョンが言ったみんなの宝物も、目の前のものとは全然違っていた。スタンドを消した。暗闇の中で、僕はこの事実をどう受けとめるべきかわからなかった。真っ暗な箱の中の迷路に立っているように、僕は明かりの消えた屋根裏部屋の戸を開けて、階段を降りていく。急にめまいがする。一直線だった手すりが右側にひどくたわむ。その手すりを、僕はぎゅっと握りしめる。

とても痛くて、雨が降った。

僕は夢を見ていた。誰も乗っていない紙舟が一そう、仁淀川の底に沈んでいた。深い水の中だ。だがこの水は、幼いころ僕の膝をくすぐったあの浅い水なのだ。あの場所だ。僕は何も見えず、僕は動けない。しかし明らかに僕はどこかに、いた。沈んだ舟の近所に、川底に、または緑の日《にち》暈《うん》がかかっているあの水面に、いや、その上に伸ばされた幼いもも、幼い体に、手をつないでばた足をしているあの……きゃあー、わあーという歓声……聞こえるけど見えないあの声の近所に……

カレンダーをめくる。髪を洗ってから末の従兄と電話で話し、電話を切り、カレンダーをめくる。死がずかずかと大股で近づいてくる感じだ、ずか、ずかと、吹き込む雨が床の一部を濡らし、また濡らす。その雨を雑巾で拭く。二日間、激烈な痛みがあったが、病院に行きたいとはかけらも思わなかった。来いよ、いつでも戸は開いてるんだから。従兄かその奥さんか……または通報を受けた誰かがあの戸を開けて入ってくるだろう。いつかシンピョンを通るときに見た、一一九番の明かりがついた窓を思い出す。僕を発見する誰かがあのときあの中にいたのかどうか、知るすべはない。彼はどうやって僕を起こし、どうやって運ぶんだろう？　その姿を僕は、その近所で見ているだろうか？　見ることが……できるのか？　雨がまた吹き込んできて、僕はもう、それを拭かない。

訪ねてきて、おもゆを作ってくれたのはスニムだった。電話してきたのはスニムだったが、来てくれと頼んだのは僕だ。ひどい風邪なんだよ。ちょっとどうしたのよ一体、と言うスニムに僕はやっとのことでそう答えた。世の中に一瞬戻ってくるたび、スニムがそばに座っていた。子どもたちは？　仲良しのお姉さんに何日か預けたの。目を開けはしなかったが、黙って額を撫でてくれるスニムの手、その感じを僕は覚えている。二日間の痛みが通り過ぎるとまるで嘘のように体は元気になった。大丈夫、もう生き返ったみたいだよ。最近の風邪はほんとにきついよね。夕食を食べたあともスニムは帰らなかった。一緒にテレビを見て、お茶を飲んだりもして、そして僕はすーっと眠りに入った。目を覚ましたのはいつだったか。明瞭な雨の音がずっと耳に流れ込んできていて、隣にはスニムが寝ていた。起きた？　暗闇の中でスニムがささやいた。なぜだろう？　僕らは黙ってお互いをぎゅっと抱きしめた。

短い時間だった。ただ、息をする音と、中で行ってもいいよというスニムの声を覚えているだけだ。虚無を埋めていく雨音の中で、スニムが黙って僕の胸を撫でてくれた。ねえ、知ってる？　スニムがささやいた。何？　子どものころ、あたしがあなたを好きだったってこと。まさか……ばかねえほんとに……覚えてる？　ほら、あのとき、みんなで一緒に埋めた箱のこと。箱、と僕は心の中でつぶやいた。あそこにあたしが何を入れたか知ってる？　僕は首を横に振った。横以外、に振るなんてありえなさそうで。あたしあのとき、あなたに書いた手紙入れたんだ……あなたのことが好きだって……おかしいでしょ？　今見たら、どんなに幼稚な手紙でしょうね？　ただ黙って僕は微笑していた。ドヒョンの話を聞いてなかったらたぶん、スニムの言葉を嘘だと思っただろう。そういえばすっかり忘れてた、まだあそこにあるはずだよね……あたしたち、明日グラウンドに行ってみようか？　とスニムが言ったが僕は答えなかった。いつの日かスニムはまたあそこで、自分の箱を探すことができるだろう。そのとき急に、あら、と体を起こしたスニムがトイレに走っていった。水の音が聞こえ……びっくりだわ、と言って戻ってきたスニムが横になったのはかなり経ってからだった。あたし去年からあれが止まってたのに……急にまた始まっちゃった。雨だれがぽとん、ぽとんと打っている屋根と軒の振動が、急にこの家を夜の闇に埋めた小さな箱みたいに感じさせる。その箱の深淵の中で、静かにスニムがささやいた。それでねホヨン……一つだけ……あたしのお願い聞いてくれないかな？　どういう？　と僕は尋ねた。あのね……ちょっとね……

お金貸してほしいの。

雑巾をたたんで、僕は居間を濡らす雨足をじっと眺める。あの戸は開いており、僕は一人だ。望みがあるとしたら夏を……蒸し暑い夏の日を、もう一度だけ見たい。それが、言うほどのこともない僕の思い……何てこともない僕の望みだ。冬を見られるかどうかは誰にもわかりませんが、という何にもならない医者の慰めも聞いたけれども、耳に一瞬とどめただけだ。電話が鳴る。スニムだ。お金、ちゃんと引き出せた？　と僕は聞く。シンピョンで小さい海苔巻き屋さんをやりたいと思ってね……ほんとにいい店舗が出たのよ。いくらなの？　三千万ウォンぐらいよ……絶対、返すからね。暗闇の中で聞いた声とは違う、スニムの声が電話の向こうから流れてくる。いいんだよ……気にしないで、うん、そう、わかった。電話を切ったあとも僕はしばらくその姿勢を保つ。たたまれた雑巾のように黙って、身動きもせずに庭を見守る。

何事もない瞬間が
何でもない空間の上にとどまっている。

ちらりと、思う。そうだ。僕も、ちらりとここにとどまっていただけなんじゃないのかと。そっと本を取り上げながら、まるで死者のように僕は心の中でつぶやく。雨足が描いて残した大きな、また小さな同心円が無数の蓮の葉となり、どこかへ流れていく。嬉しがるようなことでもないが……悲しむようなことでもない。マルクス・アウレリウスは何と語っていたっけ。『自省録』を広げると一枚の写真がはさまっている。晴れ晴れと笑う見知らぬ顔を見ながら、僕は長いこと、その男の人生について考えてみる。彼はどこにいたのだろう。そして彼はどこへ行くのだろう。たぶん、ここの

近所のはずだ。

黄色い河に一そうの舟

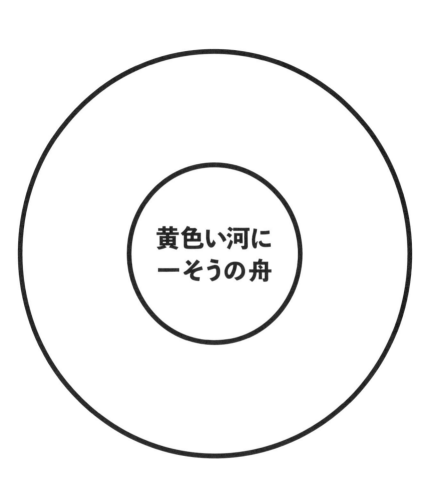

十日咲いた花が散ったあと

来られてよかった。

それでも遅れずにすんだのは、タクシーに乗ったおかげだ。妻を息子の家に預けたあと、急いでいたので妻の薬をポケットに入れたまま駅まで来てしまった。気づいて家まで引き返し、もう一度駅までの道を歩き、結局タクシーをつかまえた。昼下がりの後部座席。ほろ酔いかげんのお客さん、みたいな感じの春の日差しと相乗りだ。車が揺れるたび、三、四人はいそうなその人たちがそっと肩をぶつけてくる感じ。タクシーに乗るのもいつ以来だろう。じっとメーターを見ているうちに寝てしまう。最近はやたらと眠い。去年の春でさえこうではなかった。着きましたよお客さま。料金を渡して降りる瞬間、春の日差しが、降りた人間の体積と同じぐらい席を占領する。メーターの液晶が0に戻る。薄くなった財布を懐に入れて、それでも来られてよかったと私は自分を慰める。約束の時間まではまだかなり余裕があった。電車で、来るべきだったか?

三亭ビル。今立っている陸橋からは四階建てにしか見えないが、土地代の安い裏通りから見れば立派な七階建てという、そういうビルだ。正面玄関はこの大通りに面しているが、たぶんほとんどの人が裏の出入り口を使っているはずだ。駅も、商店街もバス停も、裏通りに続くロータリーにあるからだ。ともあれそのせいでエレベーターが存在しない。そういう、ビルなのだ。

あの四階に引舟物産がある。二十と九年、通った会社だ。新婚だった二十六歳で入社したから人生の大部分をあそこで過ごしたわけだ。早春のことだった。スーツを着て、四階建てビルの中の七階の階段を初めて駆け上がった記憶が未だに鮮やかだ。ビルの左側に材木屋があったころで、その庭の木蓮がちょっとずつ咲きはじめている、そんな日だった。もう三十三年も前のことだ。木蓮も材木屋も、あの朝の新入社員も煙のように消えた。最初に木蓮が、いつのまにか材木屋が、そしていつしか一人の人間が。黄砂が混じった風からは、やたらとおがくずの匂いがする。ふと気づくと、する。

ほら、あの顔はキム・イノだ。青二才の新入社員だったが、今ごろは課長になってるかもしれない。窓ぎわでタバコを吸う癖は相変わらずだなと陸橋を降りながら私はつぶやいた。目が合ったような気もするが、私に気づいた様子はない。確かあいつ、視力が良い方じゃなかったんだ。いや、それより私がずいぶん変わったからだろう。オフィスに並ぶ窓を見渡して私は考える。埃まみれの半透明の窓は、ピタッと0に戻ったメーターの液晶みたいだ。

着きましたよ部長、とまあそんな感じで退職した。四年前のことだ。二十九年という歳月の重みに比べ、退任式はひどく簡素で簡略だった。十分もしないうちに式は終わり、タクシーから急いで降りるお客みたいにあのドアから私は出てきたのだ。お疲れさまでした。いつものようにタクシーをつかまえて乗ったあとも、若い社長のあいさつが耳から離れなかった。どこ行きますかお客さん？　という運転手の問いに、呆然としたまま答えられなかった記憶も生々しい。どこに行けばいいのか、すぐには思いつけなかったのだ。踏十里《タプシムニ》までお願いします。行くべきところは、家だった。

陸橋の横の売店で新聞を買った。新聞を買うのもタクシーに乗るのと同じくらい久しぶりだ。そして二つの路地を抜け、目をつぶっていてもわかる電信柱に沿って曲がり、「ズボン茶房」の階段を上る。まるで昔みたいだ。店名もインテリアも変わったが、帰ってきたみたいな気分になるのはおんなじだ。だけどこの階段、こんなに急だったかな。しばらく息を整えて店のドアを開ける。いらっしゃいませー。知らない、顔だ。チョン先輩の姿も見えない。

しゃれた店名に変わってはいるが、ここはズボン茶房と呼ばれていた喫茶店だ。大した理由ではない、ここのマダムがいつもズボン姿だったからだ。たまにはスカートもはいたら？　脚がかっこ悪いのよと、きれいな顔をしたマダムはそう言ってたが、しかしマダムの脚がすばらしくいい形だったことを知っているのはたぶん、私だけだろうな。二、三回、関係を持ったことがある。きれいな脚なのに、どうして？　うふふと声を出さずに笑いながらもマダムはとうとう理由を教えてくれなかった。二、三回尋ねたあとはもう、私も理由を聞かなかった。全部、昔のことだ。

この喫茶店は営業部のアジトだった。業務上の特性とでもいうのか、とにかくいろんな理由で毎日、実質的な会議がここで開かれていたというわけだ。裏金が行き来し、接待も多い職種だ。おのずと営業部だけの空間が必要になる。右の窓ぎわの端っこ、要するにここが私の席だった。あのころの一日と同じように私は席に着き、新聞を広げる。新聞のきつい匂いが漂う。二十年前も十年前も新聞からはこんな匂いがしていた。ときどき、年を取ったという事実が信じられない瞬間がある。まさにこういうときだ。この匂いを嗅ぎながらしばらく前までは売り上げをチェックし、営業戦略を立てたりしていた。そんな、気分だ。私はタバコをくわえる。

チョン先輩が来たのは二十分ぐらい過ぎたあとだった。遅れてほんとにすまん、いいえ先輩。というようなあいさつを無理にかわさなきゃならんような仲ではないんだが、あえてそんなあいさつを、かわす。お元気でしたか？　と言ってから考えてみると、そんなことを無理に言わなきゃならんほど、我々は連絡がとだえていたのだ。俺か、まあまあだけどねとチョン先輩は言いよどむ。君はどうしてた？　奥さんが調子が悪いらしいって聞いたけど。ええまあ……そうなんです。息子さん、ドンヒョンっていったよな？　何してるんだ？　小さい会社を経営してますよ。二番目の子は？　まだ嫁には行ってないよな？　ドンヒョンの結婚式には俺も出たけど……ええ、何だかもっと勉強したいそうで、今は何か所かで非常勤講師をしてるみたいです。大したもんだねえ、どうやったらそんなに立派に育つのかな、と、まあ、そんな会話をしばらく、した。

何でもないみたいに

した。チョン先輩とは深い縁がある。学生時代の柔道部の大先輩で、その縁で私を会社に入れてくれた。受け身を教えてくれたのも、営業を教えてくれたのも彼だった。たかだかデスク四つだった会社を今のような規模に育て上げた。この会社は将来、君たちのものだよと、社長は口癖のように言っていた。十五パーセントとか二十パーセントの株式を分けてくれたりもした。十万ドル達成の神話を生み出したこともあったのだ。振り返れば、夢中で駆けずり回っては熱弁をふるっていた時代だ。好景気だったころの話だが、誰もがあんなふうにやれたわけではない。みんながチョン先輩を、引舟物産の次期社長と信じて疑わなかった。

社長が脳卒中で死んでみると、いざ社長の座についたのは社長の息子の若僧だった。死ぬ前にもう、社長がすべての手はずを終えていたのだ。人の心は、法律上は四階建てということになっているビルの中の、七階の階段みたいなものだ。二十と九年も上り下りしていたにもかかわらず、まるでわかっていなかった。チョン先輩も私もあのころは、そんな事実に耐えられなかった。

チョン先輩は自分の会社を立ち上げたが、私が転職の準備をするより前につぶれてしまった。船舶事故と、押し寄せる不況の直撃をくらったのだ。私は居座って五十五歳の定年で会社員生活を終えた。ＯＢ会の引舟会はそれでも根気強く集まりを持ちつづけてきたが、二年前から先輩の消息はとだえた。連絡先を知らないわけではなかったが、連絡できるような事情じゃなかったのだ。チョン先輩の長男がギャンブルにはまって事故を起こしたという噂があった。助けてあげられないのなら、連絡しないのが道理だろう。学生時代には柔道部のメダリストだったのだ。十万ドルの実績を上げた神話の主人公だ。心中ひそかに先輩の底力を信じていたので、先輩の再起を一瞬も疑ったことはない。だからこそおととい、先輩からの電話に出たのだし。声を聞いただけでも

あのころに

戻ったような気が、した。それでね先輩、と私は口火を切った。アメリカに初めて発注をかけたころの話とか、記憶の中でごちゃごちゃになっているあのころのエピソードがどんどん飛び出してくる。お代わりしたコーヒーを飲み終わるまで、先輩もかすかな微笑を絶やさなかった。タバコ一本もらっていいか？　もちろんですよ先輩。両手でちゃんと火を囲って、私は先輩の顔の前に手を差し出した。ぱちっ、という低い音とともに一瞬、灰が粉々に砕け散り、木蓮の花びらのように落ちた。それは白くて

白くて

まぶしかった。で、これなんだがね……と先輩がちょっと振り向く。そして風呂敷に包んだ大

きな箱をテーブルの上に載せた。何ですかこれ？　椅子の後ろに積まれたたくさんの箱が、そのときになって目に入ってきた。念のためと思って持ってきたんだ……君が健康なのはよく知ってるが……これ、エゾウコギってもんなんだけどな、よくある中国産じゃなくて百パーセント国内産なんだ……もしよかったらだけど。そして先輩はぼんやりと窓の外を眺めた。例えば遠くの山、黄砂が飛んでなければ見えるだろう北漢山《プッカンサン》とか……そんなところ。ひょっとしたら黄砂が本来あった、遠い遠い、異国のどこかを

見ていた。視線を追って、ちらっとそのどこか、雪におおわれた峰々みたいなものを私も見ている感じ。つまり先輩……えーと……正直におっしゃってくださいよ、私を誰だと思ってるんです？　と正直でないことを言いながら、頭の中では箱の個数を見積もっている。片手で持てるのは三個が限界だとして合計六個……五箱残ってるということは、会社ではやっと一個売れたってことだ……誰が買ったのかもだいたいわかる。総務部のハン・ソンスだな、他にはいないだろう。

面目ないな。

それと、ありがとうな。返事の代わりに握手をして、先輩の手を、柔道大会のメダルを握りしめたその手を私は力一杯握った。どちらへ行かれます？　あ、まだ寄るところがあるんだよ。タバコを一本ずつ吸って私たちは陸橋の前で別れた。ここまで晴れなくてもと思うほど晴れ上がった、すばらしい天気だった。四個のエゾウコギの箱と、それを持った一人の男の後ろ姿が美しい

春の中へ消えていく。黄砂がやんだ空を見上げながら、それで私は、来てよかったと思ったのだ。
こよなく軽く

花壇でだろうか、街路樹からか

何枚かの花びらが、落ち

て、

いく、

落ちていく。なぜ人生には、受け身が通用しないんだ。

君よ、その川を渡らないで

ほんとは、こんなものサッと買えるような立場ではない。四十万ウォンと書かれた振込用紙をじっと見ていると思わずため息が出る。支出のかさむ一日だった。電車はがたんごとんとカーブしつつ、がら空きみたいな感じの音を立てている。こんなに人でぎっしりなのに、そうなのだ。がたん、ごとんと、そんな音を最近は自分の人生に聞く。二十九年たっぷり汗をかいた果てに、そうなのだ。いったい、私の人生は何だったのかな？

社長の裏切りがなかったら違っていただろうか？　そうかもしれない。チョン先輩は会社をもっと成長させただろうし、自分は少なくとも常務か専務にはなっただろう。奇妙なことだが、だからといって大きな不満はない。世の中にはほんとにいろんなことが起きるのだし、とにかく自分もその中で飯を食って生きていたし、生きて、きた、わけだし。憎んでもいないし恨むこともない、そういう人生だ。月給をもらい、所定の金額の退職金をもらった。それでいいと思ってきた。一つの家族に責任を持つことは口で言うほど簡単ではない。まあ、幸いにも何とか生きてきたといえそうな人生だ。とぼとぼと駅から息子の家に続くこの路地が、今日に限って狭く、果てしない。

ドンヒョンは帰ってきたかい？

遅くなるみたいですよ。夕ご飯召し上がるでしょ、お父さん。言わずとしれたこと、絶対に食べてけっていうことなんだろ、と言いたい。奇妙な反応だが、そういうことになる。息子の嫁は気さくな性格だが、どこか距離があるなとずーっと思っている。嫌いなわけでもないし恨みもないが、そういうことだ。母さんのこと、大変だっただろ？　ああー、昼間の間はすぐ外に出ようとされますもんね。薬は飲ませてくれたかい？　はい、もちろん。

妻は部屋でドラマを見ていた。一人言をつぶやいては、あ、と言って私を見つめる。認知症だ。まだ初期だと医者は言ったが、日ましにその言葉が信じられなくなる。ただいまーと声をかけると、おばさまは何ておっしゃった？　という返事だ。おばさまとはな。エゾウコギをおろして、私はネクタイの結び目をゆるめてほどく。あー、というため息がゆるりと漏れて出る。ご飯ですよーと嫁の声が聞こえてくる。口に出しては言わないが、今まで、お食事をどうぞと言われたことがない。とにかく、ご飯ですよなので私は妻を立たせる。さあ、ご飯に行きますよと。

イシモチを焼いたんですよ。嫁は計算の速い子だ。息子の計算のとろいことを思えば幸運千万という気がする。結婚祝いとしてこの家を用意してやったときもそうだ。お父さん、小さい物件を買っていただいても荷物になるばっかりだから、いっそチョンセ〔韓国独特の不動産賃貸の方法。解説参照〕で大きい物件を借りてくださいませんか、そして差額を現金でください、物件は私たちが見つけますからと言った。言ったのは息子の口だが、あいつのせりふでないことは直感でわかった。あのとき、何だかんだで五千万ウォンやった。私としてはできるだけのことはしたつもりだったが、常日ごろの嫁の表情からは、あれじゃ足りないと思ってるのが見てとれる。長く営業をやった人間は、とかくこういうのが見えてしまって困る。

これはイシモチじゃない。大型激安スーパーで投げ売りしてるイシモチもどきだ。二十匹を束にして一万八千ウォンのこともある。中国産だ。おかずが盛りだくさんだねえと口では言うが、これがお食事でなく、ご飯であるという事実は忘れていない。いや、むしろこういう暮らし方がいいんだろうと思う。息子の奴が失敗したのは二年前だ。小さなフランチャイズの支店をオープンしたはいいが、ドサッと投げ出したのだ。銀行のローン四千万ウォンは私が返済してやった。イシモチを焼いたんですよ、と言ってくれる嫁としては、それでまだしも悔しさが薄まったといえるのだろう。今やっている洋服店は、それなりにやっていけているようだ。イシモチでももどきでも、一生懸命生きてってくれれば私としてはそれでいい。

一生かけて貯めた金の大部分はこうして消えた。私としては大いに助けてやった感じなのだが、なぜか息子の奴は当然の支援を受けたという態度だ。遺産相続の前倒しぐらいのつもりなんだろうか？　それもありなのかなとも思う。とにかく、過ぎたことだ。問題は私だ。私と、今じたばたとイシモチもどきを食べている妻だ。妻の認知症が発覚したのも二年前だ。こっちだって、銀行からのローンでフランチャイズの支店を出すや否や、ドサッと投げ出したような気分だった。

認知症がどんな病気なのか、その後、勉強するだけ勉強した。もどきの、つまりイシモチに似た白い身をむしって妻のさじにきちんきちんとのせてやる。めっきりと、妻の箸使いは下手になった。結局いつかは、私がすくって食べさせてやることになるだろう。容易に納得できることじゃないが、当然の運命ともいえる。多くの人が認知症を患っていて、そのうちの一人が私の妻だと考えれば、これ以上当然なことはないという気分にもなる。ガンだろうが中風だろうが、結局人間は死ぬようにできてるのだから。そうそうお父さん、検診の結果はどうでした？　じっと妻を見ていた嫁がまじめな表情で聞いてくる。

百歳まで生きるだろうって言われたよ。何のことはない、医者の言葉をそのまま引き写しただけだ。タバコのせいか心肺機能が落ちていることを除けば、何の異常もない検診結果だった。筋力と肝機能は若い人顔負けですよと、腕相撲をするなら手首をつかんでハンデをつけてやらなきゃいけないような生っ白《ちろ》い医者が、そう言った。ガン細胞の一個も、臓器や血管の異常も発見されなかった。あら、よかったですねえお父さん……ずっとずっと長生きなさってくださいね。嫁のこの言葉だけは、誰が何と言おうと本心だと思う。

総合検診を受けたのは息子の勧めによる。お父さん、健康は健康なときに守らなきゃって言いますからね。嫌だと言うのに何日もせっつかれて、とうとう受けた。これも実は嫁の勧めだろうなと想像がついたからだ。結構ばかにならない検診代は、おごりますよと言って息子が、いや、嫁が負担した。親孝行というより、嫁の不安さが感じられる。私が最後まで無事に責任を持って妻の面倒を見ることを、子どもたちは何よりも願っているのだ。息子は……言わんでおこう。ときどき、妻が認知症になってどれだけ幸いかと思うこともある。息子は……妻のすべてだったから。

妻は息子に格別に執着した。私にも原因があった。私はときどき道にはずれたことをやった。接待の多い仕事だから、たいがいはプロの女性との一夜限りだったが、それではすまない恋愛も二回ほどあった。一度は会社の若い女性社員Sと、もう一度は高校の同級生だったYと。Sとは半年ぐらい別世帯を持ったこともあるし、Yとは双方ともに家庭のある身だったから、深刻な事態になりかねなかった。当然のことだろうが、妻をとても傷つけた。

息子が、それで妻のすべてになったのだ。おのずと息子は利己的で依頼心の強い人間に育ち、今もそうだ。私の責任だ。いや、誰の責任だかわからない。今じゃもう、譲ってやるほどのものもない。とはいえかろうじて家一軒が残っているが、これ以上はもうやらないぞと私は決心している。私にも私の人生というものがある。認知症を患った妻にも妻の人生がある。家は、我々の老後のために使われるのでなくては。ごちそうさまと席を立ってのろのろと上着を着た。さあ、行きますよと妻に呼びかける。お父さん、果物召し上がってくださいよ。階段を降りていく間も、嫁は一生懸命呼び止める。いいよ、早く帰らないと。

狭い長い路地を、妻の手を握って歩いていく。私なりに面白い話をたくさんしてやるのだが、何の返事もない。半分散ってしまったレンギョウの植え込みを通り過ぎるといきなり携帯が鳴った。嫁だった。お父さん、何か忘れ物なさってるみたいですよ。大きな箱……ああ、しまったと思ったが、引き返したくない。ちょっと持ってきておくれ……と言いかけて面倒くさくなった。異常反応だ。何もかんも面倒くさい。それ、とっても体にいいものなんだ……エゾウコギっていって……ドンヒョンも飲むといいよ、お前も一緒に飲みなさい。そうそう、夫婦二人、元気でいなくちゃな。電話を切った。何だよ、また持っていかれちまったよ。電話をしている間、妻はしゃがみ込んだままあっちこっちの花をいじっていた。妻を立たせてまた歩くようにせかす。乾ききって空《うつ》ろな妻の手は、胞子を全部吐ききったたんぽぽみたいな感じだ。その手を私は、ぎゅっと握った。

家に帰りついたのは九時ごろだった。途中で妻が道からそれようとするので言い争ったり、なだめたり、とても苦労する。道からそれる理由はいつも「家に行く」ためなのだが、家がどこだと？　聞くこと自体無意味だが、家がいったい、どこだと？　かっとなってしまった。反省する。薬を飲ませ、歯を磨いてやり、布団を敷いてやるとすぐに寝てしまう。すやすやと寝入った妻の顔を確認したあと、私はリビングに出てタバコを吸った。また、一日、生きた。のろのろと私はペンやら老眼鏡やらを持ってくる。家計簿タイムだ。

一年前から、家事は全面的に私の役割になった。あのころがいちばん辛かった。生まれて以来やったこともない洗濯だの、掃除だの、飯を作り皿洗いをすることが生活のすべてになったのだ。それでも今は、家事だけですむのだから御の字といえる。おいおい、妻の看護や世話が生活のほとんどを占めるようになるだろう。家計簿をつけはじめたのもあのときからだ。財布から取り出した振込用紙を綴じて、支出四十万ウォン、八回分割払いときちんと記入する。チョン先輩の顔が目の前に浮かぶ。これから八回かそれ以上、先輩の顔を思い浮かべることだろう。肝臓がよくないと聞いたけど……振込用紙の一回分を切り取って、私は靴箱の左の引き出しに入れておく。支払いを控えた振込用紙や通知書は全部ここに保管している。ルルルルルンと、携帯が鳴る。

こんな時間にと思ったら、電話をしてきたのは娘だった。どうだ、元気か？　今学期が始まって二か月ぶりの電話だ。お母さんはどう？　どうって、よくなるわけもないからな。しばらくあれこれと話をする。娘の声を聞くと気分がよくなる。息子の奴よりは明らかに、そうだ。双子として生まれてきたが、いろんな面で違いがある。向こう見ずな息子に比べて娘はかなりできの良い方だった。心配させられたこともない。まじめに学校に通い、大学院を出て教壇に立っている。融通がきかないところが欠点といえば欠点だが、それでもいろいろと誇らしい思いをさせてくれた。ちらっと、こっそりつきあってる人でもいないのかねと聞いてみた。その瞬間、パパ……と娘が声をつまらせた。よけいなことを言ったかなと後悔したが、そうではなかった。

私、お金が要るの。お金だなんて、何かあったのかい？　こんなことお願いしてほんとにごめんなさい……でも……私も辛いのよ。娘は泣いていた。エゾウコギの森が繁茂するように、胸に心配がこみあげてくる。話してくれなきゃお金も何も用意できないじゃないか……本当に辛そうに娘が切り出した話は、教授のポストに関することだった。地方のとある大学にポストが空いたのだが、要は金が要るというのだ。理由も、使途も聞かず、ただ金額だけを私は聞いてみた。パパが三千万ウォンぐらい出してくれればどうにかなると思うの。そうか？　じゃあ、ちょっと考えてみるよ。とにかく方法はあるはずだから、あまり心配しすぎずにな……何といっても知らない土地だからね……いつも体には気をつけるんだよ。ごめんなさい、おやすみなさい。娘は泣きながら電話を切った。決して腹が立ったわけではない、世の中は腐ってると思ったわけでもない。遅かったとはいえ、こんなふうに融通がきくようになって感心だと思っただけだ。世の中のどこに知識人がいるものか。知識を食う「知食人」がいるだけだ。おやすみなさいと言われておやすみになれるわけもなく、私はタバコをくわえた。

月が明るい。

リビングの電気を消してみると、むしろすべてが鮮明になる。月と、それによって見える暗闇、静けさ、そして一人の男の肉体がはっきりと感じられる。還暦を過ぎてもすこぶる健康な、年老いた男の心臓がどきん、と搏つ。煙を一息、長く吐き出す。病院で検診結果を聞いたときの絶望感が、青い月光のように男の心臓に染みわたる。少なくとも九十歳までは大丈夫ですよ。最近は七十代が基本ですからね、八十代なんてありふれてる世の中です。医者の声が幻聴のように聞こえてくる。これからまだ……三十年も生きなきゃいけないのか？　私は滅法、絶望する。

今後の人生についてはさんざん考えてきた。妻の病気のこともよくよく調べたし、言ってみりゃ、大きな困難はあるまいと思っている。所得がなく、年金はわずかだから窮乏するであろうが、そんな困難なんぞ笑いとばせる。一間きりの部屋で始めた人生だ、鉄にたとえれば鋳鉄の根性で、世の中をかき分けて生きてきたのだ。徐々に大小便の始末もできなくなっていく妻が重荷だとも思わない。むしろ、妻にはそのことを感謝したい気持ちだ。若かったころの過ちをつぐなう機会だとも思っている。けどもう生きていたくない。

もう

生きていたくないんだ。耐えがたいのは苦痛や不便さではない。子どもたちから味わわされた疎外感や裏切りでもない。もう人生について何を気に病むでもないが、こんな一日一日を過ごしながら三十年も生きなきゃいけないのが耐えられない。ささやかな、ありふれた、辛く悲しい一日一日に、まったく同じようにのろのろ耐えていかねばならないというのがだ。人生を知るころには、人生を生きる力がもう、ない。知らずに苦労に耐え、知らずに恋をして、知らずに子どもにしがみつき、知らずに必死に生きる。そしてどこへ行くのだろう?

人間とは

天国に入るにはばつが悪すぎるが、地獄に落ちるには無念すぎる存在だ。実は誰にも行き場はないんだ。延命という明かりを消してみると、何もかもが鮮明になる。

窓を開けて、私はベランダに出る。長い一日の夜が更けた。流れ流れてさらに流れゆく無数の車のライトのせいで、ふと、遠いあの道路が長い長い河の流れに思える。はるか遠くの河に思える。今はもう、

渡ってしまいたい。

あの黄色い河を、私は、一そうの舟のように

秋　春　夏と花は散る

睡眠導入剤を集めだしたのは六か月前からだ。少しずつ、櫓《ろ》を漕《こ》ぐように規則正しく集めてきた。なぜこんなことを、と思いつつも、この行動をやめることはなかった。死にたいと思いだしたのはそれよりずっと前。つまり去年の春か夏か、もしかしたら一昨年の秋だったかも。

家はすぐに売れた。我々の住所は移さずに権利だけ譲渡したのだが、二週間で買い手がついた。一生を費して手に入れた家だった。だが、何の意味があるというのか。譲渡書類に印鑑を捺《お》すときさえ、何の感情の動揺もなかった。まずは税金を納め、娘の通帳に三千万ウォンを振り込む。これだけでいいのか？　残りは私が何とかするわ、ほんとにありがとうパパ。その「何とか」が急に気になったりしたが……とにもかくにも娘の人生だ。そしてもう電話はかかってこなかった。電話が来ないからか、人生がさらに身軽になった感じだ。

そして金が余った。この三十年を思えばとうてい二年ももたないほどの金額だが、残りの人生

を一か月と考えればあり余る金だ。この金で人生最後の一か月を妻と過ごそうと心に決めた。まずエゾウコギの代金を一括払いし、車のコンディションをチェック。考えようによっては長い長い旅になるだろう。故障などという理由で貴重な時間を無駄にしたくない。それから服を買った。妻と手をつないでデパートに行くなんて初めてだ。妻は手放しで喜び、見さかいなく七着の服を選んだ。強烈な原色の服だった。血のように赤い派手なワンピースがあったが、以前の妻ならただでもらっても着ないような服だ。それを着て妻は少女のように喜んだ。少年のように、私は泣いた。

一度だけでも人生を楽しんでから、妻と一緒に死にたかったのだ。妻がまだ旅行できるうちに、妻の魂がそれを覚えていられないとしても。出発前夜の月は人生で見たうちでもいちばん大きく、丸く、まぶしかった。眠っている妻の顔がそのためいっそう、まぶしく明るく見えた。妻の人生はどんなものだったんだろう。ごめんよ、ごめんよ、ごめんよ、そんな気持ちが、月の引力に引っ張られて立ち上がる波のようにざわめく。濡れた砂を撫でて過ぎ去る夜の波のように、私は黙って妻の髪を撫でていた。夢の中のように、またはまだ生の中にいるように。

家の中をよく整頓して、必要なものは全部積み込んだ。カタンとドアを閉めたその瞬間、人生のすべてを密封したような気分になった。遺書などは書かなかった。この家の保証金は子どもたちが相談して分けるだろう。そして近所の美容院で妻の髪をセットしてもらった。きれいにしてくださいね。原色の服を着て座り、髪をセットしてもらっている妻の姿が他人のように目になじまない。いや、たった一度だが、これに似た妻の姿を見たことがある。結婚式だ。

特別な計画はなかった。ただ、思いきり海を回ってみようと思った。睡眠導入剤を集めだしたころは海外の美しいリゾート地を考えていたが、どう見ても妻に負担がかかる。まず車で近くの西海岸を回り、それから東海ラインを遡上しつつ、あてもなく移動する計画だった。思いがそのまま道になり、そして河にもなるだろう。言ってみれば、過ぎてきた数十年とは違う一か月だった。

一か月というもの

私は妻と一緒に砂浜を歩き、驚くほど美しい夕焼けを見たり、ほんとに素晴らしいお店で食事をしたり、偶然見つけた遊園地で気球に乗ったりもした。だからといって特別な旅ではなかった。ただ、良い場所で寝て、思いきり海を観賞し、温泉に入って疲れをいやしたり、また疲れたりしていた。ささやかな楽しい瞬間があったかと思えば、ときには迫り来る死の虚無感に押しつぶされて悲しかったり、した。見ようによっては、過ぎてきた何十年かと違いのない一日一日だった。過ぎてきた何十年間もの秋のようでもあり、またある年の春のようでもあり、すっかり忘れていた夏のようでもある一か月だった。そしてその間に、五本の電話がかかってきた。

一本は娘から、三本は保険の加入やローンの勧誘電話、残り一本は間違い電話だった。

そして今日という日が来た。夜中にちょっと小雨が降り、まもなく止み、昇る朝日を見ることができた。いつもと変わりのない朝を迎え、また近くのリゾートに向けて車を走らせる。これが最後の運転になるだろう。ハンドルの感触を改めて感じながら、閑散とした道路を走りに走る。やたらと涙が出る。抑えられずにこぼれる涙をこらえにこらえたあげく、ついに車を停めて号泣してしまった。鼻水まで流している私の姿がおかしかったのか、妻が腹を抱えて笑いだした。心が落ち着くまで、長い時間が必要だった。

ホテルは海がよく見える丘の上にあった。車を停めて、まず妻と一緒に遊歩道を歩いた。鳥の声と風の音、そして波の音が混じって聞こえてくる景色を前に、私も妻も沈黙した。死も、長い長い河の果てに広がるあの海のようなものなのだろうか？　私は黙ってタバコをくわえた。寒いわ、と両腕をいじりながら妻が言った。寒いはずはない、初夏の涼しさなのだが、妻はそう言い張り、寒がって身を震わせた。結局戻らなくてはならなかった。さ、行きますよ。

ご予約は？

してないと言うと、まったく予想外の答えが返ってきた。申し訳ありません、今お部屋の空きがないんですよ……予約でいっぱいになってまして。びっくりだ。かなり名の知れたリゾート地とはいえ、平日だ。平日にホテルを訪ねる人がこんなに多いなんて……私は少なからずあわてた。

そういえばロビーのすみに、今日の午後に行われる結婚式の案内板が設置されている。まったくもうしょうがないなとロビーを出ようとすると、案内板の名前三文字が一目で見えた。キム、ス、ヨン。妻の名前だ。いや、妻と同姓同名の花嫁の名前だ。黙って私のそばに立っている妻に、誰だろうねと聞いてみた。キム、ス、ヨン。キム・スヨンって誰かな？　ぼんやりした顔で妻は首を横に振る。お客様、とそのときフロントの女性職員が走ってきた。お部屋が一つ空きました。さっき急に電話でキャンセルがあったんですよ。おお、そうですか？　優しい目をした女性職員がうなずいた。

部屋は七階の端っこに位置していた。カーテンを開けると午前中の静かな日差しが黄色い河の水のように室内に流れ込んでくる。その河の中で、私は奇妙なほど心が安らかになった。開閉可能な窓があるので、なおさらこの部屋が気に入った。荷物をきちんと整理したあと、脱いだ服をクローゼットにしまった。ズボンやワンピースのしわをきちんと伸ばして、私は服の形を整えてやった。クローゼットの闇の中にかけられた服たちが急に、過ぎてきた人生のように思える。そして人生最後の風呂に入った。妻の体を、そして自分の体を自分で洗ってやった。ガウンを羽織ってベッドに座ると、山鳥の小さな鳴き声がかすかに聞こえてきた。

バッグを開け、睡眠導入剤を入れておいた封筒をそっと取り出した。一か月待ちつづけた深い眠りが、封筒の中で私たちを待っている。窓の外を眺める。そして、よく来たなあ、ここまで……と私は思った。来てよかった。妻の顔を見ることはできなかったが、妻の手を握ることはできた。おずおずと握ったその手を、私はいつにも増して強く握りしめた。ふと、息子と娘の声を最後に聞きたくなった。携帯のフォルダーが岩のように重い。ディンドン、とベルが鳴ったのがそのときだった。誰だ？　誰も訪ねてくるわけはないのに、いつのまにか体がドアの前に立っていた。ど、ど、どなたです？

蜂です。

耳を疑ったが、蜂ですとくり返す男の声がドアの向こうから聞こえてくる。異常反応だ。私はドアを開け、男の顔と対面した。四十を過ぎたばかりぐらいの平凡な印象の男だった。蜂、ですって？　と私が尋ねるとむしろ男の方があわてたような様子だ。男はもう一度部屋番号を確認してから、ニュージーランド様ご夫妻ではありませんか？　と早口でささやいた。ニュージーランド？……いったい何のことでしょう。いえ、あのですね……つまり……マッサージを依頼なさいませんでしたか？　そちらさん、マッサージ師なんですか？　男がうなずいた。

そうだったんですか。異常反応といえただろうが私は男を部屋に入れた。廊下に立って話すのも何だし、また妻がしきりに部屋を出ようとするのも気になるからだ。私は男に、この部屋に泊まることになったいきさつを簡単に説明した。そうだったんですか、とうなずきながら男が言った。たぶん私をお呼びになったご夫婦が、急に気が変わられたんだと思います。まあ……ときどきあることなんですけどね。え、予約しておいて、そんなふうに一方的にキャンセルする人がいるんですか、マッサージっていうのは？……そうなんです。

印象は悪くなかった。それでふと、死ぬ前にマッサージしてもらうのもいいなという思いが頭をよぎった。どうです？　と私は男に提案した。あ……と男は言い、何か困ったような様子だ。たぶん、部屋の中をうろうろしながら見せる妻の異常行動が気になるのだろう。ちょっと認知症でね、でもマッサージをしてもらうのに特に支障はないはずだよ。そういうことではなくてですね……と男は何度かためらっていたが、では、と言ってうなずいた。

床に薄い布団を敷いて男は私をうつぶせに寝かせた。手足の先から順に、マッサージを始める。それを見ているのに退屈したのか、妻はすぐにベッドで寝入ってしまった。お二人でご旅行ですか？　そうなんだよ。とてもお幸せそうですね、奥様があんなご様子だと……ご苦労されるでしょうに……昔は私が苦労させたからね。夫婦ってみんなそんなもんかもしれないけど……それにしても最近は、こんなふうにマッサージ師をホテルに呼べるんだね？　いえ、そうではなくて……実は……私がやっているのは夫婦マッサージっていうものなんです。夫婦マッサージ？　普通のマッサージではなくて……何ていうか一種の性的なサービスみたいなもんなんです。ご年配の方とは縁のない話ですよね……だからむしろお話ししやすいんですけど。

男の言ってる意味がどういうことか、ハッとして、ピンときた。ずっと前、日本に出張に行ってきた社員から似たような話を聞いたことがある。いやあ、そんなことする人がこっちにもいるんですか？　数は結構いるんですが、実質的にはそんなに多くないですよ。好奇心で予約したけど、いざとなると今日みたいにUターンなさることもありますし、女性の方が、同意はしていても実際には拒否されることも多いし……なのでたいていの場合、通常のマッサージを前提にして、女性が決心なさるかどうかによってサービスを実施したり、省略したりするんです。料金もそれによって決まってきます。

山鳥の声が聞こえてきた。あくせく生きる人間たちの姿が、それでなおさら鮮明に感じられる。私は降り、彼らは残るだろうが、結局はみんながこの河を渡るのだ。マッサージのけだるさのせいか、やたらとまぶたが閉じてくる。あんな苦労やこんな困難の中を生きてきた一人の人間が、男の指先でくったりと溶けていく。蜂っていうのは何かね？　それはＩＤって奴ですよ。ああ、そうか。はっきりと、くっきりと、山鳥が鳴いている。

奥様は……施術をお受けになりませんよね？　一緒にタバコを吸ったあと、男が笑いながら尋ねた。そりゃもう……受けないさ、そんな年でもないし……でも私よりずっと苦労してきた人だからね、代わりに、そういうサービスじゃなくて普通の按摩だけしてやってくれ。私も笑いながら男に言った。起こすと大変だから……ベッドにいるままでしてもらった方がいいと思うがね。男はそうっと、そうっと、マッサージを始めた。芒種〔二十四節気で太陽暦の六月六日ごろ〕の日差しの中で、あの黄色い河の水の中に、妻の体はくったりと浸かっていた。男の指先が、二匹または三匹のアメンボが泳ぐように静かな波紋をいくつもいくつも描いていく。一そうの舟のように、ベッドは揺れていた。

あ

妻があえぎ声を上げたのは、ちょっと時間が経ったあとだった。危うく、持っていたタバコを私は取り落とすところだった。何十年ぶりに聞く、そういう性質の声だった。あ……低いあえぎ声がまた妻の口から漏れ出てきた。力いっぱい鳴く山鳥の声のように私の心は入り乱れ、くらくらし、ベッドの上の男と目が合った。ぽかんと口を開けたまま、男も明らかに、どうしていいかわからずにいた。私たちはしばらく、そうやって固まっていた。

山に
山に
咲く花は
ああして一人で　咲いてるね

山で鳴いてる
小鳥たち
花が好きだと

山に住む
山で
山で
花が散る
秋　春　夏と
花は散る

ホテルの広場のどこかにスピーカーがあるらしい。噴水の近くではないかと思う。結婚式の列席者に向けた案内放送が流れ、続いていくつかの歌曲が流れてきた。金素月《キムソウオル》〔国民的詩人の一人。一九〇二―三四〕の、「山有花」という詩だったかな？　窓際に座って歌を鑑賞しながら、私は新しいタバコを取り出してくわえる。シャワーを終えた男がガウンを着て出てきた。目を合わせるのも何だったから、私はあたふたと冷蔵庫のドアを開けた。ビールでも一杯、どうかね？　あ、ありがとうございます。髪を乾かした男に、私は缶ビールを渡した。

結婚式のようですね？　窓の外を見下ろしながら男が言った。そうみたいだね。広場の中心から、色とりどりの紙テープを曳いた車が一台、ゆるゆると出発するところだった。再拝、三拝、車は丸い噴水のまわりを三度回ってしばらく止まったあと、ひもでくくりつけた何個もの缶を引きずって、おもむろに世の中に向かって出ていった。短く、私たちは乾杯した。何十錠もの睡眠導入剤でも飲み下したように、妻はぐっすりと眠っていた。はっきりと、ビールがうまいと私は思った。

冷蔵庫にはまだ、缶ビールが一本残っていた。

グッバイ、
ツェッペリン

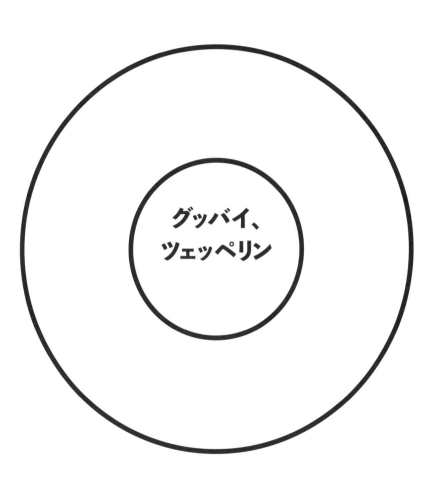

仮面ライダーファイズ

知ってますよね？　良い子のみなさん。正義は常に勝利するってことをね。いつでも夢と希望をなくさずに、一生懸命お勉強しましょう！　私たちはみなさんの友だちですからね。さあ、それでは仮面ライダーファイズと写真を撮るお友だちはこっちへ並んでくださーい。お母様方は、写真を受け取れるアドレスを書いてくださいね。はあー、というわけで、撮った。三十九人の鼻たれの隣で三十九回、勝利のポーズを決めてやったわけだ。おじさん、にせものでしょ？　最後の鼻たれがいきなりそう尋ねた。ぎくっ。っていうか、腹が立つ。ほんものだったら……ここでこんなことしてるかよ？　ものが言えないからハハハと笑う。太ももがむずむずする。ほんもののファイズの太ももにも、あせもができてるのかな？

幸せの花咲く楽しいショッピング
ママとパパと手をつなぎ
家族みんなが一緒だよ

夢のショッピング　ドリームマート
ハッピー・ハッピー・ドリームマート

非常階段に腰かけて牛乳を飲んだ。牛乳は、ドリームマートの企画部社員が持ってきてくれたものだ。それで飲む。牛乳なんか俺が好きなはずもないが、そういうわけで飲むのだ。な、さっき俺が蹴りキメたとき、かなり、イケてたんじゃね？　とジェイスンが言う。えーかげんにせーよとは言えないため、イケてましたねーと答えて流す。ジェイスンがにっと笑う。何だぁこの人間は……ほんとに……好きでこんなことやってんのか？　頭、変になりそうだ。隣に座っているこの人間がジェイスンだ。蹴りをキメただの、イケてただのと言ってるが四十歳だ。これでもアメリカで貿易エージェントやってたんだぜ。いつ、ですか？　十五年前。どのくらい？　一年半。それでジェイスンなんだそうだ。本名は教えてくれないので致し方なく、ジェイスン……先輩、と呼んでいる。結婚、なんていうようなことはしてるわけがない。見合いの席でも、蹴りがイケてるだのと大声で自慢しかねない手合いだ。でもまあとにかく、先輩と呼んでいる。毎日そう呼んでいるけど、先輩と呼ぶ声は全然イケてないね。ぽた、ぽたと、汗が垂れてしまう。真夏にゴムの服を着た人間だけが流すことのできる汗だ。階段を上っていた鼻たれの一人が母親とつないだ手を振って叫ぶ。ママー、仮面ライダーがいちご牛乳飲んでるよ。あーそうねえと、ママという人間が言う。

企画部に付設されている倉庫で服を着替えた。あー気持ちいい。約五分、エアコンの前であああああああっと、した。今日の仕事はこれでおしまい。社長に電話して業務報告。ご苦労さんと社長が言う。それじゃまたあとで、夜にな。はいと答えて電話を切った。あとはアシスタントを待つだけ。先輩はここに残るの？　いいやとタバコをくわえながらジェイスン……先輩が答えた。すみませんがここ禁煙なんですよー、といちご牛乳をくれた女性社員が笑いながら言う。仕方なく一緒に企画部を出る。あの子、俺に関心があるみたいじゃね？　ガンと蹴りをくらわせたかったが忍耐する。外の空気がむんむんしてる。また太ももがかゆくなってきた。

のまのまイェー、のまのまのまイェー〔二〇〇四―〇五年にヒットしたモルドバの音楽グループ O-zone のナンバー「恋のマイアヒ」の歌詞〕と今、はりきって踊ってるあの子がミリョだ。ほとんど、ビキニだ。ミニスカートをはいてはいるけど、ビキニと言っても何の差し支えもないミニだ。さっきお尻にパンツが食い込んでた。あんなふうにしょっちゅう食い込ませるとお客も食いついてくるんだと、家電製品代理店の社長が前、へらへら笑いながら言ってたっけ。殺したかったが忍耐した。ミリョと俺は同棲中だ。この事実は誰も知らない。会社でも絶対内緒にしている。いい子なんだ。さー、本日ドリームマートにお越しいただいたお客様はー、オープン記念としてさまざまなサンクスイベントがお待ちしていますよー。マイクを置いてまたミリョと振りを合わせて踊りはじめたあの子が、ジョンへだ。声がいいので、ＭＣは主にジョンへの役目だ。ときどき、私は一日じゅう体張って稼いでるんだからねと、足の裏のたこをむしりながらミリョがぼやくこともある。ミリョとジョンへはあれやこれやで知り合って姉妹のような仲だけど、ジョンへはもう完全にクラブ中毒だ。ひどいもんだ。半年ぐらいあっちこっちのステージでバックダンサーをやってたらしい。とにかく、ダンスだけは最高にうまい。

もちろんミリョの方が可愛いし性格もいい。ミリョ、俺のミリョ。

知ってるんだろうか、こんな俺の気持ちを。十何人かの中年おやじどもが今も、うー、とか言いながら周辺に立っている。ポケットにぎゅっと手を突っ込んだままちらちらちらと、ナマコ二匹とイソギンチャク三匹が棲んでいそうなまぶたの中から、なめるようにミリョを見つめてる。しゃいこやなあ、と一人のおっさんがつぶやいた。殺したかったが、しゃいこって何のことだかわからないので忍耐する。胸は、右の方がでっかいぞ。タバコをくわえた腹の出た中年おやじが、聞こえるか聞こえないかの声で誰かにささやく。おっと、またミリョのお尻にパンツが食い込んだ。フゥーッと誰かがため息をつく。俺はタバコを取り出してくわえる。火、ちょっと借りていいか？　横に立ったおっさんがぺこっと頭を下げて小声で言う。火を、俺は、つけてやる。その瞬間、ありがとよという顔をしてみせながらもおっさんの左手がズボンの中でうごめいている。あ、このやろ……何いじってんだよ。

今日の前にある、風船だらけのこの建物がドリームマートだ。大手経営の激安スーパーよりは明らかに小さいが、この中小都市の規模を考えたら大した建物だ。ドリームマート会長はこの街出身の有力者で、地域の文化発展のために自らのすべてを賭けた、と、語っている。火のようにせっかちな性格の人物だ。今日のイベントを見ても人柄がわかる。今日が一階売り場のオープン記念。正式オープンは十五日後に控えている。止めなかったら地下駐車場オープン記念イベントまでやりかねない人だ。とにかく、そんな理由で一か月ずっと切れ目なしにイベント続きで、うちの会社としては大当たりというしかない。仮面ライダーのみならず、何にだってならなくちゃ。むずむずっ、とまたもや太ももがかゆくなってくる。夢のショッピング、ドリームマート、ハッピー・ハッピー・ドリームマート、のまのまのまイェー。

ドリームだよな。俺にも夢はある。今はたとえミリョのワンルームに居候の身でも、誰にも言えない夢はあるのだ、言ってもいいのかもしんないけどな。まず、三十歳までは今の職場に骨を埋めたつもりで頑張る。三年間で、社員四人のわが社をちゃんとした、約三十人、程度が働く会社にするぞと言ったら俺の誤算だろうか？　そうじゃないぞと、俺は思う。それでまあ言ってみれば副社長、ないしは理事といった肩書きをもらい、ミリョにウェディングドレスを着せてやる。新婚生活はもちろんマンションでスタート。それから二年ぐらいで株式投資で金を増やす。そんな中でも暇を見て、ひそかに勉強を始めると言ったら、みんな呆れて引っくり返るような話だろうか？　そうじゃないぞと、俺は思う。では、ということで辞表を出すのだ。みんなが引き止めるけど、申し訳ありません私には夢があるんですと堂々と言う。社長は泣く。俺が惜しくて。もちろんミリョも泣くだろう。俺がかっこよすぎて。そして三年間、一歩も外に出ずに勉強する。人生でたった一度の王手だ。俺はついに弁理士試験に合格する。ミリョはもう、うっとりしてしまう。押し寄せるお祝いの電話。そして号泣するミリョをぎゅっと抱きしめるのだ。何てあったかいんだろう。たぶんそうなるよなと、俺は思う。

ドリームマートを出たのは午後八時だった。会社までは十分かかるが、車が渋滞して十五分も時間を食ってしまった。お疲れ、大変だっただろ？　と笑いながら社員一人ひとりの手を握ってくれるこの人が、うちの千《チヨン》社長だ。根本的にちゃんとした人だ。人の扱い方を心得ている。何より人心の大切さを知っている。あーもう、おなかすいて死にそうとジョンへが愚痴った瞬間に飯が出てくるのだ。お前らが帰ってくるまで待ってたんだぞーと、それまでは食事しないでいるという、社長はそういう人だ。たっぷりの肉炒めとキムチチゲが、それでなおさらほっかほかに感じられる。まずは食べろよと、千社長がビールを持って上がってくる。一階がスーパーなんだが、それにしたって、お前たちは足が痛いだろうからと自分でビールを運んでくれる、そんな人だ。だからジョンへもミリョも社長にすごくなついている。ビールを二杯ぐらい空けると疲れがさーっと吹き飛ぶ気分だ。疲れただろ、自分が女だったら足でも揉んでやるのにとジョンへのグラスにビールをついでやりながら社長が言う。いいわよオッパ〔女性から見た兄に対する呼称だが、恋人や夫、血縁関係のない年長の男性を呼ぶのにも使う〕、揉んでよ揉んでよとソファーの肘かけに足を伸ばしてジョンへがけらけら笑う。あたしも、あたしもとミリョがつられて甘える。甘えるときのミリョは可愛い。ジョンへはちょっと、気持ち悪い。

キム室長ちょっと、と明日の日程を相談したあとで千社長に声をかけられた。みんなが帰ったオフィスに俺と社長だけが残っている。大変なことになっちゃってさ。どうしたんです？　千社長がタバコをくわえた。これが好材料なのか悪材料なのかわからないんだけど、今日、ドリームマートの会長のお供してサウナに行ったらな、会長がすごく心配してらっしゃるんだ。何をですか。うん、今度のはまたちょっと違う問題でね、あっちの大規模マンションの方で大手企業が市場調査をしてるらしくて、その情報をつかんだっていうんだよ。市場調査を？　どうやら、激安スーパーの出店が目標らしいんだな。え？　こんな小さい街まで食っちゃうつもりなんですかね？　らしいんだ。とにかく、それが事実なら放っとけないだろ。ひどいですねほんとに。会長は、そんなもん入ってきたって大丈夫、ここは俺の庭だからなって口では言うんだけど、やっぱりショックは大きいらしくて、しょっちゅう、千社長何かいいイベントはないのかね？　この地域の人たちの頭にドリームマートという文字をぐぐっと刷り込むような、そんなアイディアは？　ってやたらと言うもんだからもう冷や汗かいちまってさ、研究してみますって答えて、それからサウナ行って会長の背中をこすってたら、急にバッチンって指、鳴らして、こう言うんだよ。千社長、飛行船を飛ばそう！　って。飛行船ですか？　そう飛行船。それで、何て答えたんです？　わかったたって……答えるしかないだろ。それからしばらく俺らは言葉を失っていた。からっぽの、大きなまた小さな吹き出しがぽっかりと、大きなまた小さな飛行船のようにオフィスの空中を飛び回っていた。

どうなさるんです？　そうなんだよそれでさ、すぐに調べてみたら国内には飛行船を飛ばせる企業は何社もなくて……それも、全部予約でいっぱいなんだ。ギャラを上乗せするからって言ってもだめだし、しかもサイズも小さいのしかないし。で、会長に電話して、これこれですって報告したら、こうなんだ。どうなんです？　私がいつ君に経費をケチれと言った？　って。それで電話、ガッチャンって切っちゃうんだぜ。それどういうことですか？　わかんないけどまあ、何でもいいからとにかくやれよってことじゃないか？　ほっかほかして、太ももがまたかゆくなってきた。巨大な一個の吹き出しに、あせもみたいなしつこさで追っかけ回されてるみたいな気持ち。

ツェッペリンは飛ぶ

ジェイさん、しっかりロープ握ってーと千社長が叫ぶ。ジェイスンからは、「はい」でもなければ「ええ」でもない、「はぇ」みたいな変な声が風の間に間に返ってくる。何でつながらないんだ？　血まなこでマニュアルを再確認しながら千社長が首をかしげる。雑草ぼうぼうの川岸には、無数のウスバカゲロウが飛んでいた。

今見えているあの、ずだ袋のおばけみたいなのがツェッペリンだ。川岸に長々と伸びたあの袋にガスが満タンに入れれば、長さ十五メートルの飛行船が誕生する。マニュアルを読み込んだ千社長がもう一度バルブの連結を試みる。習ったときは簡単にできたんだけどなあ、と言って千社長は電話をかける。その間に俺は、ツェッペリンをつないだロープとリングを再度点検。結び目は、大騒ぎしながらジェイスン……先輩が結んだ。これボーイスカウト結びだぞ、知ってるかい？　おお、ジェイさん、すごいですねと五歳年下の社長が言うとあいつ、二回もスマイル飛ばしやがって。あの人間、今はどこで何やってんだ、見回してみるとタバコをくわえてる。あー、気が狂いそう。ジェイ……先輩、タバコ消してくださいよ。「あ」でもない「お」でもない、「あぉ」みたいな変な音が、羽をちぎられたトンボみたいにふらふらと返ってくる。もう名前も呼びたくないな。先輩でも先公でも関係ないんだよ。

ツェッペリンが到着したのは昨日のことだ。今だって俺はとうてい正気じゃない。この十日間、どうやって過ぎたんだかわかりゃしない。俺らとしてはほんとマジで、お手上げだったんだよ。結局、千社長は自分の先輩に泣きついた。ソウルで大きなイベント会社を経営しているという大先輩だ。一回だけ助けてくださいと上京して一心不乱に頼み込んだんだな、ソウルとこっちを行ったり来たりしながら。その間は、俺がジョンへとミリョをあっちこっちのレストランだの菓子屋のオープンイベントだのへ連れていかなきゃならなかった。免許を持ってるのは千社長と俺だけだからだ。ジョンへとミリョはいいとして、ジェイ……の奴だけは絶対、許せん。せめて黙っててくれりゃいいものを、アメリカの運転免許はあるんだとよ、アメリカのは。あの人間と組んで働いたらお釈迦様でも凡人になりさがっちまうよな、こんなんじゃもうマジで、どうやって解脱しろってんだよ、って。

飛行船は結局、日本の専門業社からレンタルすることになった。保証とかそういう手続きがむちゃくちゃ面倒で、結局、契約書にはソウルの大先輩がハンコを捺してくれた。代理契約というわけだ。技術者が一人ついてくるというのだが、要らないと言った。事情がばれたらいろいろと問題になりそうだから。うちの社員にも気球を扱ったことのあるのがいるから、そいつらに習えばいいだろ？　と大先輩が言ってくれて、ありがとうございます、ありがとうございます、感謝します、ありがとうございます、ありがとうございますと千社長はぎっくり腰になるほど腰をかがめてお礼した。何につけても真心いちばんの千社長だ。オフィスで三回、ドアの外で一回。模範とすべき姿勢だと、俺は思った。大先輩の目もそんな感じだった。何ていうか、よく実った稲を見る農夫のまなざし。世の中は、自らこうべを垂れる者を助けるのだ。俺が見ても確かにそう思える。頑張ろう。待ってろよ、ミリョ！

ドンミン、俺の夢が何か知ってるか？　帰りの車の中で千社長に聞かれた。プライベートな話をするときはいつも俺の下の名前を呼ぶんだ。それでほんとに社長が実の兄貴みたいに感じられる。いつかどっかで兄貴と呼ぶことがあったとしても、ミリョの「オッパァ」みたいにグッとくるような声を出す自信はないけど。何ですか？　じゃなくて、何でしょうか？　と言うべきだったなと後悔する。俺ってまだまだだよなあ。一言一言にも、動作一つにも学ぶべきことが多すぎる。何でしょうか？　と俺はもう一度、尋ねた。

ドリームマートが繁盛すればうちも安定した会社になれる。給料だって、どこにもひけをとらないほど出せる自信がある。だけど俺の夢はもっと大きいんだよ。会長がドリームマートを創業した理由は、実は政界進出のためなんだ。文化事業、文化事業って騒ぐのも実はそのためなのさ。俺は、会長は国会議員だろうと市長だろうと、この地域で何でもやれる人だと信じている。だから一生お仕えするつもりだ。なあドンミン……そのときはお前がこの会社を引き受けてくれよな、わかるだろ？　いつの日にか、お前が俺を本当に助けてくれる日がきっと来るはずだ。俺たちは一生、ともに歩むんだ。わかったか？　唇をぐっと嚙みしめながら、俺は、はいと答えた。おかしなことにやたらと涙が出そうになるんだ。何も悪いことをしていないサイドミラーをにらみつけながら、俺は涙をこらえた。ど……どこの誰がこんな……いちご牛乳のように甘い夢を見られるってんだ。

正式オープンが五日後に迫ってきた。それでツェッペリンのテスト飛行のために、俺らは川沿いのこの土地を選んだ。街からは五十キロも離れた田舎だ。ここまで来た理由は簡単だ。ドリームマートの関係者に知られずにこっそり予行練習をしなくちゃいけないからだ。大見得は切ったが、実は自分たちだけで飛行船を飛ばしたことなんかなかったし、もしも今日のテストで何か問題が起きたら今日のうちに原因をつきとめなきゃならないし。てんてこまいの忙しい朝だった。一か所カラオケボックスのオープンがあったのでミリョを乗せていき、風船のアーチだのプラカードだのの装備一切を一人で設置した。アシスタント二人って言ってたのに？　と尋ねるカバみたいなカラオケボックスのオーナーに、はい、はい、そうですよーと言ってるうちにジョンへが到着、ふわああー、とタクシーを降りたジョンへはまず大あくびする。またクラブで踊ってたのかよと内心つぶやきながら離脱、また事務所に戻り、ジェイ……つまりあの人間を乗せてここへ。一方、千社長はトラックを持っている後輩と一緒によいしょ、こらしょとツェッペリンを運んできた。ソウルから到着したコンテナを開けたのも、まさにこの川岸だ。異常なくらいトンボがいっぱい飛んでる広い野原だった。

いいぞ、と千社長は喜色を浮かべた。すぐにバルブが連結され、俺らは一緒にバッテリーを点検した。これでいいかな？　額の汗を拭きながら社長がつぶやいた。胸がどきどき高鳴る。野原をどんどん上っていけそうな、そんな感じで。ジェイさーん、ロープに足、引っかけないように気をつけて！　と千社長が叫ぶ。「はい」でもない、「ええ」でもない異様な返事をする代わりに、ジェイ……先輩はシュバッと横っ飛びに跳んだ。シュバッ、だなんて……ずいぶんいろんなことができる人間だな。ガッチャンと音を立ててスイッチが上がる。ヴィーンとガス注入器が振動しはじめた。ものを言う者は誰もいなかったが、すでに吹き出しがいっぱい、晩春の蒼空にぽっかりと浮かんでいた。

もくもくと小さな雲みたいにツェッペリンはふくらんでいった。そしてすぐになめらかな流線型の船体が輪郭を現しはじめた。その光景を俺は携帯で撮影した。ミリョに見せてやりたかったから。今ごろミリョは頑張って働いているだろう。一日も早くミリョを楽にさせてやりたい。ついにツェッペリンが本来の姿を現した。それは巨大な鯨のようだった、そして、まるで「夢」のようだった。誰もが見つめずにいられない何か、弁理士になった俺の人生がさらにふくらんで青空に投影されているような気持ち。バルブを遮断したあと、俺らはチューブを片づけた。今にも飛び立ちそうなツェッペリンを、四隅でぐるぐる縛ったロープがつなぎとめている。これで滞空さえうまくいけば成功だな？　と千社長がつぶやく。しばらく魂が抜けたようになっていた俺はやっとのことで、はい、と答えた。へその緒みたいな真ん中のメインロープを残して、俺らは各

コーナーのチェーンを一本一本はずしていった。そして

ツェッペリンは浮上した。

みんなが悲鳴を上げてしまうほどのすばらしい眺めだった。だが、誰も口を開くことができなかった。浮上していく夢の迫力、超現実と現実が混ざった荘厳な風景にみんな圧倒されてしまった感じ。ジェイ……先輩、までもが、ぼんやりと眺めているだけだ。どうしたんだよ、またシュバッと横っ飛びでもなさったらいいのにさ。あの人間はこんな夢みたいなものを一度でも持ったことがあるのかな?

おおー、と誰かの口からうめき声が飛び出した。おおー、おおーっ。そしてうめき声は伝染したかのようにみんなの口からあふれ出た。船体に垂直に上っていたメインロープがいきなり、するするっとほどけて地面に落ちたのだ。その瞬間、頭の中のヒューズみたいなものが燃え尽きたような気がする。おお、お、おーっ、この状況を整理してみようなんて意識は存在するはずもなく、千社長の絶叫が両耳をつんざいた。つかまえろ〜、つかまえるんだ! ズバシュッ、と飛び出したのはジェイスン一人だけだった。

大航海時代

国道を走ってます。はい、はい、ガソリンは真っ先に満タンにしましたよ。はい、はい、カーナビ？　そんなのないことご存じでしょ。はい、通報はしました。高速道路はUターンできませんから、ええ、風向きが変わっちゃったらどうしようもないですけどね、はい、わかりました。それで切ろうかと思ったけど、ご心配なく、絶対に逃しませんからとつけ加えた。ドンミンありがとうよ……お前だけが頼りだよと言う千社長の声にはまるで力がない。その瞬間、俺も泣きそうになる。どうしたんだ？　とジェイ……先輩が聞く。社長があんまり情けない声出すもんですからね。しばらくじっともの思いにふけっていたジェイ先輩が俺に尋ねる。お前、知ってるか？何をです。あそこに入ってるガスな……あれを人間が吸うとどうなるかをだよ。死ぬでしょ、もう。ばかだなあ声が変わるんだよ、知らないのか？　「ヂラナイノガ」ってこんな感じの声になるんだよ。アンナゴドガオギルドハホンドニユメニモオモイマヂェンデヂダ、イマモオモイダズダゲデヂェンシンガフルエマス……あーもうちっくしょ、車、停めてやろうかと思ったけど忍耐した。お前ってマジで……どういう野郎なんだよいったい。ジェイ先輩が呆れるよ「先輩」が。もうこいつのこと、ただジェイスンって呼び捨てにしてやろうかな。アクセルを踏む右足に、それでいっそう力がこもってしまった。国道はがら空きだった。

あの川っぷちでみんなが気を取り直したのは何分かしてからだ。あのとき、浮上したツェッペリンをぼんやり見上げるばかりで俺らは何もできなかった。風が吹いてきた。そして徐々にツェッペリンは移動しはじめた。まずは俺が追っかけることにした。千社長は会長との約束があり、後輩が装備を片づけてトラックに保管することになった。持っていけよ、と財布の金をぜんぶはたき出して千社長は俺らにくれた。これも持っていけ、とクレジットカード一枚も。ジェイさんも一緒に行ってくれ、一人でも多い方が……と社長が言いかけるとガバババッとジェイスンが乗り込んできた。時間が経てば地面に降りてきますよ、とタバコをくわえて言ってみたが、困惑し、焦る気持ちはみんな同じだ。ツェッペリンが降りてきたら後輩がまた一汗かいてくれることに取り決めて、あれこれ議論している間にツェッペリンはもうトンボの幼虫ぐらい小さくなっていた。とにもかくにも俺は車を出した。

飛行船を追っかけたことのある人間なら知っている。天上の道と地上の道がどれほど違うかを。俺は三回も行き止まりの山道から引き返さなくてはならなかったし、水害で壊れた橋のせいで山一つぐるっと回らなくてはならなかったし、国道では実に七回も違法Uターンしなくてはならなかった。玉ねぎを満載したトラックが一台、きいーっと停車して怒鳴った。死ににに来たのかこの大ボケ野郎！　すみません、すみませんと、汗だくのケツに食い込んだパンツのように進退きわまった気持ちになる。風の吹くまま、まぶしく白く輝く洗濯物のごとくゆらゆらと進んでいくのはツェッペリンだけだ。

国道をどれくらい走っただろうか。俺は心を入れ替えることにした。どうせ捕まえられる相手じゃないんだから、のんびり追っかけようと決心したのだ。電話が鳴った。警察だ。ちょっと前に通報なさった件ですけどね、それ、風船なんですか？　そうともいえますね。今、どちらですか？　正確にはわからないんですけど、忠清北道《チュンチョンブクト》っていう表示をちょっと前に見ました。忠清北道ですって？　はい。あー、そうすると申し訳ないんですけど……そっちの管轄に通報していただかないと、いけないんですよ。えっ、もしもし？　電話は切れた。風も止んだらしく、ツェッペリンはしばらくぴくともしない。そういえばお昼も食べていなかった。小さなよろずやの前に車を停めて、俺らはパンを食べた。パン、牛乳、パン、牛乳と代わる代わる口に入れながらじーっとツェッペリンを眺める。ぷるぷるの白鯨も、しばらく大気中で休息をとっている。

　オッパ？　ミリョが電話に出た。大変ね？　ミリョもだいたいの状況は知っていた。何日かかるかわかんないけど……しばらく会えそうにないな。そっちの仕事はどうだ、しんどくないか？　ううん、ここのオーナーさんすっごく親切なの、気に入ったから明日もやってくれって。もう一日？　うん、どうせドリームマートのオープンまで何日かあるじゃん、頑張って稼がなくちゃね。なあミリョ、と俺は声をひそめてささやいた。ほんとはな……俺の夢はでっかいんだ、ちょっとだけがまんしてくれよ、な？　なんてことは……言えない。もったいをつけてる間にミリョがささやいた。全部わかってるよオッパ、愛してる。口の中にたまっていた一口の白牛乳がその瞬間、いちご牛乳に変わったみたいな感じだった。愛してるよ。

　ジェイスンとは一言も口をきいてない。タバコあるか？　と聞かれはしたが、首を振っただけ。千社長はひっきりなしに電話してくる。そのたびに話の内容も声も違う。ドンミン、今回の件さえうまく乗り越えればうちの会社も何とかなるんだとか。ドンミン、ここでまずったらおしまいだぞとか。ちょっとは降りてくる様子がないか？　とか、空軍に連絡してみようか？　とか。そのたび俺は千社長を安心させてやる。ちゃんとついてってますよ、心配しないでくださいと。もう日は暮れかけて薄暗くなっていた。ツェッペリンは徐々に東に移動していた。こっちの道が正しいんじゃないか？　ジェイスンが言った。小さな山の手前でY字路になっており、ツェッペリンは闇の中でのろのろとその山を越えていた。お前が味噌ならそれはクソだろ、こんな人間の言うこと聞いてたら、一生クソみたいな人生を送ることになるよ。俺は無言で反対方向にハンドルを切った。感じで言うと絶対、あっちの道なんだがな……とジェイスンが一人言を言う。暗い山道だった。

ジェイスンが正しかった。道は反対方向の舗装道路にまっすぐつながってて、道路の真ん中には果てしなく続く中央分離帯が設置されていた。あああああ、涙が出る。路肩に車を停めて見おろすものの、空には何も見えない。ちらっとひらめいた考えは二つだけ。逆走するか、車をさっと担いで中央分離帯の向こうに越えてしまうか。すさまじいスピードでトラックが何台か通り過ぎた。どうせこうなっちまったら……タバコでも一服しようや。ジェイスンが近づいてきた。隠しておいたタバコを差し出しながら、これも全部ジェイスンのせいだ、と俺は思った。

十五分ぐらい走ったあとでインターチェンジにぶつかった。ようやく反対車線に出てまた二十分。問題のあの山が右手に姿を現した。ツェッペリンはいない。さらにまた十分走ったが、真っ暗な空が続いているだけだ、ああああ。電話が鳴った。千社長だ。はい、はい、ちゃんとついてってますよ。忠清北道を回ってですねー、今は江原道《カンウォンド》方向に向かってます、もう越えたのかもわかりませんけどねと嘘をつく。これでツェッペリンを見失ったら、神様も俺を許してくれないと思うんだよ。はい、はい、そうですね。ドンミン俺な、今、教会に来てるんだ。ちょっと牧師様にお祈りしてもらおうと思ってさ。ガスを吸って音声が変化した人みたいに、千社長の声は震えていた。俺にこんなことが起きるなんて夢にも思ってなかった。これも全部ジェイスンのせいだ。

足が震える。アクセルを踏んでいる感じが全然しない。いっそ泣いちゃえば胸がすっきりするだろうけど、泣くこともできない。ジェイスンは横で鼻歌を歌っている。かすかな明かりが見えた。ちょっと停めろよ、道でも聞いてみるとしようや、とジェイスンが言う。このボケ、そんな別に、常識だろうがよ？　まあいいやと思いながら車を停めた。何てこったい、軍隊だぞ。しかもよりによりやがって、米軍じゃないかよ。歩哨に立っていた米兵が何か叫ぶ。窓を開けて答えたのはジェイスンだった。驚いたことに会話はしばらく続いた。合間合間に笑いも飛び出す。何てこったい、手まで振ってくれるとは。

三十分ぐらい前に遠くを通過するのを見たっていうんだが。あいつ読図法に詳しくてさ、自分の考えじゃ……五キロ前方で右折してずっと行くと工業団地があるんだけど、風向きから見てそのあたりまで行ってるんじゃないかっていうんだ。まずは車を走らせる。五キロほど行くと確かに抜け道があり、わらのように細いその道はとぎれそうでとぎれないまま続いていた。小さな田舎の村を二つほど過ぎると工業団地が現れた。だがツェッペリンはいない。もう少し走るとまた別の村が一つ現れ村の右手に広い野原が広がっていた。その野原に俺は車を停めた。三日月の浮かぶ暗い夜だったが、近くの森を背景に白っぽい物体が浮かんでいるのが見えた。ツェッペリンだ。タバコでも一服しよう。ジェイスンが言った。さあどうぞジェイ先輩、と俺はタバコをお渡しした。

停泊中の船みたいに、ツェッペリンはぴくりとも動かずに浮かんでいた。何十キロも逃げてきてやっと休憩できた白鯨みたいに、ゆらゆらしながら荒い息を整えている。村に入ったところの食堂で、俺らもようやく一息入れることができた。さっぱりした大根入りの牛肉スープが絶品の店だった。年齢がいっておられるわりに胃腸が頑丈とお見受けするジェイスン様が、飯を二杯も召し上がる。夕飯は食ったか？　と、野原をぶらぶら歩きながらミリョに電話した。うん、カラオケボックスのオーナーがおごってくれた。あのカバが？　すっごい面白い人なのよ、俺には金しかないからなーとか言っちゃってさ。金しかないだとぉ？　くそったれめ。それで夕ご飯食べて、ちゃんと帰ってきたわよ。何食べたんだ？　高級韓国産牛肉の霜降りロース。オッパは何食べたの？　高級韓国産……ではないただの牛肉のスープだよ。

焚き火を焚いてジェイスン先輩は座っていた。トランクに入っていた釣り用の椅子が、ジェイスン先輩の向かいに広げられている。どっかりとそこに座り込む。運転で疲れたろ？　いえ……

でもまあ、見つけましたもんね。そうだよな。車に入ってちょっと目、つぶれよ。交代で寝ようや。眠気が来そうでもあり、来なさそうでもある、変な気持ちだ。僕はじいっとツェッペリンを見つめていたが、ふと尋ねた。ねえ先輩、先輩の夢って何ですか？　夢かあ……ぼんやりと、持っていた木の枝で地べたに丸を描きながら先輩が言った。そんなもんあるかなあ俺に……そんなんに似たもんがあるとしたら……そうだな、金、稼がないとな、まずは。金がちょっとたまったら……それを増やして……お前、ラスベガス行ったことある？　ありません。それで……成功したら娘と一緒に暮らしたいなあ。結婚……してたんですか？　今はしてないよ。でも娘にはほんとに会いたいんだ。夢ったって、素朴なもんだ。ジェイ先輩……俺ちょっと言っていいですか。あれ、やめた方がいいですよ成人娯楽室〔大人のゲームセンター。パチスロのようなゲーム機でプレイし、儲けは現金化できるが、換金は違法行為である〕……あそこさえ行かなかったらジェイ先輩は何かできる人ですよ。だって、先輩、とにかく英語は話せるじゃないですか。ぱちぱちっと焚き火から火花が散る。じっとその火花を見つめていたジェイ先輩が、小枝を燃やしていた火が消えるような声でつぶやいた。そろそろ……寝ようや。長々と足を伸ばした月みたいに、ツェッペリンも寝ていた。静かにおやすみツェッペリン、いい夢見るんだよ、おやすみ。

目を覚ますと風景が変わっていた。ど、どこですかここ？　遠く東の空がぼんやり明けている。うん、夜中に急に風が吹いてきたからな、久しぶりにちょっと無免許運転したんだ。窓の外に顔を突き出す。まだ真っ暗な上空に、ぽっかりとツェッペリンが浮かんでいた。異様なぐらい、涙の出るような風景だった。異常、なかったですか？　何が？　ツェッペリンにですよ。昨日よりは明らかに高度が落ちている感じだ。ガスが抜けたからじゃないかな？　ですよね？　電話が鳴った。千社長だった。あれこれとこっちの様子を俺は伝え、社長はひっきりなしにハレルヤを連発する。あのカラオケボックスは、もう一日イベントをやってくれってことです、お聞きになってますか？　はい、はい。今は高度がずいぶん下がってます。もっと降りてきてくれればいいんですが……とにかくご心配なさらずに。なあドンミンと言う社長の声が震えている。俺、今、早朝祈禱会に行くとこなんだ。あ、そうなんですか……気をつけて行ってらしてくださいね。俺は電話を切った。

カップラーメンで朝食をすませると、また俺がハンドルを握った。ツェッペリンを追って車はニュータウンっぽい小都市に入っていった。あっちの方じゃ開発工事がまっさかりで、そっちの方には完成したマンションが建っている、生ぬるい風景のでっかい村だ。高圧線に引っかからないか心配ですね。まだかなり高いから大丈夫だよ。風が止んだ。建設途中のマンションの工事現場の上にツェッペリンが止まった。ぱっと見たところ、マンションの広告のアドバルーンみたいだ。広告費もらった方がいいですよね、とコーヒーを飲みながら俺らはジョークを言い合った。気分がよくなったのか、ジェイスン先輩は歌を歌っている。私はむしろ笑ってるピエロが好き、という昔の歌だ。先輩は歌もうまい。

マンションだ。マンションを見ると俺はミリョを思い出す。実はミリョに内緒で積み立てもやってるんだ。まあ新婚生活はチョンセでスタートを切ることになるだろうけど、弁理士になればそんなもんじゃすまないぞと空想に浸ってしまうが、それでもやっぱり積み立てはしてるんだ。

何坪ぐらいがいいのかはまだよくわからない。ただ、南向きがいいなとは思ってる。日当たりのいい部屋でミリョが赤ん坊に乳を飲ませている光景とか、そんなのを思い浮かべていると自然と満ち足りた気持ちになる。例えばそれを見ながら掃除もしてやるし、皿洗いもしてやる夫、生ゴミも捨ててやる夫になりたいんだ。二か月前だったか外回りに出たとき、偶然、近所に建てられたモデルハウスに入ってみたことがある。何かの本で読んだ通り、幸福は遠くにあるんじゃなかった。ごく近くに、近所にあった。

午前中、ツェッペリンはほんとにちょっとだけ動いた。三、四百メートルぐらいだから、まだ目視で確認できる。安心してもいいよな？　近所の食堂で飯を食べて出てくると、もう少し山の方へ移動したツェッペリンが見えた。ああー、先輩と俺は叫んだ。高層マンション群と山の中間ぐらいにかなり高い丘が見える。おそらくその丘からなら、すぐ目の前にツェッペリンが見えるだろう。つまようじを投げ捨てて、俺らは急いで車に乗った。遠くから見るのとはまた違うと思うぜ？　という先輩の言葉にも一理はあるが、希望を捨てることはできないのだ。千社長に状況報告をした。千社長にとっても俺にとっても胸ふくらむ電話だった。

捕まえたぞ、って感じがするほどツェッペリンを近くから見ることができた。しかしいざ丘の上に登ってみると、竿や綱が届くような距離じゃないことがわかった。ああああー、とひとりでにため息が出る。知能の高い狡猾な白鯨のように、ツェッペリンはぬっとそこに止まっていた。ばかにされているような気がする。だが、確実に近くまで来ている。ミリョのワンルームと、外回りで見つけたモデルハウスの中間ぐらいの距離っていうか。とにかくそのときだった。わあーっ、という喚声とともに一群の鼻たれどもが丘を登ってきたのは。大まかに言って小学三年生か四年生ぐらいの子どもたちが、それぞれ手に一挺ずつ銃を持っている。あれ、銃じゃないのか？　ジェイスン先輩が叫んだが、ほんとの銃のはずはない。先輩、あれ、ＢＢ弾入れて撃つおもちゃですよ。そうかあー、よくできてんなーと言っている間に子どもたちが銃を撃ちはじめた。目標はまさに我らのツェッペリン。こら、撃つな！　という大声が自然に飛び出した。おい、おもちゃに何言ってんだよ？　とジェイスン先輩が俺の肩を叩く。先輩、あれいたずらじゃすみませんよ、目に当たったらすぐ失明するぐらいなんですから。おい、撃つなって言っただろ！　マジでクソ言うこときかねえガキどもだった。

腕まくりをして、俺は鼻たれどもの群れの中へ飛び込んでいった。銃を取り上げて叱りつけようと思ったのだが、何だよおじさん？　という声があちこちから上がるのみ。一人の頭を小突くとどこからか急に弾丸が飛んできた。あっ、と額をおおって俺はしゃがみ込んだ。クソ痛い。高三のときケツにカンチョー！　ってされて以来、こんなに痛かったことってあったかなあ。ああっ、とジェイスン先輩もどこかに当たったらしく悲鳴を上げている。時は来た。一人の大人として、ガキどもに世間の怖さを教えてやるべき時が来たと、俺は思った。これはいわば、教育なのだ。愛の鞭だ。

ＢＢ弾っていうのは、あれだな。初めは涙が出るくらい痛いんだけど、いっぱい当てられると感覚がなくなってくるんだ。あちこちで号泣が始まり、気がつくと二人の鼻たれが目の前で嗚咽していた。残りはわらわらと丘を走って逃げていった。ママに言いつけるからな、警察に知らせてやる、ナンバー覚えたからな、などなどの声が埃とともに風に乗って届く。嗚咽していた二人の鼻たれもとぼとぼと歩きはじめた。白っぽい埃が落ち着くと、丘の上には青い空とツェッペリンと俺ら二人だけが残っていた。ツェッペリンも徐々に動いていた。通報……するんじゃないか？　点々、とできた額の赤いあざもそのままに、ジェイスン先輩がつぶやいた。

帰ってきてよ、ツェッペリン

ほんとに景色がいいですねえ。こんなとこで暮らせたら、思い残すことたあないよな。また山道にさしかかり、しばらく走った。大きな山ではないんだが、延々と続く山の行列が一幅の絵のように目の前に広がる。ツェッペリンはたゆみなく進んじゃ止まり、進んじゃ止まりをくり返し、俺らは冷たい冷たい小川の水に足をつけたり、休憩所でのんびりコーヒーを飲んだり、した。晩飯にはメウンタン〔主に白身魚を使った辛いスープ〕を食べた。暗くなるまでに千社長は三回電話してきて、俺はやはり、心配するなと答えてあげた。いや、実際にツェッペリンの高度は目に見えて下がっていた。メウンタン屋でニュースを見て出てくると、しとしとと雨が降っていた。雨に打たれて、ツェッペリンはびくともせずに闇の中で踏ん張っている。ほんとに、白でよかったですよね。だよな。

ついに水面に浮上した鯨みたいに、ツェッペリンは疲れて見えた。すべてをあきらめ、人間に捕まるのを待つ白鯨が目の前で泣いていた。ツェッペリンの船体に沿って落ちてきた雨水がまた、俺らがさしている傘にぱらぱら当たって落ちる。今日はここで寝てもいよな？　メウンタン屋に貼り出された「民泊」という表示を指差して、ジェイスン先輩がそう言った。

今どこ？　ミリョに電話した。うん、オッパ、今カラオケ。まだ終わんないのか？　ううん、もう終わったんだけど、オーナーさんがごくろうさまって……一緒に飯食おうって言うから……それで、食べて、帰るところなの。装備はうちの社長が来て全部運んでってくれたから心配しないで。そっち、雨降ってるか？　ううん。じゃあ気をつけて帰れよ。あのねオッパ、オーナーさんが、ただで歌ってけって言うんだ……それにジョンへもちょっと遊んでいこうって言うからさ……ほんとに、純粋にお礼したいっていう、そういうのあるじゃん、そういうことよ。うん、心配しないで。私もくたびれてるんだけど……でも、自分の職業を誰かが認めてくれると嬉しいっていうの、あるでしょ……それに……ジョンへも一緒だから。そうか、あんまり遅くならないうちに帰れよ。仕方なく、そう言ってしまった。

雨は降ったりやんだりをくり返していた。俺らはときどき窓の外のツェッペリンを確認しながら、じっとテレビを見ていた。ちょっとトイレに行ってきて、ミリョに電話した。出ない。家に電話したがやっぱり出ない。十一時だった。まだ歌ってんのかなと思った。まあ、ジョンへがノリノリになったら誰にも止められないからな。歌い出したらメドレーで、俺が知ってる十八番だけでも二十曲以上ある。テレビでは映画が始まり、先輩はごうごういびきをかいて寝ていた。車が一台も壊れない、長くて退屈な映画だった。それで俺もちょっと寝てしまった。目が覚めたのので、とうとうジョンへに電話した。出た。オ、オッパー、こーんな　じがんに　なーに　どーじだの？　舌が曲がっちゃったみたいな声でジョンへがつぶやく。しっかりしろよ……今どこだ？　ン、ン、と喉の調子を整える音が大きく響く。タクシーの中よ。ミリョは？……帰る途中だと思うよ。ミリョが電話に出ないんだけど？　あの子すっごく酔ってたもん、それで出られないんでしょ。じゃあどうやって家に帰るんだよ？　あ、カラオケボックスのオーナーが送ってってくれるって。何だって？　だってあたしは方向が逆だもん。ミリョ、ふらふらはしてたけどちゃんと立ってたわよ。その人の電話番号知ってるか？　知らない、何で？　お前一人で帰ってどうするんだよ？　じゃあどうしろってのよ、あたしだって寝なきゃ。

まずタバコをくわえた。そしてまたミリョに電話した。出ない。メッセージでも残そうとボタンを押すが、信号音がとぎれてしまった。またかけ直すと、電源が入っていないという音声案内が流れてくる。ながーく、タバコを吸った。自動車の三、四台くらい壊さなきゃ気が晴れないくらい、怒りがこみあげてきた。フィルターまで火が燃え移ってしまった吸い殻を手にしてぼんやりと突っ立って、新しいタバコをくわえた。小川の流れる音がさらに人を狂おしくさせる。三十分くらい、そうやって水辺を歩き回った。

眠れなかった。夜中の三時、夜中の四時……一方の電話はずっと電源が入ってないし、もう一方の電話はずっと応答がない。頭の中が真っ白に燃え尽きてしまった感じ。何でもないだろうさ……またタバコを吸った。長い長い時間が、しかし短い歩幅で時計の上を歩いている。ミリョが電話に出たのは朝六時だった。どこだ？　あ……ここどこだろ？　ミリョの声は怖さに震えており、電話の向こうでおろおろしているのがわかる。手探りして電気のスイッチを入れる音が聞こえた。一人か？　うん。とりあえず一人の声がかろうじて鼓膜の壁に沿って伝わってきた。その瞬間、ちょっとは安心した。ミリョは嘘をつかないから。オッパ……とミリョの声がまた聞こえた。そしてそれ以上、言葉はなかった。そしていつまでも、いつまでもミリョは泣くばかりだった。どれぐらい泣いていただろう、のどが嗄れてもう泣けなくなった声が、遠くから、パニックを起こした風のように吹きつけてきた。かっとなり、畜生、何て野郎だ、コンドームは使ったのか？　と大声を上げそうになったが、俺は黙っていた。またミリョが泣きはじめた。長い長いすすり泣きだった。なあ……と俺はまたミリョを呼んだ。ミリョは答えなかったが、俺は短く言った。ミリョ愛してるよ。わあーん、とミリョがまた号泣した。

兄貴、生きるって何なんですかね？　窓の外を眺めながら俺は聞いた。サイドミラーをあっちこっちへ調節しながら、ジェイスン兄貴が言った。何ってほどのこともないよな？　食べて寝て、出して、時間をつぶすってこったろ。そうでもあるよな、と俺は考えた。眠れなかったが、とても運転はできない。舗装されていない山道を、午前中ずっと兄貴がハンドルを握らなくてはならなかった。ぐんと高度を落としたツェッペリンを見ていると、異様なくらい心が落ち着く。けがをしてないならとにかく家に帰って寝るんだよ、と俺はミリョに言った。朝飯は必ず食べろよとも言った。お前が元気でいてこそ俺も元気でいられるんだからねとも言った。家に着いたらメールしてな、とも言った。ミリョは何も言わなかったが、あとで「ごめんねオッパ」というメッセージを送ってきた。それでやっと、ほろっと、涙が出た。頑張って食べて、寝て、出していれば、時も過ぎていくだろう……ラジオを聞きながら俺は涙をこらえた。千社長の電話にはジェイスン兄貴が全部出てくれた。もう、むっちゃ、やきもきすんなあ、ちっちっ。ジェイスン兄貴が舌打ちしようとしまいと、もう差し迫った時間の問題だ。何としてでも今日はツェッペリンを捕まえなくてはならない。また斜めに降下してきているツェッペリンを見ながら俺は決意した。ツェッペリンを捕まえれば、うまくいくだろう。弁理士になれば、何もかもうまくいくだろう。

おっとぉ、とサイドミラーを見ながら兄貴がつぶやいた。どうしたんです？　きったねぇなあ、ぴったりくっつけやがって。クラクションは鳴らさなかったが、でっかいワゴン車が一台、ほんとにぴったりくっついてくる。兄貴がひーっと叫び、急いで車を寄せて急停車させた。追い越して申し訳ないと思ったのか、助手席のおっさんがにこにこ顔であいさつしてくる。すみません急いでるもんでー。ワゴン車に乗った大勢の中高年たちは全員が帽子をかぶっていた。そして二、三人は布切れで熱心に猟銃の銃身を磨いていた。野太い音を立ててワゴン車はすぐに目の前から消えた。猟をしに行くんですかね？　ミネラルウォーターを飲みながら俺は聞いた。猟だか何だか知らんけど、大変なことになるとこだったぜ。何でです？　外車だもん、引っかき傷でもつけたらいくら取られると思う？　何だかいたたまれなくて、俺らは一緒にタバコを吸った。あのー……

どこまで行かれますの？

ぎょっとして振り向くと、どうしたんだ、おばあさんが一人立っている。雑木の陰に体を隠した、ちっちゃいおばあさんだ。誰だ？　っていうより……何だ？　って感じの方が強いおばあさんだった。まごまごして返事できずにいるとおばあさんがまた言った。ひょっとして、ソウルに行かれるんなら……ちょっと乗せてもらうわけにいかないかしらね？　まずは面倒くさかったのだが、しわだらけの顔とその上の黒いほくろ……なんかを見ていると断れない。しかも、おばあさんは病院の寝間着みたいなものを着ていた。今ちょっと用事があるんです、それと、ソウルには行かないんですよおばあちゃん。と、一言一言はっきり大声でジェイスン兄貴が言った。あのう……近くまででもいいのよ。お願いだから、ね……切実な表情だ。仕方なく俺らはおばあさんを車に乗せた。ありがとう、ありがとう、お恵みがありますようにねと、ずーっと涙を拭きながらおばあさんは腰をかがめておじぎする。ゆるゆると、ツェッペリンはすでに上空をうろうろするだけの段階に入っている。ガスが抜けた機体の横っ腹は、老人の脇腹みたいにしわが寄って凹んでいた。

じゃあ、あの風船を捕まえないと帰れないのね、ほほほ。俺らの事情をあれこれ聞いたおばあさんは、ほんとに口元を手でおおってほほほと笑った。ほほほだって。何でだかわかんないけど不思議な気分だ。口にも顔にも出さなかったけど、その瞬間ミリョのことを思い出した。ほほほって笑っている、すっかり年とったミリョが後部座席に座っているみたいな感じがしたんだ。一生懸命食べて、寝て、出していりゃ……いつかはミリョもこんなふうになるんだと思うと急にミリョに会いたくなった。そしてミリョを、抱きしめてやりたくなった。ミリョ、俺のミリョ。おばあさんは老人ホームから逃げてきたんだと言った。私の人生をこのまま老人ホームで終えたくないのよ。ソウルで一人暮らしをしてる友だちがいるから、その人のところに行こうと思って。お子さんはいらっしゃらないんですか？　子どもたちもソウルにいるわよ、とおばあさんは言った。だからそれ以上聞かなかった。

ずどーんという音が山に響いた。ワゴン車の中高年たちがどこかで猟を始めたらしい。何の音でしょ？　目を丸くしておばあさんが聞く。誰かが猟をしているんですよと言っている間に、またもや何発かの銃声が響き渡った。そして俺は見た。ツェッペリンがぴたっ、と止まるのを。そして急激に高度を下げていくのを。気絶した鯨のように、ツェッペリンは山の中腹目指して墜落していた。何だありゃあとジェイスン兄貴が叫んだ。あいつら……絶対、わざと撃ったんだぜあの野郎……こんなに腹を立てている兄貴を見たのは初めてだ。気を取り直す暇もなく、俺らは車を走らせなくてはならなかった。山の中腹の巨大な建物目がけてツェッペリンは斜めに素早く降下していた。ああーっ、とおばあさんが叫んだ。あそこには行きたくない、帰りたくないのよ。おばあさんが大声を上げたが兄貴はスピードをゆるめなかった。僕が言った。おばあさん、その、後ろの毛布見えます？　それをかぶって横になっててください。後部座席は見えませんから心配いりませんよ。不安げな顔でのろのろとおばあさんは毛布をかぶった。冬になるといつもミリョがかけていた毛布だ。

ツェッペリンは老人ホームの庭だか、運動場だかのすみに落ちていた。塀。壁。全体的に古びた老人ホームは、言ってみりゃそういう空間だった。薄っぺらな塀の端っこで、建物と全然釣り合ってないピンク色の鉄の門ががっちり閉まっている。海岸に打ち上げられた鯨の死体のように、ツェッペリンは横たわっていた。そしてそのまわりを何十人もの老人たちが取り囲んでいた。異様なほど涙の出るような風景だった。ブザーを鳴らしても何の応答もない。爪先立ちして見てみると、守衛らしい男性が必死で老人たちを建物の中へ追い立てている。老人たちは一人、二人とのろのろ建物の中へ消えていく。またブザーを押した。それでようやく走ってきた守衛に、俺らは状況を説明した。そうでしたかと嬉色を浮かべて、守衛がすぐに門を開けてくれた。

いつ片づけに来ます？　守衛はまずそのことから聞いた。トラックが来ます。ごらんの通り、かなりかさばりますからね、バンではらちがあかないので。とにかく、早く持ってってくださいね。私たちも本当にびっくりしましたよ……はい、はい。まず俺は千社長に電話した。そのときだって本当に大変だった。機体に残っていたガスを抜き終わってようやく俺らは一息つくことができた。ぼんやりタバコをくわえたまま、俺はツェッペリンを眺めていた。埃のせいでまだらにしみができた脇腹の上段に、ゴマ粒ほどの小さな穴が一つ開いていた。死にゆく鯨の瞳みたいに、それはきらきらしていた。

ふうー、と顔を上げた。その瞬間、俺はぴたっと動作が止まってしまった。老人たちがどの窓からもひょっこりと顔を突き出して俺を見つめていたからだ。照れくささに笑いながら、俺はぺこりとおじぎをした。老人たちは微動だにしない。おい、キム室長。タオルを取りに行っていた兄貴がそっと近づいてきてささやいた。はい？　ちょっと、こっち。からっぽのバンの後部座席には、きちんとたたまれた毛布が置いてあった。行っちゃったみたいだ……毛布、こんなにきれいにたたんでくださってらあ。毛布の端っこをひらひらさせて、兄貴が笑った。俺はきょろきょろとあたりを見回した。白い雲が一つ、ツェッペリンのようにどこかへ流れていくばかりだ。大きな、からっぽの吹き出しが一つ、ぽっかりと浮かんでいる気分。トラックはいつ来るって？　ジェイスン兄貴が尋ねた。もう出発したはずですよ。吸い殻を投げ捨てながら俺は答えた。それはそうと……あたりを大きく一度見回しながら、兄貴がつぶやいた。

どこに行かれたんだろうね？

深

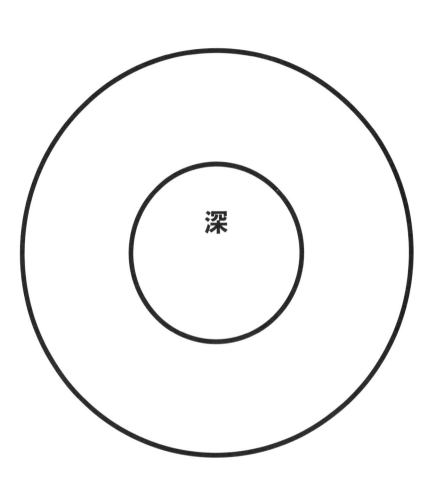

マイナス一万九二五一

亀の甲羅が開いてから二日経った。深い眠りから最初に覚めたのはドミトリーだった。特に異常は感じられなかった。嘔吐がひどかった前回とは明らかに感じが違う。じっと目を閉じて彼はブザーを押した。研究員たちが大股で歩いてくる足音がする。目を開けてみてください。浸水液の中まで連結されたイヤホンを通してかすかな声が伝わってくる。徐々に目の前が明るくなってきた。瞳孔を確認したのはマダム・ヤンだ。退屈なチェックが四十分くらい続いた。ダイビングの準備をしてください、大丈夫ならＯＫサインを。ヤンの指示を聞いてドミトリーはセルフチェックした。自分の身体を、その感覚を。いけるかな、たぶんいけると彼は思った。ブザーを押した。つながれていたすべての装置が一つ、二つと体からはずされていく。少しずつ、彼は心の準備を開始した。最も危険な瞬間が近づいている。

完璧にチェックされた状態でも、事故は常に起きてきた。事故はすなわち死を意味したし、だからみんなダイビングを恐れるのだ。いわば浸水液に浸かった体を外へ取り出す過程なのだが、誰もがそれをダイビングと呼んだ。身体は起立しているのに、意識は絶壁のはるか下に墜落するような感じになるからだ。カウントダウンが始まった。五回もダイビングを経験したが、彼はいつもこの瞬間が怖かった。目を閉じる。浸かっていた体が、ゆるやかな角度を保ちながら徐々に起こされていく。ゆらゆら揺れる水面との摩擦を皮膚に感じながら、ドミトリーは大きく深呼吸した。

ふうーっ

ルームには五人のディーパー（deeper）が集まっていた。亀の甲羅が開いて一週間が過ぎたためだ。テーブルとつながった螺旋形のソファーにクリスとソフィー、セムケが順に座り、三、四メートル離れたところで、孔《コン》とドミトリーがクッションにもたれて横向きに寝ていた。アジアンクリエイトの退屈なニュースが三十分も続いている。セムケとクリスはニュースを嫌っていたが、テーブルに置かれたリモコンには一度も手を伸ばさなかった。他の三人のディーパーも実のところ、無表情だった。ソフィーは最初から目をつぶっていたし、ドミトリーはしょっちゅうクッションに顔を埋めている。なぜファンとパブロがいないんだ、とは誰も尋ねない。アジアンクリエイトの退屈なニュースはまさにこういう瞬間のために制作されたもののように思える。減圧服を着て立っているマダム・ヤンも、そのことは知っていた。ファンとパブロの動向を除く伝達事項を——ヤンは、ニュースと同じぐらい単調に述べた。今、この瞬間の任務はそういうことだと、ディーパーたちと五年間一緒に過ごしてきた彼女は考えていた。

今日でちょうど五年経ったんだね。クリスが口を開いたのは、マダム・ヤンがルームを出た直後のことだ。五年か……五人のディーパーたちは、約束でもしたように五年前のあの日のことを思い出していた。ここ、キューブに最初に足を踏み入れたのはソフィーだった。ディーパー志願者の第一グループの中で今も残っているのは彼女だけだ。第二グループからは三人が生き残っている。クリスとセムケ、そしてドミトリーだ。孔は特異遺伝子の持ち主という理由で特別採用された志願者だ。六回の注入を経て、彼らのR－71バランスはほとんど同レベルに到達していた。奇跡のようなことだった。ルームの入り口に設置された圧力計の数値も、二段階上昇していた。

私たちもう……ほとんどディーパーになったのかな？　朦朧とした表情でセムケがつぶやいた。まだ注入があと一回残ってるじゃないか、とドミトリーがささやく。もう一回生き延びたらってことよ、と言ってセムケは口をつぐんだ。セムケの表情にパブロの影を見た他の四人は、再び沈黙を守った。何も言わずに、クリスは厚い手のひらでセムケの肩を包んでやった。セムケの目からは涙が流れ落ちた。二兆七千億ゲロン〔原注・世界政府「連合」で統一された、未来の地球の貨幣単位〕が投資された、地球でいちばん高価な涙だった。

すべては百年前の地震によって始まった。世紀二三八七年のことだ。地表に大きな被害が及んだわけではなかったが、史上最大の地震が海底で発生したのだ。その年を、水中地質学者たちは「地球がすきを見せた年」と命名した。深さ二万九二五一メートルの新しい海溝がココスプレートとナスカプレートの間に生まれたためである。最初に発見した探査船の名前をとって、海溝は「ユータラス」と命名された。地球が見せたすきを、人類は逃すまいとした。地球全体が一つの連合国家になってからでも七十二年、銀河系の主要な惑星に研究基地が作られてからでも三十年が過ぎたころだった。突然、すべての者たちの関心が地球のすきまめがけて集中しはじめた。身近な、しかし一度も行ったことのない沈黙の宇宙がそこに存在していた。

ガラパゴスから数千キロ離れた海上に、連合は海溝研究所を建てた。天文学的な予算が注ぎ込まれた美しい建物である。ここは人間が神にむかって投げる最初のさいころになるだろう、という総督の発表を裏づけるかのように、水面に浮かぶ正六面体の巨大な建築物が誕生した。人々はそれを「キューブ」と呼んだ。一万一〇三四メートルのビチアス海淵にとどまっていた深海研究が、数百年ぶりに画期的な足がかりを得たわけである。金星で採取した鉱物を土台に「ティモ合金」が生み出されたことも、大きな契機となった。果てしない海淵目がけて何度も、多くの無人潜水艇がさいころのように投げられた。一万九二五一メートル。ユータラスの底に、人類はついに錨《いかり》をおろすことができた。意志と探求という二つに分かれた尾を持つ、自らの錨を。

残る問題は人間だった。ティモ合金製の鎧を着用しても、人間の身体がユータラスの底に到達することはできない。仮説はまったくかけ離れたところで打ち立てられた。ユータラスの第二海淵で捕獲された深海ナマコが最初の手がかりとなったのだ。当初、ナマコの突起と思われていた部分が別種の生命体だということが明らかになった。二つの生物は、いわば共生関係によって深海での生命を維持していたのである。突起と思われていたその小さな生物をマダム・ヤンは「深海ヒル」と呼んだ。それは宿主であるナマコの体液を吸い取って、新たな体液の「お代わり」を提供してくれる特異な生物だった。ヤンはこの生物の体液の研究を開始した。かくして、代替体液「R－71」が誕生した。

実験の成功は絶大な反響を呼び起こした。輝かしいその記録は九八一メートル。体液をR－71に入れ替えた志願者が、スキューバダイビングだけで一キロ近い潜水に成功したのだ。ビルという名のその志願者はビル・アトランティスというニックネームをもらい、一躍世界のスターになった。もちろん、六か月後に副作用によって息を引き取るまでのことだが。ヤンのミスではない。ミスがあったとすれば、ルームを飛び出したビルの科《とが》である。ルームの日常は残酷なほど退屈だったが、その退屈さに耐えられなかったビルの遺体はそれよりはるかに残酷だった。いきなり水の外に投げ出された深海魚を想像してみればすぐに理解できるだろう。もちろんビルは、深海魚よりはるかに複雑な臓器と身体構造を持っていた。

窮地に追い込まれたヤンを救ったのは、連合の総統だった。表向きは海洋研究学会が乗り出してヤンの研究を守ってくれたのだが、その背後には総統の庇護があった。連合の支援でポセイドン・アカデミーが設立され、ヤンはこの団体のトップになった。連合のアカデミーはやがて治外法権地帯と認識されるようになり、もはや誰もヤンの研究を妨害することはできなかった。半ば成功を収めたヤンは新しい仮説を立てた。身体の内部を征服できれば、人間はユータラスの底まで到達することができるというものである。R－71との置き換えが可能な領域を、彼女は限りなく広げていった。体液から臓器へ、また血液へ、そして脳の電解質まで。それは、新種の「人間」を作り上げる作業だった。

Ｒ－71の投与はすなわち、二度と元の世界に戻れないことを意味した。にもかかわらず多くの志願者たちが押し寄せた。連合の協力があったわけでも、マスコミがブームを作ったわけでもない。それは自発的な動きだった。地球のすきまが人類の何らかの成分を刺激し、彼らは本能的にすきまに入っていこうとしたのだ。行けるなら行かずにいられない属性を持つのが人類なのだとヤンは思い、納得した。それはもちろんヤン自身にも当てはまる。志願者の選抜は予想以上に難しい仕事だった。何より、Ｒ－71の副作用自体が一定のパターンを持っていないため、血液、血漿、電解質の代替条件がどんなに完璧でも、事故は頻繁に起きた。結局のところ、それは神の意志だった。

生き残った者たちだけが「コクーン」の中に入ることができた。コクーンは、キューブの中に作られた卵型の巨大な加圧装置である。調節によって十キロまでの海底水圧を完璧に維持してくれる。そして、その中心に「ルーム」があった。ルームは巨大なティモ合金のかたまりともいえる。この奇跡の合金が一万九二五一メートルの水圧から人間を守ってくれるだろうと、ヤンは信じた。あとは人体の任務である。深く、もっと深く浸透するためには、外圧に比例した内部の圧力が必要だ。ヤンはそれを進化と考えていた。人間を作ったのが神ならば、今は自分がディーパーを創造すべきときなのだと……彼女は確信していた。六回の注入が終わった。一、二、三、四、五、六。さいころはすでに投げられ、彼女は投げられたさいころの六つの面を一度ずつ見守った、というわけだ。

コクーンから出て減圧服を脱ぐ彼女に、相談役であるバフチンが歩み寄ってカップを渡した。あたたかいハーブティーだった。コクーンに入られるのはちょっとやめた方が……減圧服を着たとしても……伝達事項程度なら……モニターを利用なさってはいかがです。ヨーロッパ第四区域出身の寡黙なこの男には、ヤンを上司以上の存在として気遣う真心があった。その真心をヤンもよく知っていた。心配してくれてありがとうバフチン、でも、私は彼らの「母」ですからね。決然たる顔でヤンは答えた。バフチンの表情には何の変化もなかった。

さいころ骨

手に感覚がない。細い指を伸ばしたり曲げたりしながらセムケがそうささやいた。ヤンに言った方がいいんじゃないか？　心配そうな顔でクリスがじっと見る。ううん、そういうんじゃなくて……急に思ったんだ、この手はほんとに私のものなのかなって。つまり、そういう感覚がないってことよ。私、っていう感覚……人間としての感覚がね。

セムケが生まれたのはアフリカの第七区域の砂漠地帯だった。母が地域連合の閣僚だったおかげで豊かな子ども時代を過ごした。体育と音源学を専攻した彼女は、野生動物の鳴き声に関心を持つようになった。第五区域のアニマル・ファクトリー〔原注・二十三世紀に作られた野生動物保護施設。保護、観察、遺伝子保存、復元などを行っている〕でずっと働いてきたが、ある日突然ディーパーを志願した。体育だなんて、古いものに関心があるんですね。面接でヤンはそう言った。いいえ、そんなことはありませんとセムケは答えた。ヤンが首をかしげた。だがセムケはそれ以上自分について説明できなかった。その代わり熱い何かが内部から湧き上がってきた。彼女は大声で泣き出した。これは、檻から出たがっている象の鳴き声なんです。濡れた目を光らせ、大きく息をしながらセムケが言った。そうなんですか？　端正なボブヘアを耳の後ろに撫でつけながらヤンが笑った。

　僕もそうだよ。ドミトリーが割り込んだ。みんな……ちょっとずつ同じ気持ちなんじゃないの？　最後の注入が終わったら、この皮膚も……ひょっとしたらこの脳も、R-71の混合物みたいなものになるわけだろ。だからディーパーって……正確には人間じゃないだろうけど、そのせいでなおさら、人間そのものなんじゃないかって気もするんだ。動きとか——身体の作動とかが……僕ももうずっと前から、セムケと同じような感じがしてたんだよ。それで今は何ていうか、意志と、考えだけが残ってるみたいな気分なんだ。みんなもそんな気分わかるだろ？　びっくりするようなことじゃないか？　こんな圧力の中で……僕という人間の考えだけが残っているなんて。ユータラスに人間が降り立つことはできない。正確に言えば人間の考えが到達するだけだよね、かろうじて形質を維持したままで。だけどおかしくない？　僕らの考えはいったいどこにあるんだろう。身体の中にあるならそれだって、どういう形態であれR-71と混ざってるはずじゃないか？　でも考えたことについてだけは、全然そんな感じがしないんだ。ぼんやりと、モニターに出ている海の風景を眺めながらドミトリーはそう言った。

　ヨーロッパの第十一区域で生まれた彼は、哲学と環境建築を専攻した。ユニオン・ベイの本社に勤務し、木星ステーション建設の報を聞いて奮い立った。積極的な性格だった。だがその性格がついに、彼の人生に大きなショックをもたらした。予想もしなかった脱落を経験したのだ。ユニオン・ベイを辞めた彼は失語症とパニック障害に苦しみ、五年間カウンセリングを受けたあと、ディーパーを志願した。宇宙に行きたいの？　ヤンの質問に対するドミトリーの答えはこうだった。どこでもいいから行きたいんです。

心臓はここにある、と胸の下をぐっと押しながらソフィーが言った。彼女は地球外で生まれた唯一の志願者だった。月で生まれ、ずっと月で成長したのだ。土壌学者だった父の影響で植物栽培を専攻した。彼女の身体が備えている驚異的な特徴は、いつもヤンを驚かせてきた。月生まれの二世だから、地球の通常の気圧に慣れるまでにも相当の訓練期間が必要だった。テストを通過したときでさえ、そんな彼女に期待する者は一人もいなかったのだ。だが最高得点を取って第一グループに入り、ディーパー・プロジェクト初のR－71注入を終えてみると、生存者はソフィーだけだった。この機械って……まるで巨大な亀みたいですね。R－71の注入装置を指差して彼女はそう言った。ソフィーがいなかったら、この屋根が「亀の甲羅」と呼ばれることはなかっただろう。私たちあれのことを「ふた」って呼んでたと思うわ、あなたがいなかったらね。ヤンにとって彼女は最も輝かしい希望の星だった。ただの一度も副作用を起こしたことのない唯一のディーパー。驚異的な人類だった。

脳はここにあるけど……と、頭をぎゅっと押しながらまたソフィーが言った。でも、考えたことは全体の中にあるんだよね。私っていう全体、細胞一つひとつの中にってことよ。月で育った人間ならみんなそれがわかってるの。でも、そのことをどうやって証明できる？　とドミトリーが聞いた。月の生活では……ステーションで、地球と同じ条件で育ったとしても、結局は遊泳に多くの時間を費やさなくちゃならないのよ、とソフィーが答えた。真っ暗な空間で何時間も遊泳しているとそのことを感じるんだ、つまり、脳だけが考えているんじゃないって事実をね。例えば手。手も手の考えを持ってるの。目も耳も、それから実は細胞一つひとつが、小さな、無数の考えを持ってるってわけ。でもねソフィー……首をかしげてセムケが言った。人間が常に無数の混乱の中にいるとは思えないな。混乱？　混乱は起きてないよ。人間は、その瞬間に細胞たちの間で最も共通している考えを自分の考えだと認識するんだから。月で育った人間はそのことを知ってるの。「私」っていうもの全体が実は、どんなに無数の考えでできてるかってこと。でも結局、それは立証可能な問題じゃないだろ？　ドミトリーがまた尋ねた。それに、ひょっとしたら月で長く暮らしたために起こった身体の副作用かもしれないし。そうかもね、とため息をつきながらソフィーはつぶやいた。そういう……ことも、あると思う。結局、考えだけじゃどうすることもできないし。

そう言ってソフィーはぎゅっと口をつぐんだ。やっぱり大事なのは立証することだと思うよ。僕らがユータラスまで行く理由も、結局は立証するためじゃないのかな。クリス、君どう思う？ドミトリーの視線を避けながらクリスが口を開いた。立証っていうのは……膨張の問題なんじゃないかと思う。だって僕らはずっと膨張しているんだから。人類はずっとそうやってきたんだ。

最初に拡張するのは考えと意識なんだ。そして最後に身体が到達する。自分の身体で……物質としてね。つまり立証っていうのは……膨張を完結させる手段だったんじゃないか？　宇宙へ、宇宙へと、認識の及ぶ果てに向かって、今も僕らは膨張してる。ユータラスの問題も同じだと思うな。認識はもう深淵にまで到達してるんだよ。物質としての機械が足を踏み入れてからでもずいぶんになるんだから。今や残されたのは、人類が持っているいちばん原初的な物質、つまり人体ってわけだろう。

だけど今回の膨張は、今までのとは違うんじゃないかと僕は思ってる。僕がディーパーを志願した理由も実はそれなんだ。とにかく、こうやって膨張していても人類は自分のことを何も知らない。自分の内部については、つまりこの星についてはね。ソフィーが感じていることもユータラスの問題も、だから立証とは次元の違う問題だと僕は思う。そうだ、これが今、僕という全体が持つ、最大票を獲得した考えなんだ。細胞たちの投票結果というか、つまり「僕」という無数の意見の中でね。そういう面ではねソフィー、月と地球の荒野はすごく似たところなんだろうなって僕は感じた。言ってみりゃ、僕らも似てるってわけだ。

クリスはアメリカの第十七区域に生まれた。哲学者である父母と一緒にアジアと南極で幼年期を過ごし、自らの意志によってワイルド・ゾーンで青年期を過ごした。文明を拒否した人間が集まって暮らす、アメリカの第四区域の広大な自治区である。クリスは明らかに特別な志願者だった。目立って頑丈そうな身体を持ち、文明から疎外された呪術と魔術を知っていた。人類の六十パーセントが科学と工学を、残り三十パーセントが哲学を専攻する時代において、スポーツが消え去り、あらゆる労役を機械が肩代わりしてくれる世界において、彼は、普遍的な人間の道から完全にはずれた存在だった。
　ディーパーとはナチュラルな存在ではまったくありません。マダム・ヤンが真顔でそう言ったとき、彼は十七世紀の人間かと思うような高笑いをした。結局は何もかもナチュラルなんだってことがまだわからないのですか？　満面の作り笑いで対応しながらも、ヤンはなぜかこの志願者が嫌ではなかった。

　そうかもね、とソフィーはつぶやいた。私がここを眺めていたように、あなたが私たちの月を見ていたこともあったんだろうから。眺めるっていうこと……ルームに来てからはかすかな記憶になっちゃったけど、実はそれが、私がディーパーになった最大のきっかけだったんだよ。私、ずっと地球を見ながら育ってきたから。あなたがいつもあなた方の空に浮かぶ月を見ていたのと同じように、私にとって地球はいつもあこがれの対象だった。話しかけたり、願いごとをしたりする、行きたくても行けないところだった。だから私は地球に対して豊かな感情を持ってるの。それは、自分の内部に降りていくのとは全然違う感じなんだ。月から地球を見ても、地層や深海のことなんて感じられないでしょ。こうやって相手と向き合っていても、その人の内臓や骨のことを思い浮かべたりしないみたいに。私にとって地球の内部は、心みたいなものなの。その人の内臓や骨じゃなくて、その人の心、心の確認なの。いつも気になってたんだ。考えたこととは違って、心のある位置ってまるで感じられないでしょ。心はいったいどこにあるんだろう？　心は私の身体にも、「私」という全体の中にも存在しない。感じようとしてどんなに頑張ってみても、その位置は感じられない。結局のところ私は、ずっと眺めてきた、感じてきた、この心というものに到達したいんだと思う。

　モニターを見守っていたヤンはしばしの間、バフチンの報告を聞かなくてはならなかった。いつも通りの報告だった。点検はちゃんと終わったの？　深海体験は……今日から目標地点マイナス一万九二五一メートルのシミュレーションが実施されます。シミュレーションとはいえディーパーが体感する圧力は……医学チームは先回注入したR－71の神経安定成分に期待しているらしいですが……ヤン、ひょっとしたらまた、あなたの大事なさいころ骨〔非常に小さな骨のこと〕が割れてしまうかもしれませんよ。前もって心の準備をお願いします。ありがとうとだけ言ってヤンはバフチンとの応答を終了した。ヤンの周囲が再び、ディーパーのひそひそ声でざわめきはじめた。それまでに幾多もの難関を克服してきた彼女である。彼女は常に、さいころ骨が無造作に割れていく光景をわが目で見届けなくてはならなかった。母親として、それは非常に辛いことだった。ヤンはまたモニターを見つめた。ルームの隅に今も黙って立っている孔《コン》の姿が見えた。

　孔の父親は五十年前に世界を騒がせた人物だった。プアン・リー、人類史の一ページを飾った最初の宇宙自殺者だ。自ら私設宇宙船に家族を乗せ、太陽を目指して飛び立ったのだ。何十回もの警告を無視し、彼は最後まで航路を変更しなかった。コロナの中に消えた彼の一家は、多くの者に自殺アドベンチャーブームを巻き起こした。

　古典的な方法の自殺が流行していたのは二百年前のこと。労役を機械に肩代わりさせた人類が経験した最初の副作用だった。連合の前身だった連盟はついに、自殺を合法化した。百七十年前、安楽死が一般的な死のツールとして定着し、古典的な自殺はすぐにあとかたもなく消えてしまった。

　結局、鍵となったのは膨張である。宇宙開拓ブームが起こって以来、上昇する一方だった安楽死の増加率が急激に落ちはじめた。人類には絶えず行くべきところが必要なんだな。アカデミー設立の直後、ヤンが開いた晩餐会で総統が言った言葉だ。私だって、行くべき場所には行きたいと思う人間ですよ。機械に取り囲まれた中でかわした二人だけの会話だったので、ヤンも自分の思いのたけを打ち明けることができた。ちょっと協力してもらいたいのだが……後に、そう言われて総統の頼みを受け入れたのはそんな理由からである。どんな問題でしょう？　孔という若いのを、ディーパーにすることはできるだろうか？　やはり機械に取り囲まれた二人だけのミーティングで、総統が小声でつぶやいた。詳しく検討してみます。あたりを一度見回したあと、ヤンはそう言ってうなずいた。

　プアン・リーの息子である孔が帰ってきたのは、五年前のことだった。非常脱出用の冷凍カプセルに閉じ込められたまま四十五年間、水星のまわりをぐるぐる回っていたのだ。よくあるデブリー〔原注・宇宙空間で目的を達成できなかった人工物の総称。宇宙ゴミ〕と思われてきた私設宇宙船のカプセルは結局、水星ステーションのデブリー除去船によって偶然に発見された。孔はただちに自分の父親と同じくらい有名になった。残るは孔の航路である。再び人類に迫り来る自殺ブームの鍵を孔が握っていることは明らかだった。すでに轟々たる論争が巻き起こっていた。カプセルを発射したのはプアン・リーだったのか、または生きることを選んだ息子の自発的な選択だったのか。孔はついに口を割らなかった。記憶をなくした彼は失語症に陥っていた。

孔の参加は密かに、粛々と実行された。ヤンは総統の希望が手に取るようにわかった。ユータラスの海淵から生還したプアン・リーの息子、それは当面の間、人類の生きる意志を再び呼び覚ますに十分な事件だろう。ヤンにとってそれは取り消しのきかない決定であり、宿題だった。ディーパー・プロジェクトの優先目標が、到達から生還へと変更された瞬間である。血液内窒素の供給と低圧純酸素の供給が研究の新たな中心テーマとして浮上し、連合はアカデミーにさらに多くの支援を約束してくれた。そして孔は、自らの意志によらずディーパーになった唯一の志願者だった。孔が自分の意志を表現したのはたった一度だけだ。それでも粘り強く孔との面談を続けてきたヤンとの会話においてである。二度の注入が終わったら、まもなく到達できるわよ。母親として、孔の髪を撫でてやりながらヤンは言った。ぼんやりと宙を見つめていた孔がペンを握ったのはそのときだった。一文字一文字はっきりと、孔はアジア圏固有の文字で、ヤンのメモ用紙に文章を残した。バフチンに依頼して読み取ったその意味は、「どこへ?」だった。孔の意志表示はそれが最後だった。

深海体験は、日常的に行われてきたプログラムの一つにすぎない。亀の甲羅を開けて外へ出るときのように危険でもなければ、副作用に怯えて何日もさまよわなくてはならない恐怖の時間でもなかった。自分のカプセルに入り、疑似深海の中で過ごす訓練である。海流の向きに従ってルームを操縦し、状況に応じて通信を交わし、暗闇と静寂の中で退屈な時間に耐える、文字通りの「体験」だ。五名のディーパーは予定された時間通りにカプセルに入り、ルームの入水から潜水に至る多くのプロセスを滞りなく実行していった。そして、果てしない潜水のシミュレーションが続くのだ。光はすぐに消え、底なしの闇と静寂が時間を支配していく。キーボードを叩きながらジョークを言い合っているのもセムケとクリスの二人だけだ。だが、すぐにジョークも底をついた。結局、みんなが深海の一部になる。誰もそこから逃れることはできなかった。

シミュレーション・カプセルは一人用だ。実際の状況と同じく、ティモ合金繊維の保護服を着た状態と仮定されているためだが、もっと大きな理由は別にある。ディーパーの任務とは結局、長い長い寂しさとの戦いだからだ。結局寂しいだけだ。結局は寂しいのか。結局、寂しいからなのか。深海の一部であるディーパー全員が一様にぶつかる壁があるとすればそれだった。孔を除く全員が、寂しさに耐える辛さをヤンに訴えたことがある。行ってみれば答えが見つかるよ、と母なるヤンはディーパーを抱きしめて言った。最初は一万九二五一メートルまでのシミュレーションが適用されるわ、頑張ってくれると信じているよ。あたたかく抱きしめてやるときと同じ表情で、ヤンは一人ずつ、ディーパーの手を握ってやった。

目の前の暗闇をソフィーは凝視していた。すでに長い長い時間が流れたあとだった。深海体験に慣れているソフィーだが、今日はふだんと感じが違う。マイナス一万七六五三。人間が行ったことのない、しかし人間が作り出した深海に自分という全体が入っているのだ。彼女は目を閉じた。目を閉じていても開けていても無意味な深淵ではあったが、ソフィーは目を閉じてユータラス、ユータラスとつぶやいた。目を開けているときには見えなかった円球が、目を閉じた彼女の瞳孔の中にぼんやりと浮かび上がってきた。地球――月から見ていたあの地球だ。久しぶり、とソフィーはささやいた。模擬深海で思い浮かべた模擬地球は、地球の歴史と感じられるほどの長時間が過ぎたあとにソフィーの瞳孔から消滅した。目を開けた。マイナス一万八一〇二。何気なくキーボードの水深計測器を確認した直後だった。自分という全体の一部がしかし、何かを強烈に認識していることにソフィーは気づいた。誰かいる！　それはシミュレーションではなく、実存の感覚だった。誰かがカプセルの中に入っている……そしてそれは、決して未知の感覚ではなかった。周囲を見回した。誰もいない。だが、明らかに誰かがそばにいるという事実を「自分」という全体の大部分が認識していた。それはやがてソフィーの考えになった。よく知っている誰かだ、と彼女は考えをたどりはじめた。暗闇にむかって、震える声でソフィーは尋ねた。孔……あなたなの？　深海は相変わらず、静まり返っているばかりだった。

オム

ヤンは、人生で最も多忙な時期を過ごしていた。ヤン一人だけでなく、コクーンの研究員全体がそうだった。三名のディーパーは最後の注入を無事に通過し、今や残されたのはルームの本格的な改造だった。まるで……ダフネみたいですね。ヤンもうなずいた。今は行方がわからない、ただ、はるか彼方の宇宙をさまよっていると予想される無人宇宙船のことだ。今ごろ桂の木に生まれ変わってるんじゃないの？　自分のカップにハーブティーを注ぎながらヤンが笑う。ひたすら遠くへ、もっと遠くへ行くためにのみ設計されたその宇宙船は、奇形ともいえた。そうした面で、ルームはダフネに似ていたのだ。

コクーンの機械たちが、ルームの内部に陣取っていたたくさんの施設を外部に搬出していた。ディーパーたちは、ルームの上段に位置する狭苦しい操縦室に身動きもできずに閉じ込められていた。今やルームは、人類が投げたさいころ、一艇の潜水艇に改造されるのだ。奇形じみた巨大なバラストタンクと、マッコウクジラの潜水の原理から考案されたオイルタンクが、頭蓋骨の中の脳のようにルームの大部分を占めていた。巨大なオイルタンクは、ルームの密度を高めてくれる「ネレード・オイル」で満たされているのである。火星からもらってきたこの人類の宝油は、ルームを海淵へと導く女神の手のようなものと、ヤンは信じていた。

コントロールルームのモニターを通じて、ヤンはセムケとドミトリー、クリスの顔を注意深く見つめた。今やこの三人の子どもたちが、手持ちの最後のさいころ骨なのだ。胎児のように眠るディーパーたちの顔を見守っていた彼女はとうとうすすり泣いてしまった。もちろん、ヤンが泣いていることに気づいた者はいない。ヤンは泣いてはいたが涙をこぼすことはなく、口元にはむしろかすかな微笑を浮かべていた。ひとえに彼女という全体のある一部が、どこかがすすり泣いているという感覚だった。深海体験トレーニングで孔とソフィーを失ったときも泣かなかった彼女だ。まだ子どもたちが残っている限り、彼女は自分が「母親」だと思うことをやめなかった。ソフィーの身体について、医学チームが死亡判定を通告してきましたよ。心配そうな表情でバフチンが言った。そう？　とヤンは答えた。

孔の死体はむごたらしいものだった。他のディーパーたちがその様子を見ないように、ヤンはシミュレーションの時間を予定より延ばさなくてはならなかった。コクーンの機械群はカプセル内の臓器や骨、飛び散った体液や身体のかすを何の感情もなく迅速に除去していった。議論は紛糾した。医学チームはR－71の副作用という見解を伝えてきたが、科学チームの何人かは遠慮がちに、解凍された身体のバランスの問題を提起した。総統は固く口をつぐんでいた。客観的な報告書を作成しただけで、ヤンも固く口を閉ざした。問題はソフィーである。彼女の体は瞳孔が開いたまま硬直していた。身体組織にはいかなる分裂も副作用もなく、意識自体が消滅した状態である。多大な努力にもかかわらず、ついに彼女の意識は回復しなかった。思考が消滅した彼女の体は、時間が経つにつれて冷えていった。

ネレード・オイルの凝固テストが終わったのは五日が過ぎたあとのことだった。残りは何かしら？　とヤンが尋ねた。何か的確な語彙を見つけようとしているのか、バフチンの眉間がちょっとだけ歪んだ。あの下に……「到着すること」です。ルームの沈水は、七日目にあたる明日に予定されている。予定時間は朝だ。ちょっとの間でも光が見たいんです、というセムケの要求を受け入れたのはヤンだった。わずか何十メートルかだけ差し込む光のために、ヤンはその夜、祈りを捧げた。もちろん古典的な形式の祈りではなかったが、わずか何十メートルしか見えない自分の研究にも神の光が当たることをヤンは祈った。さいころがそこに到達するまでは、彼女はまだ人間の母親だった。

いい朝ですね。と、まず口を開いたのはドミトリーだった。体調はどう？　とヤンが聞いた。セムケもクリスも笑いながらうなずいた。エアチューブが嫌じゃない？　その点については……みんな遺憾には思っていています、とクリスが微笑む。コントロールルームの何人かもそれを聞いて笑い出した。ディーパーたちの胸には何本ものチューブがからまりながら挿入されている。最も脆弱な肺の機能が損なわれたとき、ただちに人工肺の役割を果たしてくれる生命維持装置だ。練習通り、コントロールルームの全職員が整列していた。

見えていますか？　モニターにむかってバフチンが尋ねた。よく見えます。セムケが答えた。二十世紀の方法で私たちの気持ちを伝えようと思います、というバフチンの言葉が終わるやいなや、整列した職員たちが長い大きな布を持ち、掲げてみせた。誰かが書いた「必ず帰ってきてください」という大きな文字が、モニターにむかってはためいた。おお、と言ってセムケは口をおおった。ヤン、とクリスが呼びかけた。僕は必ず帰ってあなたと結婚するから。うなずいてくれなかったら帰りませんよ。みんなが大笑いする。三人のディーパー全員にむかって、母なるヤンがうなずく。浸水が始まった。だが、もうすぐ消える顔たちにむかって、誰もあいさつをすることはできなかった。老いてしわのできた手を挙げて、ヤン一人だけが手を振った。そしてゆっくりと、さいころは投げられた。

フム

ルームは海中に沈んでいった。それは全面的に人間の意志だった。神の意志としてはただ、セムケが見た水中の光と、今波打っている波があるのみ。人間の体液を受け入れたあとも、海には依然として何の反応もなかった。あの青黒い地球の体液が、不可解な神の体液が人間を拒否しないことだけを、ヤンは祈りに祈るだけだった。コントロールルームはまた忙しくなった。ときにはゆるやかに、ときにはぴんと張りつめてルームの進行方向を追う人間のまなざしは、アリアドネの糸玉がほどけるように、モニターの前で動きつづけた。何の問題もなく完璧に、ルームは沈んでいった。地球という迷宮の中心にむかって、ティモという鎧を着たテセウスのように。

長い長い時間が流れた。

圧力を感じる？　ドミトリーが言った。クリスとセムケは何も反応しない。ティモのルーム、ティモの操縦室、そしてティモ合金繊維という三重膜の中では、ひょっとしたらそれは当然のことかもしれなかった。世界って圧力によって成り立ってるみたいだな、とドミトリーがまたつぶやいた。圧力によってこっちの世界とあっちの世界が区切られてるんだ。最後の水中衛星を通過して以来、ドミトリーはひっきりなしにつぶやいている。マイナス一万一〇三四。ビチアス海淵を記念する数値が計測器の電光掲示板の中で光りはじめた。新記録だねとクリスがつぶやく。外部の暗黒を証明するように、モニターの画面が光を失った。これ以上、水中衛星からの電送を受け取れないという意味だ。もはや残されたのは超・超音波のみだ。子宮の中でへその緒を切られた胎児のような気持ちで、セムケはキーボードに片手を乗せた。無事ですよママ、とゆっくり彼女はキーボードを叩いた。しばらくして、ありがとうという信号が波長で再生されて返ってきた。ヤンだ。ルームは依然として、深淵に向かっていた。

深海に来ているということを初めてセムケは実感した。すべてはティモ合金という鎧のおかげだろうが、今まではシミュレーションとよく似た体験のくり返しのような感じだった。マイナス一万三四五二。計測器の数値を確認したときだ。圧力を感じる？　またドミトリーがささやいた。圧力は感じられた。セムケもクリスもそのことはわかった。フム。そんな音が、ルームという頑丈な鐘から大きく鳴り響いてくるような気がする。フム。もう一度ルームが鳴り渡ると、その音に自分の体液が反応していることがクリスにもわかった。R－71の反応だ。真剣にならなくちゃ。ドミトリーがささやいた。模擬体験では聞こえなかった音だよね。セムケの声は興奮に震えていた。ルームはまた静まり返った。

私、地球の泣き声が聞きたかった。静けさが続く中でセムケがつぶやいた。必ず一度は聞きたかったの、こんなふうにね。でもこれ、ほんとは人間の泣き声なんじゃないの？　ドミトリーがささやいた。ルームも人体の拡張にすぎないんだよ。ちょっと前の音も、その人体が出した泣き声なんだ。ルームはもう泣かなかった。ヤンの計画は完璧であり、恐ろしいほど何事もなくルームは降下を続けていく。心配するなよセムケ、結局、地球の泣き声は聞けるから。ネレード・オイルの凝固を加速させながら、クリスがつぶやいた。マイナス一万五八七三。マイナス一万六四二九。長い長い静寂とともに、長い長い沈潜が続いた。正確な間隔で変換される計測器の数値を、セムケは電送しつづけた。

ほんとに何もないのかな?

セムケがつぶやいた。マイナス一万九二五一。計測器の数値は確かに、ここがユータラスの底であることを意味していた。ティモって……ほんとにとてつもないんだね。R－71がとてつもないんだよと、クリスとドミトリーが続いてささやいた。違うよ……人間がとてつもないんだよ。首を振りながらセムケが言った。セムケはこれらのことを決してリアルに実感できなかった。シミュレーションのときより簡単にユータラスに到着した。何事もなかったし、何物もない。ひたすら真っ暗で静かな世界で、地球の泣き声など聞こえもしない。クリスは一瞬、タバコを吸いたくなった。荒野で覚えた、古代先住民が吸っていた野草を干したものだ。ドミトリーは不思議だった。いつも副作用に苦しんできた自分が、ここでは安らぎを感じている。そんなことが可能なら、居住地をユータラスに移したいほどだ。そして三人は自覚した。今や自分たちが人間というよりディーパーであるという事実を。彼らの世界は陸ではなく、まさにこの深い水の中だったのだ。

位置をチェックしてください。誤差はありませんか？　ルームが点検した周囲の状況をもとに、セムケが信号を送った。誤差範囲内だという信号が、しばらくして返ってきた。それなら、とセムケは信号を送った。マイナス一万九二五一。何の信号もなかったが、コクーンの歓声が耳を打つような気がする。ブ、ラ、ボ。とぎれとぎれにヤンのメッセージが伝えられてきた。全員無事だという意味の信号を、セムケは短く打った。そして三人はぼんやりと座っていた。ネレード・オイルはまだ三分の一しか固まっておらず、ルームは何の故障もなく完璧な状態だった。今やシミュレーション通り、帰還することだけが残されている。何年か経ったら人類はためらうことなくユータラス海溝を歩き回るかもしれない。それで？　とセムケは考えてみた。

ほら、とクリスが言った。クリスは、ルームが把握しつづけている周辺の地形図を指差していた。その指先を見ながらセムケとドミトリーは低い嘆声を上げた。ここは海底ではなかった。海淵から続く渓谷の一部に井戸のように穿たれた、別の地形だったのだ。噴火口の可能性もあると思いながらクリスはルームを移動させた。ルームの精密な探知機が井戸の内部を際限なくスキャンしていく。それは果てしない穴だった。

もっと行けるのかな？

ドミトリーがつぶやいた。それは誘惑だった。深淵の誘惑、深い闇の誘惑がディーパーたちの体液に浸透していく。R－71の急激な反応を体で感じながら、三人は代わる代わる互いの顔を見つめた。帰還を要請するヤンのメッセージが入ってきたが、セムケは応答しなかった。ネレードは三分の二残ってる、と目を光らせてクリスがささやいた。その瞬間クリスは陸にある何物も望んでいなかった。何かに流されているように、三人はずっと互いを見つめ合っていた。凝固したオイルのような固い意志が三人のまなざしを徐々に一つに束ねていく。ヤンのメッセージが、焦燥の波形を描きながら入ってくる。それは今ディーパーたちにとって、母なる人類の声にすぎなかった。R－71がまた急激に反応した。もはやディーパーたちは、母とは別種の人間だった。これは副作用なのかもしれないと自分でも思いつつ、セムケは通信を遮断した。母なるヤンの切れたへその緒が、無限の浮力によって深淵の世界から一瞬で消え去る。代わりにユータラスのへその緒を握りしめたかのように、クリスは力強く凝固加速器を稼働させた。ルームは徐々に、果てしない深淵に向かって沈潜していった。水深が全然計測できない。首を振りながらドミトリーがそうつぶやいた。地球の中心を目指す航路は、そのようにして開かれていた。

フム。ルームの内部にまた鐘の音が響き渡った。ディーパーたちはついにその音の正体を知った。深海の泣き声でも地球の泣き声でもない。それはルームの泣き声、ティモの原子が自らの苦痛を悲しげに訴える泣き声だったのだ。フム、フム、フム。時間とともに鐘の音が繁くなる。共鳴の幅が大きくなり、R－71の反応もさらに激烈になっていくのをディーパーたちは感じることができた。長い長い時間がまた流れた。人類がシミュレーションできない深淵の中へと、果てしなく、果てしなくルームは降りていく。マイナス二万五一八七。止まった計測器はもう作動しなかった。もう帰れないよ、とクリスがつぶやいた。アリアドネの糸は切れてすでに久しく、英雄の鎧もずっと前にすりきれてしまった。これは副作用なのかな？　誰もいない、何もない暗闇を凝視しながら、セムケがもう一度つぶやいた。相変わらず何もない世界だったが、自分は何も望みはしないし、とセムケは思った。フム。鐘の音が次第に、神聖な恐怖を帯びて打ち込まれる。それは肉体の恐怖だ。クリスもドミトリーも、今や、自分の体を放棄するときが近づいていることを感じていた。まだ動けるうちにクリスは、ネレード・オイルの凝固数値を最大に固定した。そしてセムケとドミトリーにむかってかすかに笑った。理由はわからなかったが、セムケとドミトリーも同じように微笑を浮かべた。

フム

体を引き裂くような鐘の音がもう一度響き、三人はしばらく意識を失った。かすかに意識が戻ってきたとき、もうかなり前からエアチューブが作動していることがわかった。そして、感じることができた。ルームが徐々に縮小しているという事実を。ティモの原子が、また元素が、急激に密度を高めていることを。なぜそんなことが？　突然、オレンジが食べたいとセムケは思った。それが最後だった。

ここ、どこ？

目のようなものが開いた気がして、そしてセムケは自分が死んだことを知った。目の前で浮遊するルームの全体を見おろすことができたからだ。ルームは大きく歪んでおり、それこそオレンジほどの大きさに縮んでいた。あの中に自分の肉体があると思うと妙な気持ちになる。自分はルームを離れ、ルームはついに、人類史上最も高くついた肉体を収める棺に転落していた。クリス？　セムケはそして、クリスを感じた。そう、僕だよ。無言に対する無言の答えを彼女は聞いた。遅かったね。ソフィーと孔も一緒にいることがわかった。ど、どうやって……とセムケはささやいた。ここは心で、僕らは心なんだ。孔の声を聞いたのは初めてだ。でも変だよ、どうして地球が見えるんだ？　ドミトリーがつぶやいた。目を疑ったが、やはり全員が目の前に地球を見ていた。何もない空間である地球を見ていると、新しい目のようなものが再び開くような気持ちになる。ソフィーがささやいた。ヤンはまた子どもを産むつもりね。それでどうなるんだ？　と、ドミトリーがつぶやいた。

ルームは、デブリーになったのに。

最後まで
これかよ?

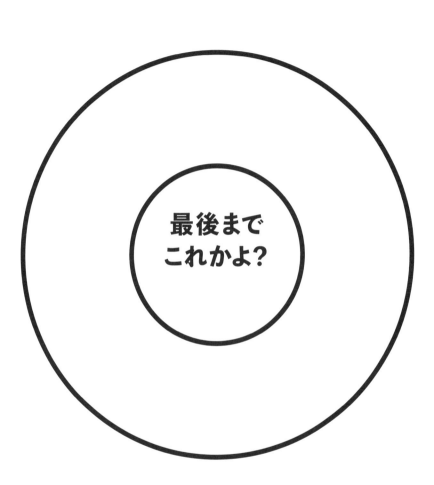

電話の声とは違って

彼はおとなしそうな男性だった。用心深く手短かに用件を話し、努めてアダムスの気分を損ねないように言葉を選んでいる様子だ。もう何日もの間、二人は揉めていた。上下階での騒音問題である。午前中だけでも抗議の電話が五回かかってきたので、アダムスはむしろ胸の内がすっきりした。アダムスは本当に、何の音も出していなかったのだから。

先ほども申し上げましたが、とアダムスは精一杯礼儀正しく言った。ともかく、うちから出た音ではありません。信じられないなら一度見ていってください。男は思ったより内気だった。い、いいえそんなと遠慮する男の手を無理やり引っ張って、アダムスは赴任したてのバプテスト派の牧師みたいににっこりと微笑してみせた。いいんですよ、同じ建物に住む者どうしで誤解があってはいけないでしょう。家の中は静かだった。ただ、電子レンジの中で幼子イエスのようにうずくまった鶏が一羽、黙っておとなしく解凍されていた。

ごらんのように、と言ってアダムスは肩をクッとすくめた。走り回る子どもたちもいないし、バスケットボールもありません。実際私は、おならだって音を立てずにする人間でしてね。あ、はい、と男はぎこちない微笑を浮かべた。肥満体の東洋系で、きっちり刈り上げた後ろ頭には、クライスラー・ダッジが車両衝突実験をしてもいいぐらいぽってりと肉がついていた。疑いをすっきり晴らすために、アダムスは部屋のドアまですっかり開けて見せた。狭いリビングと二つの部屋……この暗い家全体が、老いていく男のパンツの中みたいに生気がなく貧相だった。ああ、ここもあったなとキッチンに続くパントリーのドアを開け、アダムスはパチンと照明までつけてくれた。配管の仕事に使う工具がぎっしりと並んでいたが、バスケットボールや子どもたちとはほど遠い眺めだ。お一人暮らしなんですね。男が尋ねた。ビッグサイズの作業服のポケットに手を突っ込んだまま、アダムスはもう一度肩をクッとすくめた。

ほんとに、変だなあ。

一人言のようにつぶやきながら男は額の汗を拭いた。そして思い出したように、本当に大変失礼しました、と丁重に頭を下げて謝った。いいんですよ、誤解が解けてよかったです。握手を求めながらアダムスが言った。東洋人の肉づきのいい手が配管工の頑丈な手を握る。肥満体質と筋肉質……体型の感じはずいぶん違うが、ともあれ二人ともそこそこの大男だった。アダムスと言います。私は倉《チャン》です。エドワード・チャン。Chang!　と相手の姓を大声で発音してみて、アダムスはうなずいた。発音するたびにしゃっくりが出そうな苗字だなと思ったが、あえて顔に出しはしない。窓の外からかすかに爆音が聞こえてきた。遠く離れた都心のどこかで、黒い煙がもくもくと上がっているのが見えた。みんなが

過敏になってますからね。

アダムスが言った。それも無理はないですよね？　細い目をしばたたきながらチャンが相槌を打った。もう軍隊もお手上げだそうだから、都心はすっかり「破産者」の天下になってるでしょう。その通りですね。真っ暗なロッカールームで同僚の試合を見守るレスラーたちのように、二人の大男はしばし煙を眺めた。煙は、確固たる意志でもあるみたいにまっすぐに立ち上ったかと思うと、急に行くあてを失ったネズミの群れのように乱れ散っていくのだった。夜が明けましたよ、とチャンが言った。そろそろイエスじゃなく、イエスのおじいさんが来るはず……ですよね。そうでしょう。腕組みをしたアダムスも眉間にしわを寄せた。アダムスさんは信仰をお持ちですか？　チャンが聞いた。ええとねえ、と言って間を置いたアダムスが、しばらくして頭を横に振った。

よく……わかんないんですよ。チャンさんは？

私もそうです。両親は仏教信徒でしたけどね。

それはそうと、イエスのお父さんは知ってますが……おじいさんの話は聞いたことないですね。

いったい誰なんでしょうね？

いやあ、と言ってチャンはしばらく首をかしげ
ハハハ、と笑って答えの代わりにした。
ホホホウ、とアダムスも笑った。

明日ですよね？　チャンが聞いた。
みんなそう言ってますね。アダムスが言った。明日は

人類最後の日だった。

*

誰もがそう信じていた。すでに一年前から、政府の公式声明など信じる者は一人もいなかった。この期に及んでも政府は、彗星はわずかの差で地球を外れるだろうと喧伝していたが、人々はばかではない。良心的な科学者やあちこちの団体が中心となって「真実」を拡散しはじめて久しかった。リプリーが観測されたのは五年前のことだ。月の六分の一の大きさの氷のかたまり。ジョ

セフ・リプリーという天文学者が発見したこの氷のかたまりが近づいてくるまで、人類にできることは家事と、会社と家の往復……せいぜい投票がすべてだったと言っていい。もちろんその間にデンバー・ブロンコスがスーパーボウルで二度優勝をつかみもしたが、彗星は、アダムスが見たどんなブロン・パス〔原注・弾丸のように正確で強力なパスを指すアメリカンフットボール用語〕よりも速く正確だった。あのときはよかったと、だるい首を左右に曲げながらアダムスは思った。五十歳を過ぎた男の首から

バキバキッ、という大きな音がした。世界各国の政府はそれでも、状況をコントロールすることに成功していた。いや、ひょっとしたら大多数の人間は結局、希望という極を探すように設計された羅針盤のようなものなのかもしれない。初期のころは、衝突ロケットの発射とか彗星の進路変更といった大がかりな嘘を信じてくれたし、その後も、月が盾になるとか、地球を避けて進むだろうとかいうおいしいニンジンに食いついてくれた。無数の疑惑が排除されても、大多数の人々には希望へと向かう得体の知れない磁力が内在していたのだ。ひょっとしたらずっとその状態で生きる方がましだとチャンは思った。

状況は急激に悪化した。人によって差はあるだろうが、チャンはドイツ首相の自殺をきっかけに「噂」を信じるようになった。彼は公開放送で自分の頭に向けてリボルバーの引き金を引き、その前に次のような遺言を人々に残してくれた。すべての人間には自分の最期を知るべき権利があります。レプリーの進路は変わりませんでした。神はそれを変えられるかもしれませんが、人間にはまだそんな力はないのです。彗星の進路を変えることはできなかったが、彼の発音は彗星

の名前を変えた。大多数の人々によって、今や彗星はレフェリーと呼ばれていた。

相次ぐ爆音とともに、また何筋もの煙が都心で上がった。腕組みをしたまま、チャンも肥大した首を左右に曲げていた。三十歳を過ぎたばかりの男の首からは、別に何の音もしない。社会全体が猛スピードで壊れていった。貿易は中止され、政府は力を失った。銀行は店を閉め、破産者が続出した。多くの者は残された人生の意味を求めて努力したが、また多くの者がそれを否定し、破壊していった。燎原の火のように停電地域は広がりつづけ、前後をわきまえぬ略奪と暴動が日常化して久しく、放送は中断され、公権力も力を失った。世の中はすでに、取り返しのつかない場所に変貌していた。暴動の始まりは大量の破産者たちである。当然、そこにさらに多様なグループが加勢していった。復活したレイシスト団体、カルト集団、ギャング、失業者……堕落したり突然に変貌した警官と軍人たち……とても言葉にできないほど大勢の者が「破産者」の隊列に合流していた。人類はもう破産したと

チャンは考えていた。だから何だということですね、と嘲笑を含んだ声でアダムスが言った。ですよね、と首筋の汗を拭きながらチャンは笑った。それでも……重要なのは……うむ……つまり……とチャンは、何かまじめなことを言おうとして頑張っている様子だ。せっせと左手で汗を拭っているせいで、まるで後頭部を押して言葉を絞り出そうとしているみたいだと、アダムスは思った。私とかご主人みたいな人の方が、数としてはずっと多いんですよ。何も言わずに辛い時間を耐えている……最後まで理性を失わない、私とかご主人みたいな人たちがです。チャンの言

葉にアダムスは満足そうな微笑を浮かべた。潤滑油が塗られたねじのように、ご主人という単語がアダムスの心にすっと入り込んだためだ。チャンさん……とアダムスは言いよどんだ。ひょっとしたらあなたはすごくいい人なんですね、と言いそうになったのだ。ちょうど解凍を終えたレンジからアラーム音がしたので、お食事はおすみで？　とアダムスは話を変えた。食事ですか？　騒音問題の談判にやってきた上階の男は、目をまん丸くした。

*

二人は一緒にチキンにかぶりついた。同じアパートの方と食事をするのは初めてですよ。むしった肉の大部分をチャンに取り分けながら、アダムスが言った。私もそうですよ。でも、もう召し上がらないんですか？　温和な顔でチャンが言った。固いバタつきパンだけで一週間がまんしてきたチャンだ。私はもううんざりなんです、ずうっとチキン、チキン、チキン……もう二週間ぐらい、チキンばっかり食べてるもんでね。いや、食べものが残ってるだけでラッキーではありますけど……これがあるでしょ？　アダムスが聞いた。

何がです?

つまりこの、ぞっとするような皮ですよ。

こいつがどんだけ吐き気を催させるか……そういうことです。

最低。

胸肉についた皮をなめながら、アダムスがそうつぶやいた。チャンはしばらく目をしばたたいていたが、脂肪は体に悪いですからね、と言ってうなずいた。黄色っぽい鶏皮をぼんやりと見ていたアダムスが、失礼しま……と言って急に立ち上がった。黙々と肉を噛みながら、チャンはトイレから聞こえてくるウェエエーッという声を聞かなくてはならなかった。それから水音、また水音。


すみません。アダムスが戻ってきて席に着くまで、チャンはいたたまれない気分だった。みんなが過敏になっていますからね——アダムスの言葉がしきりと思い浮かぶ。三日前に電話を二回、二日前も……とにかく今日も、午前中だけで五回も電話したわけだ。ご主人、とチャンはうなだれた。急に降りてきてブザーを鳴らしたこと、改めてお詫びします。しつこく電話したことも。おお、とんでもないことですよとアダムスはまじめな顔をした。誤解はすっかり解けましたか?それならそれでいいんですよ。アダムスは笑ったが、チャンは笑えなかった。私は……とチャンは唇を震わせた。いいんですよもう、とアダムスが肩に手を置いた瞬間にもたっぷりしたシャツにおおわれたチャンのズボンの後ろポケットには、小さめの38口径が潜んでいた。ほんとに、みんなが過敏な時期だったのだ。やっぱり一羽じゃ足りませんね。冷凍庫からまたチキンを取り出したアダムスが、袋を開けながらそう言った。チャンは何だか複雑な心境になり、何とも返事をしなかった。それにしてもほんとに変ですよね、とアダムスが言った。何がですか？　チャンさんを苦しめたっていう騒音のことですよ。私はほんとに、何の音も出してなかったんですから。二人の大男が向かい合った食卓が、急にチェス盤のように小さくなった感じがした。かすかにレンジの微音が聞こえてきた。

今もわけがわかりません。眠れないくらいの音だったんですから。絶対、行儀の悪い十代の子たちが夜中じゅうボール遊びをしてるって信じてました。重いバスケットボールが当たったときに出る音……それからめちゃくちゃに走り回る音……運動靴が床にこすれるときに出る、ピッ、ピッていう音ですよ。床板に耳をつけて聞いてみたんです。確かに下から響いてきたんです！

子どもはいないって申し上げたけど、信じてくれてなかったんですね。

はい、嘘ついてらっしゃるんだと思ってました。それくらいはっきりした騒音でしたから。

とにかく私も何日か電話で悩まされましたよ。

すみません。

昨日は「このクソ野郎」ともおっしゃいました。

ああ、ごめんなさい！

いいんですよ、過ぎたことだし。

ああ（ごつい手でチャンは顔をおおう）。

ところで、どうやってうちの電話番号がわかったんです？　気になってたんです。

車に張り出されてる緊急連絡先を見たんです。ご存じのように、駐車場に残ってるのはご主人のフォードと私のトヨタだけですからね。

そうでしたか……それなら、今このアパートには私ら二人だけというわけですかな。

私は、大勢のお子さんたちも一緒だと思ってたんですが。

ハハハ、だったらそれでもちょっとはましですがね。

私がノイローゼだったみたいです。ああ。

理解できますよ。

ここを出ていった人たちはどうなったんでしょう？

さあねえ、でもどうせ明日になれば全部おしまいじゃないですか。

そうですね。そういえば今日は、明日がまだ残っている唯一の今日ってわけですね。

もうすぐ、昨日も全部消えてしまいますよ。


ほんとに、しっかりしなきゃ。体を起こしたアダムスが冷たいビールを持ってきた。おお、どうやって手に入れたんです？　感激した顔でチャンが聞いた。三か月前ですかね、車でデンバーまで行って片っぱしから積んできたんですよ。危険じゃなかったですか？　まあ、軍隊も進駐してたし……そのうえ破産者二人と出っくわしてね。でも、若いけど弱っちい連中でしたよ。こう見えてもまだ力はある方ですから、何発か思いっきり殴ってやりました。拳を握ってみせてアダムスが武勇伝を披露する。おお、とチャンはまた感嘆詞を連発した。このチキンもそのとき持ってきたんです。ビタミン剤も何箱もありますけど、持っていきますか？　ビタミン剤！　二人の大男は、チューバとスーザフォンさながらの、ぶんぶんうなるような笑い声を上げた。

＊

皿やコップを片づけることも考えず、二人はおしゃべりを続けた。雑多な話だ。えーと、チャンさんはお仕事は何を？　エンジニアでした。もしかしてフェラー・スタジオってお聞きになったことありますか？　いえ、知りません。音響関係の仕事なんですがね、そこの録音技師だったんです。それでも結構、もちこたえた方ですよ。破産者たちが十六番街を支配するまで、その近くで働いてましたからね。私が最後にやった仕事が何だかわかりますか？　そりゃわからないな。マルティン・ルターだったか、とにかく彼の言葉〔原注・「たとえ明日世界が滅亡するとしても私は一本のリンゴの木を植える」〕を引用したリンゴの木の広告だったんです。リンゴの木！　とアダムスが腹をかかえて笑った。

私も似たようなことがありましたよ。四か月前かな、郵便受けにデンバー市役所からの公文書が突っ込まれてましてね。何だろうと思って開けてみたら、下水の補修工事をしろっていう通知だったんです。補修工事！　と、今度はチャンが吹き出した。それでもまだ私設のラジオが何チャンネルかやってたんでね、その二日後……二日後に、と言ってアダムスは涙まで拭いた。市役所が爆破されたってニュースを聞いたんですよ。肉づきのいい手で口をおおったまま、チャンは女の子みたいに食卓をトントントントントンと叩いた。空き缶五、六本が床に転がってからずいぶん経っている。でも不思議じゃないですか？　荒い息をしながらアダムスが尋ねた。

リンゴの木を売って暮らしてる人がいるってこと。
補修工事のことを考える人間も、
あの手紙を郵便受けに入れていく人間もいるってことがですよ。
そうじゃないですか？

息を切らせてチャンはうなずいた。誰も否定できませんよ！　急に激しい声でアダムスが叫んだ。人間が一生懸命生きてきたという事実を……さまざまな工夫をしながら、可能な限り正しい道を歩んできたってことをです。私みたいに正直に、一生働いて生きてきた人間には、そう言う資格がありますよね。違いますか？　彼の声がひどく大きかったので、チャンはうっかりしゃっくりしそうになった。もちろんですよ、ご主人！　と言ってチャンは注意深くビールを置いた。最後のビールだ。ちょっと長居しすぎたんじゃないかと、酒くさい汗を拭きながらチャンは思った。いつのまにか太陽もずいぶん傾いている。チャンはそっと手首を曲げて時間を確かめるふりをした。その気配を、老いた配管工は見逃さなかった。

えい、こりゃまた……とアダムスはため息をついた。すみませんねチャンさん、ちょっと興奮してしまったようです。いえ、そんなことないですよと言いながら、できるだけスムーズにここを出ていく方法を見つけようとして、チャンは努力した。いい考えが思い浮かばない。ちょっとトイレに行ってきますと言ってチャンは席を立った。ちょろちょろ小便して、手を洗って出ていって、帰りますとあいさつすればいいだろう……と思い、手を洗ってドアを開けるとアダムスが立っていた。水、ちゃんと流れますか？　返事の代わりにしゃっくりをしながらチャンはうなずいた。どうです？　と頑丈な手をチャンの肩に載せながら配管工は尋ねた。上の階でも水はちゃんと流れてますかね。キッチンのシンクとか……それから便器なんかも。自然と食卓に戻らなければならなくなり、チャンは仕方なく椅子に腰かけた。ちゃんと流れてますよ、水道も大丈夫です……そういえばここは電気も切れてないし、いろいろラッキーな方ですね。おや、とアダムスは満足げな微笑を浮かべた。この家のことを何もご存じないんですね、チャンさんは。

何をですか？　コップの水を飲み干してチャンが聞いた。もちろん、知らなくて当然ですけどと言いながらアダムスはチャンをじっと見た。これは自家発電なんですよ。最初にこの家を建てたときから、地下に施設を準備しておいたんです。ほんとですかひっく？　とチャンは聞いた。もちろんです、私が自分の手で建てたアパートなんですからね。アダムスの顔は感慨に満ちていた。古いアパートなのにどうして水に錆が混じらないか知ってます？　この家の水道管全部に微細電流が流れてるからです。配管をするとき、この手でそういった設備を全部、きちんとやっておいたんですよ。十五年前に、こんな郊外でね！　九世帯しか入らない小さなアパートだけど、いい加減な建物じゃないいってことですよ。なぜか？　ほかでもない、私が入居して暮らす家だったからです。ほんとのことをお話ししましょうか？　組み合わせた両手の指を動かしながら、アダムスは間を置いた。古い悔恨をまさぐる男の手は、紙やすりのように荒れていた。

私はこのアパートの所有者だったんです。ほんとですかひっく？　チャンが聞いた。しばらくの間ですよ。あのころはほんとに、何て幸せだったか……妻と……そして二人の子どもと一緒に生涯住む家だと思ってました。他の部屋は人に貸してね。だまされたんですよ。チャンさんは覚えていないでしょうけど、ずっと前にモーゲージ騒ぎってのがあって……おっと、酒が切れたな。缶をテーブルに置きながらアダムスは残念そうな表情を浮かべた。私もです！　とチャンも缶を振ってみせた。いい口実を見つけたと思ったのだが、目端の利く配管工はすぐに話に戻った。水道管をつなぐような熟練の技だった。

そこの下の方に、ニレの木の林があるのご存じでしょう？　もちろんです。あの道に惚れ込んじゃったんですよ。この丘に家を建てましょうよって切り出したのは妻でした。かなり金がたまってたころです。シアトルでも何件か、大きな仕事をやってたし……もちろん、全部すっちまってこの体たらくなんですけど、とにかくその後、ずっとここで暮らしてきたわけですよ。妻があの林の道をほんとに好きでしてね。

ほんとに

朦朧とした目つきで、アダムスはつぶやいた。微細電流が流れるように、彼のまばらなまつ毛がふるふると震えていた。もう窓の外は暗くなっている。きれいな道ですね、とチャンは言った。デンバーの会社に通うときも、あの道を通るのがほんとに楽しみでしたよ。特に秋は、言葉にならないくらいでしたね。おお、わかってらっしゃる！　満ち足りた笑いを浮かべてアダムスが体をひねった。チャンさんは結婚してますか？　私は独身です。そうですか、とアダムスはうなずいた。「明日」のことを思えばその方がラッキーですよ。そうですね、とは言わなかったがアダムスはもう一度うな、ずいた。

ご家族の写真ですか？

棚に置かれている小さな写真立てに、チャンはそのとき初めて気づいたようだった。立ち上がって写真立ての埃を払うと、アダムスは顔を赤らめて写真を手渡した。おお、とチャンは嘆声を上げた。色あせた風景の中で若い配管工とその妻、息子と娘がにっこり笑っている。幸せそうですね、とチャンは言った。昔のものですよ、とアダムスは言って首を横に振った。

お子さんたちは今ごろ、私ぐらいの年齢ですね。

たぶんそうでしょうね。

皆さん、よそに住んでらっしゃる？

ええ、とアダムスはとりつくろった。

奥様は？

ずっと前に離婚したんです。主治医と浮気しましてね。

え！

精神科だったかな？　産婦人科だったか……うむ……精神産婦人科だったっけ？　たぶんそうだったと思います。

何とまあ。

よく鍛錬された筋肉のように、チャンの頰が痙攣した。チャンはかねてから困惑をこのように表してきたのだなと、表情豊かな頰からアダムスは感じることができた。いいんですよ、全部過去のことだから。大げさな手つきをしてみせて、アダムスは一かたまり残っていた胸肉をチャンの皿に分けてやった。それはそうと、味はどうです？　アダムスが尋ねた。最高です、と波打つ頰にぐっと力をこめながらチャンは親指を立ててみせた。今さらながら、
すべて過去のことだと、アダムスは思った。まさにこの食卓にジョンとボニーが座っていた。まだ子どもたちが小さかったころだ。中学に上がったばかりのジョンと小さなボニーに、どうにかしてママの「蒸発」を説明しなくてはならなかった。よくお聞き、お前たち。もうママには会

えないんだよ。どうして？　とボニーが尋ねた。……つまり、パパとママは離婚したんだよ。大人どうしの間ではよくあることなんだ。オーウェンのおじさん、知ってるだろ？　ママはあのおじさんと一緒に、とっても遠いところに行ったんだよ。どうしてえ？　何でそうなるの？　と聞くボニーの口をジョンがふさいだ。このばか、黙ってろよ！　これ以上その場に座っているのがつらかった。暗い部屋に入って黙ってため息をついたあのときのことを思い出す。ジョンとボニーの声も記憶の中に残っている。ドアのすきまから聞こえてきた、ネズミのようにひそひそ交わす二人の会話が。

離婚って何なの、お兄ちゃん？
シーッ、ばかだな、そんなことも知らないのか？
何なのよ？
ママとオーウェンのおじさんが、めっちゃアナルセックスするってことだよ。

おいしかったならよかったです、と写真立てを元の場所に戻して、アダムスが言った。ほんとですよ、ご主人。実は冷凍したパンとバターだけでがまんしてたんですから。もう舞い上がるような気持ちですよ、チキンだなんて……そのうえ、私の好きな胡椒までたっぷりかけてくださって……単純な感謝のあいさつの最後をチャンは、ひっくく、で締めくくった。果たして皿にはうずたかくチキンの骨と皮が積み上がっていた。その呪われた鶏皮のせいで、アダムスはにきびがひどかったジョンの顔を思い出すことになった。パパ助けてよ　お願い……とむせび泣いていたジョンの表情も忘れたわけではない。アダムスは強く頭を振った。その瞬間、今までとは比べものにならない大きな爆音が都心の方から聞こえてきた。

＊

燃える都市を見たのは初めてだった。小さな火の手があちこちで上がる程度ではなく、デンバー全体が炎に包まれている光景だ。二人はしばらく魂を奪われたように、並んで窓の前に立っていた。何事ですかね？　と惰性のようにアダムスがつぶやき、わかりませんよね、とチャンが上の空で答えただけだった。原因と結果について調べる時間もなければ、加害者と被害者を区別すべき理由もなかった。不安に震えるわけでもない、憤慨するわけでもない。それは単に明日の予習にすぎなかった。よそはどうなんですかね？　アダムスが聞いた。

よそって？

ニューヨークとか、ワシントンとか……どこでもですよ。

今は目に見えるところが全世界ですよ。放送も電波もないんだから。

畜生。

実は昨日、変なものを見たんです。

変なものとは？

デンバーに行ってこようと思ったんですよ。ええ、何か食べものでも探そうと思ってね、ピザとか……笑い話みたいだけど、ピザが食べたくてがまんできなかったんです。デンバーに行ったところでピザがあるかな、とも思ったけど、とにかく飛び出さずにいられなくて。ええ、もう死んでもいいって気分でね。そういう気分……わかりますかアダムスさん？

わかります。

ニレの木の林の道を過ぎてさらに二マイルぐらい行ったんです。遠くにテニアル空港が見えてくると、死体がいくつか……道端に捨てられてました。家族だったみたいです。すぐに窓を閉めて、注意して坂道を走ってたときでした。まさかと思ったんですが、そこであいつらと出っくわしたんですよ。

破産者ですか？

私が会ったのは牛の群れです。ホルスタインでした。

ホルスタイン！

ええ、ゆうに何百頭もいたと思いますね。そいつらが気がふれたみたいにどこかへ走っていったんです。道路を横切って……鼻水だか、涎だかをじゅるじゅる垂らしながらね。考えてみてくださいよアダムスさん、何百頭ものホルスタインを。

壮観でしょうね。

わけのわからない恐怖を感じましてね。すれ違ったらそれまでのはずなのに、異常なくらい全身がぶるぶる震えたんです。すぐに車をUターンさせて家に帰りました。

私だったら一頭捕まえたでしょうね、若いのを。

みんな恐怖に怯えた顔してましたよ。

彗星が近づいているからでしょ。

他に理由はないですもんね。ですけどチャンさん、一つだけ聞いてもいいですか？

もちろんです。

ばかみたいなことなんだけど……ばかだと思わないでくださいよ。

そんなわけないでしょう。

私は実際、テレビで言ってることにすぐうなずいちゃうような人間なんです。学者たちの発表や討論なんか見たって……そんなのじゃとても状況把握できない年寄りですよ。私が気にしてることは一つだけです。もしかして、誰か一人でも生き残る可能性はないのか……つまり、運がものすごくよければってことです。

不可能ですよ。

でもねえ、とかく世の中ってそうじゃないですか。飛行機事故で全員死亡っていわれてたのに、生存者がいたり……銃で十二発撃たれても生きてる人がいるでしょ。前にそんな記事を見たこともありますよ。雷に打たれたけど生き延びた人たちの会があるって……そのクラブじゃ、一、二回当たったぐらいじゃ名刺も出せないんですって。会長だっていう人がインタビューに答えてたんだけど、もう八回も雷に打たれたっていうんですから。でも、言ったら何だけど、私も実は運のいい人間でしてね。

ああ、ご主人と言いながらチャンは、だるくなってきた首筋を揉みはじめた。レフェリーはですね……一言で言ってものすごく大きいんです。今、こんなことになってるのも、実は指導者層まで希望を失ったからです。巨大な地下シェルターなんかでどうにかできる問題じゃないってことでしょう。地球自体が変形するだろうと考えている学者がほとんどです。生き残るのはバクテリアとかウイルスとか、そんな連中だけでしょうね。

それはちょっと、嫌ですねえ。

何がです？

この世界をそんな連中に譲ってやらにゃならんってことがですよ。

譲ってやるとかいう問題じゃないと思いますけどね。

アダムスはその瞬間、激した表情を見せた。チャンの存在を忘れたように、彼は没頭しきった表情で、目の前の炎を見ているだけだった。ふくれ上がった血管が太ったみみずのように、額の上でうごめいた。チャンは、ひっくく、と唾を飲み込んだ。チャンの視線を意識したのか、配管工は、はた目にもわかるほど自制心を発揮した。彼はただ
い、い、下等生物ども！

とつぶやいた。おっと、こりゃまた。また興奮しちゃったようですな。いいんですよ、大丈夫

です。アダムスは笑ったが、まだ不満そうな表情だった。つまりですね！　いったいどれだけ歳月が流れたらあいつらが配管をやって、家を作れるかってことですよ。下水を掘ったりね……ハハハ、まあ、私はそう思いますねえ。もっともまあ、私はパイプの設置のこと以外何も知らない人間ですけどね。そうでしょ？　チャンは仕方なく苦笑を浮かべてみせた。さあさあ、もう楽しい話でもしましょうよ！　手を叩きながらアダムスが言った。

えーと、ご主人。

はい？　と言う代わりに配管工は軽く肩をすくめた。

ずいぶん長居してご迷惑をおかけしました。そろそろ上に戻ります。

用事でもあるんですか？　とアダムスが聞いた。

用事などあるわけがなかった。

チャンさん、とアダムスがささやいた。

ウイスキーがあります。

リビングを横切って、胸の高さまであるキャビネットの前へアダムスはチャンを連れていった。秘密金庫みたいなもんですよ。長年の友だちに言うように、配管工はウインクまでしてみせた。かちゃんと戸を開けると、何本ものウイスキーが戦利品のように保管されていた。全部バージンですよ。ジョニーウォーカー、オールドパー、これは……グレンフィディックもあります。どれから開けますか？　アダムスが聞いた。ジョニーウォーカーとオールドパー、グレンフィディック……いちばん上の段に置かれた楕円形の物体に、チャンの視線が止まった。

ボールですね。

はい？　と言って、アダムスはきょとんとボールを見た。はい……ボールですよ。大便でもするときのようにアダムスの顔が紅潮した。アダムスは黙ってボールを取り出し、手のひらに載せてゆっくり回しはじめた。慣れた手つきだった。そう、ボールです。アメフトの……ボールですよ。アメフトお好きですか？　アダムスが聞いた。チャンは何も返事をしなかった。しばらく、複雑微妙な時間がガラガラヘビのように二人の足元をかすめて通り抜けていく感じだった。

私はずっとブロンコスを応援してきたんです。ジョン・エルウェイをご存じでしょう？

知りません。

そりゃまた。ジョンのパスは見ておくべきでしたね。

チャンは何も言わなかった。

えい畜生、とアダムスはため息をついた。チャンさん……まさか私があれでボール遊びをやってると思ってらっしゃるんじゃないですよね？　この年で……スニーカーはいて、ピッ、ピッと音立てて？

チャンは考え込んでいる表情だった。

よく見てください。ここに押されたマークを。これはとっても貴重な装飾用のボールです。いい加減に扱っていい安物なんかじゃ絶対ないってことですよ。引っかき傷の一個もつけずに、大事にしまっておいたものなんです。誰かがこれを投げて遊ぶなんて、そんなことしたら、私の手でボコボコにされていたでしょうよ。

実は、あちこちに引っかき傷が見えていた。

信じられませんか？　アダムスが聞いた。

これはバスケットボールじゃないですしね？　と言いながらチャンは微笑んだ。

チャンの肩をぽんとたたきながら、配管工もからからと笑い出した。

どうでもいいと、チャンは思った。誰がファウルをしようとしまいと、レフェリーのホイッスルが鳴れば何もかもおしまいだという思いだった。さてと、どのかわいい子ちゃんがいいかな？

アダムスは急いでウイスキーを選びはじめた。

＊

夜は更けていった。

空きびんをおろしながら、アダムスは「無念千万」という表現を使った。こんないい飲み友だちがそばにいるってことにどうしてもっと早く気づかなかったのかな？　そうですよねえ。ウイスキーのように赤くなった顔で二人の大男は話を続けた。これが最後のですよ、と力をこめて栓を開けながら、アダムスがつぶやいた。ときおり爆音が聞こえてくる、人類最後の夜だった。

チャンさん！　あなたはほんとにいい人だ。

酒を注ぎながらアダムスが言った。

ご主人こそ。

乾杯！

何時間も二人は冗談を言い合った。別に話すことがあるわけでもない。笑い、騒ぐことこそ、今この瞬間、二人に可能な最良の選択だったのだ。酒が減るとともに、だんだん冗談も底をつきはじめた。明日になったら、ジョニー・ウォークトになってるでしょうね。ジョニーウォーカーのラベルを指差して、絞り出せる最後のジョークをチャンが吐き出した。かすかな照明の下で、アダムスはただかすかに笑うだけだった。飲みましょう、とアダムスが言った。もう笑うこともなさそうだった。

私の考えてることを言ってみましょうか？　ストレートでグラスを空けたあと、アダムスはまじめな顔になった。鼻が曲がるくらい飲むんですよ。一びん残らずさっぱりとね！　それで引っくり返っちゃうんです。彗星だか何だかが来るまで大の字になって寝ちゃうんだ。寝てるあいだに死ぬより幸せな奴がいたら、出てきてみろってんだ。そうじゃないですか？　いいアイディアですね、と言いながらチャンも強い酒を引き寄せた。爆音が二度続いているあいだ、二人は何も言わなかった。いいアイディアが出たのに、チャンは突然涙を流しはじめた。そんなチャンを、アダムスは放っておいた。

すみません、ご主人。

何がです。これもみんな、あの腐った彗星のせいですよ。

私は……私は……

チャンさん、幸せだったときのことを思い出しましょう。私たちには思い出がたくさんあるはずです。

食卓を回ってこちら側へ来たアダムスが、父親のように東洋人を抱きしめた。

わかるでしょう？　私たちが愛した人々のことを……そして、私たちが……

チャンの首筋を撫でながら、アダムスはわっと泣き出した。

二人は一緒に泣いた。

私は一度も幸福だったことがないんです、とチャンは言った。違いますよ。絶対そんなことはありません。燃え上がるデンバーを眺めながらアダムスがささやいた。私たちはあの、しょうもない奴らとは違うんですから。チャンさん、私たちは最後までベストを尽くした人間なんです。互いを理解しようと努め、神が望まれた人間としての礼儀を失いませんでした。私たちは、人間として幸福だったのですよ。ああ、チャンさん……帰ってきた息子を懐に迎えるように、配管工は聖書を暗唱しはじめた。われらを凡て《すべ》の患難《なやみ》のうちに慰め、われらをして自ら神に慰めらるる慰安《なぐさめ》をもて、諸般《もろもろ》の患難に居る者を慰むることを得しめ給ふ〔原注・使徒パウロによるコリント人への後の書第一章四節〕。チャンもとっさに、アーメンと続けて唱えた。

アダムスのトイレで、チャンはかなりいろいろなことをしてから出てきた。まずは長い長い小便をし、若干の嘔吐をして、口をゆすいで顔を洗い、次のようなことを考えた。今、いったいここで何をしているんだろう？　激しく顔を振ってから、食卓に戻った。ご主人、もう本当に行かないと。長々とご迷惑をおかけしました。そんな、まだ酒が残ってるのに……配管工の顔が歪んだ。何かやることでもあるんですか？　とアダムスが尋ねた。はい、あるんですとチャンが答えた。そりゃほんとに残念ですね。

親切な配管工は、よろめくチャンを支えて玄関まで送ってくれた。ほんとに大丈夫です、まだウォーカーです、ウォークトじゃありませんからね。二人の大男が並んで通るには、廊下が長くて狭すぎるように見えたことも事実だ。かっちゃん、と玄関のドアを開けるとぬるい夜の空気が入り口まで押し寄せてくる。それじゃ、気をつけて行ってください。二人は握手をした。この上なく名残惜しい気持ちだったが、アダムスはじっとチャンの後ろ姿を見守った。視線を感じたのではなかったが、そうだ、とチャンは後ろを振り向いた。舌がもつれたような声だった。ご主人は幸福だったときがありますか？　チャンが聞いた。幸福って……ポケットの中に深く手を突っ込んだまま、配管工はしばらく宙を見つめた。沼のように深くてねちょねちょした夢の中をさまよっている表情だった。彼はしばらく言葉に詰まったが、

ディズニーランドに行ったんです。

と、腕を広げてつぶやいた。子どもたちと約束してね。あの子たちと……一緒にですよ。長い歳月の中でずっと反芻してきた嘘だったが、彼は自らのすべてを動員して、自らの幻想に没入していた。ああ、とチャンはうなずいた。

そうでしたか、ディズニーランドとは……
チャンさんは行ったことありますか？
チャンは笑いながら首を横に振った。
チャンさん、とアダムスが尋ねた。明日の……正確には何時なんですかね？
三時十分ごろですよ。コロラド時間だから、若干、誤差はあるでしょうけど。
そうでしたか……よくお休みください。
ご主人も。

ドアを閉めると、アダムスはまた一人になった。玄関に鍵をかけるかどうか迷ったが、知るもんかと思って放っておいた。半分ぐらい残ったウイスキーをびんごと持って、彼は黙って部屋をうろうろした。眠気は、思ったほど簡単には来てくれない。酒を一口あおると、彼はどっかりとソファーに座った。話さなくてよかった、と彼は自分にむかってつぶやいた。つまり、最後まで騒音の話をしなかったことだ。騒音のことで奔走すべき人間がいるとしたら、本当はアダムスの方だった。彼は何の音も出さなかったし、むしろ一週間も騒音に苦しめられていたのだから。盗人猛々しいというべき抗議の電話が来たときも、そんなもんだろうと笑ってやりすごした。すっかり世慣れた人間の生きる知恵というべきだろうか？　最後まで礼儀を失わず、無駄な争いを避けることができた。ほんとによくやったよとつぶやきながら、彼は壁にむかってアメフトのボールを投げた。グッド・パス！　おかげでミッキーとドナルドのような楽しい時間を持てたじゃないか。

爆音がまた耳に響いた。夜が更けても炎はおさまる気配を見せなかった。とんでもないクソ騒ぎになったもんだな、と思いながらアダムスはまたウイスキーでのどを潤した。彼はぼんやりと座っていたが、「秘密金庫」といえそうな自分のキャビネットを開けた。洋服かけの下に落ちていたボールを元の位置に戻して……それから、キャビネットのいちばん下のスチールの引き出しを開けた。タオルに包んだ、古道具屋にでもありそうな時代遅れのビデオカメラが入っていた。彼はビデオカメラを持ってソファーに戻った。ボニーを見るのもこれでもう最後だな、と思いながら電源につなぎ、姿勢を正す。わずかな騒音とともに録画された映像がぼんやりと現れる。おりこうだね、ボニー？　ほかならぬ自分の声を、年老いた配管工は自分の耳で確認する。六歳のボニーの顔が画面に現れる。無邪気なボニーはパパの足の間に座っており、小さな手には巨大なペニスが握られている。ディズニーランドに連れてってやるからな、というアダムスの声がスピーカーを通して流れてくる。

ママもお兄ちゃんも一緒に行くの？　ボニーの声も聞こえてくる。

もちろん、そうさ。

ママはいつ来るの？　それにお兄ちゃんは？

何日かしたら帰ってくるよ。さ、そろそろ始めて。

ボニーは習った通りフェラチオを始める。

ビデオが全部終わるまで、アダムスはソファーに座っている。もう時間は真夜中の零時をはるかに過ぎている。可愛い奴、とつぶやいたあと、アダムスはウイスキーをすっかり空ける。いくら何でも、電話の一本もよこさずに……あばずれめ！　とつぶやいてもみる。それもこれもお前に似たせいだよな？　違うか？　とリビングの右側の壁に向かって彼は叫ぶ。セメントだけできているわけではないセメントの壁の中からは、何の返事も聞こえてこない。左右に首をバキバキッと曲げてから、アダムスは立ち上がる。空きびんを持って、彼はまたリビングをうろうろする。杖の代わりに空きびんを握りしめたジョニーのように、彼はウォークする……狭い部屋をぐるぐる回りはじめる。彼は、ピッ、ピッと口笛を吹いてみる。空きびんを食卓におろすと

おろすと

椅子の上に銃が置いてある。チャンが座っていた場所だ。ふっ、と口笛がとぎれる。彼は呆然と銃を見つめ……それを持ち上げる。弾倉を開けて、きちんと装塡された六発の弾丸を確認する。彼はしばし、まばたきするが、特に何も反応しない。面倒くさそうに玄関に鍵をかけただけで戻ってきて、彼は大きなあくびをする。

*

目を開ける。生唾を何度か飲み込んだあと、アダムスは時間を確認する。二時三十五分。くそったれ、と言う彼の表情は失望でいっぱいだ。洗っていないのでべたつく頭もそのままでソファーに座り、彼はどんよりした目を何度もこする。水を飲む。まぶしい日差しが、コップを持った彼の手の甲をしつこくくすぐる。彼は窓際に近づく。依然として煙が立ち上っている都心を除いては変わったことのない、限りなく静かな世の中の風景だ。遠くのニレの木の林の方を見て、彼はソファーへ戻ってくる。畜生、と彼はつぶやく。いったい、何をしようか？　いい考えが浮か

ばない。ゴン、ゴン、と天井を鳴らす騒音が彼の神経を逆撫でする。両手に顔を埋めたまま

最後までこれかよ？　と彼はつぶやく。

彼は顔を上げる。ソファーに体を埋めたままぼんやりと座っていたが、無言のまま、デンバー・ブロンコスのサインボールを持ち上げる。慣れた動作で彼はボールを投げはじめる。楕円形の革のボールが気持ちよく壁を打つと、それだけでもちょっとずつ気分がましになる。ピッ、ピッと口笛も何度か吹いて

彼は、バキバキッと
だるい首を曲げてみる。
昔ながらの革のボールの良さは
わかる人にはわかる。

羊を創った
あの方が、
君を創った
その方か？

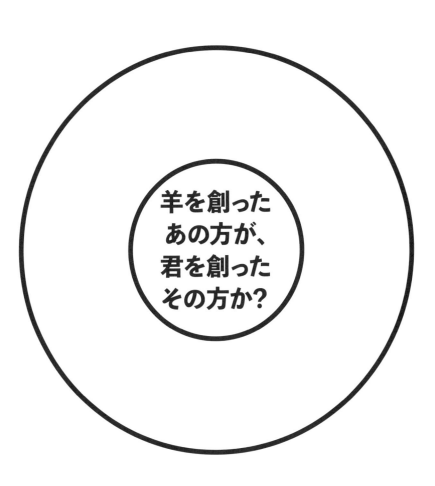

三時。やぶの方向。

ゴがささやいた。レンズの中のやぶがうごめいたと思った瞬間、すでにドの指は引き金を引いていた。腹話術の人形のげっぷみたいな煙が、ドの銃口から立ち上った。逃しちまったじゃないか。ゴがつぶやいた。逃したな。レンズから目を離してドが言った。それでも、けっこう捕まえたよな？　やっと唇を動かしながらドが言った。九十七、いや、六かな……ゴの言葉が終わる前にポップコーンの破裂音が聞こえてきた。十一時の方向だ。B10〜14！　ゴがささやくより前にドのライフルが火を吹く。糞畜生、と誰かがささやいたが、二人とも口は動いていなかった。群れはばらばらに散っていったが、それでも続けてポップコーンを破裂させている。コーラをいっぱいに満たしたプールみたいな、黒く、冷たい空だった。

ゴはありえないほど

のどが渇いていた。サイレンが鳴った。フュー、と二人は寝返りを打った。休息のときがやってきたのだ。釘を打ち込まれたような肘を揉みながら、ドは時計を確認した。三時四十五分。そのことに何の意味があるはずもないだろうが、それでも、三時四十五分……とつぶやいてみる。糞畜生。誰かがまたそうささやく。万事が面倒くさそうに、ドは横になったまま体をのろのろ三回転させて冷蔵庫のノブをつかんだ。半分ぐらい残った缶をゴが差し出すが、ビールなんかと言わんばかりの顔でドは、ハムをつかむ。死後三、四日経過した死体のように端が固くなりだしたハムが、あたふたと埋葬される棺みたいにドの口の中へ消えていく。ゴは残りのビールを飲み干して、欄干のむこうに缶を放り投げる。これまた何の意味があるはずもないだろうが、フィイ〜、とドが長く伸ばしてホイッスルを吹いてやる。眠ろうが、誰かに馬乗りになろうが、またサイレンが鳴るまではすべてが自由だ。ライフルが立てかけられた欄干に近づき、ゴは小便をしはじめる。長い、不安定な水柱が、ゆらゆらしながら望楼の下へほとばしっていく。ゴはタバコをくわえる。そして二回ほど、ペニスを振る。

ちょっとフェラしてくれよ。ハムをもぐもぐ噛みながらドがそう言った。戻ってきてベッドに引っくり返ったゴが、ひものほどけた軍靴を足でこそげ落とすようにして脱ぎ捨てながらつぶやく。嫌だ、眠い。すぐにこの望楼はゴのいびきでいっぱいになる。ぽつねんと、一きれのハムと同じようにドは「物質的」に座っている。糞畜生。唇は動いていなかったが、確かにドが吐き出した言葉だ。ゴのタバコをこっそり失敬して、ドはクソでもしてこようと思う。便器——正確には欄干の左端にある丸い穴——まで、ドはゆっくりと歩いていく。穴の中心に肛門をしっかり合わせて、タバコに火をつける。グリーンベレーの兵士でも乗せた輸送機の操縦士のように、彼の顔に満足感と傲慢さが広がっていく。落下が始まる。板の穴と下の暗闇が、今日に限って深く、果てしない。今日に限って、何だよこれ、もう師団級の兵力じゃないかよ。やがて迫り来る流血の事態を予感してドはびくっとする。糞畜生！　圧力でふくらんだ尻の穴のように、彼の唇もびくっ、と、する。

望楼は塔のようにそびえ立っている。正確ではないが（正確だったら何の役に立つというのか）、高さ十二メートルだと、ドは信じている。ずっと前に服を引き裂いて縄をない、望楼の高さを測ったことがあるのだ。縄に軍用短剣をつないで下へ垂らし、長さが足りなければまた服を裂いてつないだ。トン、と短剣が地面についた瞬間、全身がびりびりした。いや、こんなもんじゃないと思うけどな。ドが感じる一メートルは、ゴのそれより指尺〔親指と人差し指を広げた長さ〕で半尺ほど短かったが、とにかくそのぐらいだろうと二人は結論を下した。引き上げた短剣の柄には土がついていた。やっぱり地面だった！　とドは叫んだが、下が地面だったら良いのか悪いのか判断がつかない。そして二人はお互いを見つめ合った。ずっと通話中の信号音が鳴っている受話器を最後まで持っているような気持ちだった。で、どうする？　しばらく沈黙が続いたあと、パンツ一枚のドがそう尋ねた。袖が取れてしまったジャンパーを羽織ったまま、ゴがつぶやいた。どうって……どうすんだよ。

そこに連なる塀もなければ他の建物もないので、望楼はそれこそ島のような感じだ。そのうえ、ここはいつも真っ暗だ。本当の問題はそれだと、ゴはいつもこぼしている。ここは地球だろ！当然ながら彼らが知っているのは地球しかない（糞畜生、他のどこを想像できるというのか）。なのに、何で太陽が昇らないんだ？　南極とか……そういうところなんじゃないか？　ぶっきらぼうにそう言っていたのもはるか昔のこと。ここはいつも夜だ。毎日毎日斜線を彫りつけて記録していたカレンダーも、やめてしまって久しい。きれいな斜線の数が三千を越えてからは二人とも、時間を測って剣で壁をほじくるような気のふれたまねはしなかった。星は無数に出ていたが、月を見たことはない。すなわち、さまざまな面から見てここは地球ではなかった。だけど地球じゃないなら、とゴは狂ったようにつぶやいた。どうして冷蔵庫にバドワイザーがあるんだ？　ドも同じことを思っていた（冷蔵庫はゼネラルエレクトリックだったから）。つまり、電気は来ているのだ。蔓のように這い上がる一本のケーブルが宿舎のブレーカーにつながっている。ベルデン。ケーブルの外皮には、ベルデン、ベルデンとメーカーの名前までずらずらと書いてある。だからここは地球のはずなのだが……知るか、糞畜生。

宿舎といっても四坪ぐらいの小さな小屋だ。電灯、無線機、ラジオ、弾倉の箱……雑多なものたちがいっぱい入ったロッカー、冷蔵庫……そして二つの狭い野営ベッドが全部だ（おっとぉ、糞壺の横の、錆びた水道の蛇口を忘れたら失礼にあたるよな）、そして前方に、二個のライフルの据置台が設置された欄干が、無人島の船着場のような情けない感じでついている。これで全部だ、全部だってんだよ糞畜生……と騒いでみたところでどうなるはずもない、「太初」のころには、虚空にむかって何時間も銃を撃ちまくったこともあったが。ここはどこなんだ？　何で俺たちが！　ここにいるんだよ……と大声で叫んでいたころだから、それこそ太初のことだ。あきらめという教官に鍛えられて、二人はおのずと高度の腹話術に熟達していった。言葉は何の役にも立たない。二人はだんだん、口より肛門の方をよく開く人間になっていった。いつからか、自分の姓が思い出せなくなった。名前もちょっとやそっとでは思い出せない。ゴ……ゴ何とかっていったよな？　お前は、ド何とかだったし。結局、残った名前のかけらでお互いを呼ぶしかなかった。長い長い歳月だった。何つうかもう、何百年も過ぎたんじゃないのか？……だけど日が昇らないから、一日も過ぎてないともいえるよなあ。二人はつぶやいた。それでもときたま、だけどほんとに……ここどこなんだ？　と思わずにいられない。いったいどこなんだよ糞畜生！　最近もドが泣き出し、フェラチオを途中でやめたゴがものすごく汚い手でドの涙を拭いてやった。二本の陰毛がくっついたべたべたする唇が、ドの耳元で優しくささやいた。ここがどこだか知ってる人間は誰もいないよ、この世の誰もおんなじだ。そうかな？そうだよ、糞畜生。

ベッドに腰かけて、ドは目の前の暗闇を見つめる。初めて目を開けた瞬間に体を起こして見たのと同じ、まさにあの風景だ。どこかで眠って（そうとしか考えようがない）、そして、ここで目を覚ましたのだ。夢じゃなかった。そして一人ではなかった。口を「ほーっ」と開けて、向かいのベッドに座った見慣れない人物が自分を見つめていた。あんた……誰？　ゴ、ゴ……ってんだ、あんたは？　俺は、ド……壁にぴったり背中をくっつけたままお互いがかわした最初の会話がこれだ。ここどこだ？　俺も知らない。おっと、しーっ、あれ、銃じゃないか！　確認する暇もなくサイレンが鳴った。な、何だあ？　本能的に二人はぺったりと伏せて、据置台に置かれた二挺のライフルをひっつかんだ。誰がそうさせたわけでもないが、サイレンが鳴っているのに向き合ってじゃんけんなんかしてるわけにはいかなかったのだ。長い、長いサイレンがあたりを制圧すると、世界じゃんけん選手権チャンピオンの「グー！」みたいな静寂がゴとドを強打した。あんた、銃、使えんのか？　奥歯をがたがた鳴らしながらドがゴにささやいた。ゴがうなずき、黙って弾倉を装着する。弾倉は山のように積まれており、目の前の暗闇よりもさらに黒い物体たちがのろのろと望楼に向かって近づいていた。それが何なのか、どうしてこっちへ向かってくるのか誰もわからなかった。そしてそのとき

どちらが先に銃を撃ったのかも、今は記憶があいまいだ。太初に撃ったのはむこうだよ！　その話を持ち出すとゴはいつも興奮するのだが、漠然とではあるがドの頭の中には、ゴの差し迫った叫び声も残っているのだ。何のために銃があるんだ！　と・に・かく——二つに一つだ。奴らがポップコーンを破裂させた瞬間にゴがめちゃくちゃに引き金を引いたか、ゴが一発撃つや否や奴らがパンパンパンパンとポップコーンを破裂させたのか。いや、実はドはぶるぶる震えていたので確実なことは何も言えないのだった。どっ・ちに・して・も——「グー！」された瞬間、チョキだろうがパーだろうが決定を下さなければならなかった。それが銃声だろうが、または耐えられないほど恐ろしい静寂の瞬間だろうが、なあ、ゴ、そういうときって、最初……っていわないか？　太初っていうのはもっと何か、違うんじゃないか……糞畜生、何でもいいよ……知るかよ！　結局、二人にとってそれは「太初」になった。

間違いなく正確なのはサイレンだ。サイレンが鳴るとどこからか奴らが這い出してくる。そしてひとしきりポップコーン祭りになり、再びサイレンが鳴ると奴らは引っ込む。サイレンの周期

は一定ではないが、奴らの出現と退却はいつも一定だった。ゴとドにとって、だからサイレンは地獄の扉が開く信号でもあり、天国の階段を踏む足音でもあった。そしてその間に腹を満たしたり空にしたり、眠ったりもするのだ。眠りから覚めるとすべてが補充されていた。ビール、食料、弾倉や電球……さらにはかゆみどめとか、刃が鈍くなった爪切りとか。もちろん常に百パーセントではなく、底をついたり故障したものに限られる。これを置いてった奴は誰なんだ？　知らんけど、俺らをここに閉じ込めた奴らに違いないよな。目を見開いて、または目を細めて見張っていても無駄だった。ゴとドのどっちか一人でも起きている限り、補充は行われない。電球やかゆみどめはまだしも、弾倉と食料は命に直結している。生きるためには眠らなくてはならない。寝なきゃいけないけど……と、ドは暗闇を凝視しながらつぶやく。糞畜生。まだ尻が痛くて熱い。対空砲に尾翼を撃たれた輸送機のパイロットみたいに、ドは赤ら顔でビールをあおっていた。くすねて吸っていたタバコももう空き箱だ。寝なきゃ……寝なきゃな。ブーッ、と音を立てて彼は鼻をかむ。脳の一部が飛び出しそうな勢いだったから、鼻の中がすっきりしたことは言うまでもない。

目を覚ますや否や、ゴはまずタバコを探した。欄干の周辺やドの軍用ジャンパーまで探し回ったが、つぶれた空き箱があっただけだ。後ろ頭をかきながら、ゴはロッカーを開ける。いつもと同様、まだマスターベーションもしたことのない女学生がうじゃうじゃ乗ってるミッションスクールのスクールバスみたいな感じで、二カートンのキャメルが置いてある。そのうち一つを開けて、三箱くらいをジャンパーのあちこちに突っ込んでおく。クソしてみると、火のついたタバコでもいいから食ってしまいたいほど腹が減っている。ゴは食べ、飲む。何も考えないから何の味もしない食事だ。くーっとビールを一杯飲み干すと、ドが起きてきて目をこする。頭をかいて、フンと一回鼻息を鳴らすと、ドは毛布の中に隠した手でマスターベーションを始める。ぶるぶるっとドが体を大きく震わせるまで、ゴは無表情に二人の女学生を吸って吸って吸いまくる。ふーっとため息をついたドが、おい、ゴ、と言いながら体をひねって座る。新しい記憶がよみがえったぞ！ ランニングシャツの裾でペニスを拭きながらドがつぶやく。何、ほんとか？ などとゴは尋ねはしない。


俺、バーゼルで暮らしてた。わかるか？ スイスだぞ。

この前はシドニーだったな。

シドニーじゃなくて、その近くのポートスティーブンスだ！

地球は広いもんな。

だからつまりな、俺はポートスティーブンスで暮らしてから、スイスに行ったってことだ。

空港もいっぱいあるしな。

聞けよ、はっきり思い出したんだから。俺、タクシーに乗ってたんだ。運ちゃんだったんだ！ とにかく呼び出されて、バーゼル駅の向かいに車をつけたんだよ。俺を呼んだのは黒人でさ。高い服着てたけど、まぶたにガーゼを貼ってんだぞ。そいつがニヤッと笑うから俺もニヤッと笑ったよ。一目で、何か気が合うって感じがしたんだよな。さっとシートを後ろに倒して奴が言うんだよ、この街でいっちゃんホットなとこに連れてってくんねえかって。それで俺、言ったんだ、俺に当たってよかったですねって。そしたら奴が握手を求めてきて言うんだ、今日はずいぶん稼いだんだぞ！　って。口がでっかいせいか、何か言うたびに腹の中が透けて見えるような奴だったな。今、俺の胃の中には、午後に食べたサラミ三切れ、コーラ、キャンディチーズが入ってるぞってそんな感じだったんだ。奴をどうやって丸め込むか考えてたら、危うく人を轢いちゃうところだった。

事故も多いだろうよ。

で、そいつ、オランダから来た、キックボクシングをやってる奴だったんだよ。チューリッヒのクラブで試合して、八百長で負けてやって金をもらったんだな。そんなことまでぺらぺら話すもんだからさ、お金もあるし太っ腹なあなたなら「約束の地」に行ってごらんなさいって言ったんだ。約束の地？　ってあいつは乗り気だったな。約束の地に比べたら……と言って俺はちょっと車を停めた。あそこに比べたら、他んとこは修道院と一緒ですよって。ガーゼが落ちるぐらい、奴の眉間が震えたよ。俺は、ダーンってあいつの心を射抜いたわけだな。ブッが信用できなかったら、元金はおろか担架に乗せられて出てくるのがそこだよって。そしたら奴がニヤッと笑ってさ、なあ、ＤＮＡ親子鑑定って知ってるか？　って言うんだ。俺がうなずくと、実際、遺伝子鑑定なんかしたらアムステルダムの新生児の半分は俺の子だよって言うのさ。まさかーって俺は受けてやった。じゃあ、本に出てくるあの、ダムの穴をチンポでふさいで国を救ったっていうのはあなた？　奴は死にそうに喜んで、足をがんがん踏み鳴らして体をよじってたよ。涙を拭きながらあいつが言うんだ。いやあ……それは俺の親父だよって。

詐欺師め。

なあ……詐欺師って言葉はないぜ、ワザ師って言ってくれよ。

ワザ師め。

「約束の地」じゃないぞ？　ってあいつが言ったけど、約束の地なんてあるわけない。ほらほら、ここは修道院じゃありませんよー、捕まったら俺らムショ送りっすから、ってな。本当に純真な奴だったよ。ビルム街の古い酒場に、寂れた非常階段に、それからまたビルトマンが経営するモーテルの非常口に、俺はあいつを連れてった。行く途中ずっとビルトマンと電話して、何かすごい秘密の話をしてるようなふりをしながらな。何事だよ、金返せこの野郎！　ってドイツの豚野郎がいきなり怒鳴ったけど、俺の耳の穴はもうずっと前からはんだづけされてんだからな。それから真顔であいつに尋ねたんだ、してるとこ撮影もできますけど希望されますかって聞いてますよ。それと、ヤクは？　って。撮影って言葉にあいつのガーゼがまたひらひらしてさ。インディアンみたいに赤くなって、奴がうなずいた。

インディアンは少ないし。

てっぺんのいちばん大きい部屋に入ってあいつを座らせて、すっかりむしりとったなって感じの値段交渉して、前金をふんだくった。そして言ったのさ、よーく覚悟しとけよって。あんたの親父でもこの穴をふさぐにゃ苦労するぞってな。ふふふってウインクするあのいかれポンチに、俺以外にはドア開けちゃだめだぜって念を押したんだ。約束の地にはいつだって警察の手先がうようよしてるんだからなって。あのばか、うなずいてたよ。おい、君、名前何てんだ？　って俺は聞いた。エストラゴン！　よし、それじゃポキポキ五回、エストラゴン！　オーケイ！　オーウ、ケイ！　で奴が見せたまぶしい歯がほんとに悲しいぐらいきれいだったな。モーテルを出て、ビルトマンにすぐ呼び止められて、金を分けてやったらあの豚野郎は満足してたっけ。それで道を歩いてった。歩いて……

ここに来たんだろ?

いいいい。

そうらしい。

で、お前、誰だったの?

糞畜生……それは思い出せない。

全部夢だよ。

違う、そんなはずない。

だってお前……この前は、シドニーで暮らして、そこで奇跡を起こしたって言ってたろ。足萎えを立たせ、はげとアトピーを治して……シドニーの聖人として地域のマスコミに出て……

シドニーじゃない、ポートスティーブンス!

そうだ、ポートスティーブンスな。それでとにかく、スイスに渡って詐欺師の運ちゃんになったと!

ワザ師。

そう、ワザ師にな……とにかく、そんなはずはないんだよ。

違うよ。

気の毒な奴だな……なあ、こんなこと考えたことないか?

何を?

例えば今、俺たちが使ってる言葉なんかについてさ……実は英語じゃなくてチェコ語とか韓国語……そんなんだったらどうする?

そんなはずないだろ。それに韓国なんて、そんな国初めて聞くぞ。それに畜生、俺が韓国野郎だったら、どうしてバドワイザーを読める? あのラジオだって、ゼニスのだ。どうやってゼニスって読めるんだ?

ＡＢＣはどこだって習うだろ、な。つまりさ……俺たちについちゃ正確なことは何もわからないってことだ。人種に至るまで。

糞畜生!

どうして起きてるときは思い出せないんだ? 何で眠ってるときだけ、あんな過去のことが思い浮かぶのかってことだよ。

くそ……

だからって悲しむことはない。どこから来たのか、ここがどこか知ってる人間はどうせいないんだから。

ケツの穴が熱い。

そうか、それでいいんだよ。


ゴが銃の手入れをする。ドは黙って手の甲と背中にかゆみどめを塗っている。かゆい肩甲骨のあたりには手が届かない。塗ってくれよ。向き直って座ったドが、背中とかゆみどめをゴに突きつける。ここか? そこじゃなくて。ここ? もっと下! ゴは黙々と薬をすり込む。ばかげた夢、すなわちうすのろのドが言うところの記憶について、ゴは考える。ずっと前、そうだ、ずっと前にはゴもそれを記憶だと信じていた。いつも各国各地の場所が生き生きと登場し、いつも変わらず誰かを待っており……そこからここへ来たという感じ……がして、どうしても帰らなくてはならないような感じ。

それが全部事実なら、俺たちは神だ。

いつだったか結論を言うと、ゴの尻に乗ったままドはくすくす笑った。神だ……俺は神だ！　俺たちは神だ！　冗談じゃないんだ、ド、どうやったら、人間が、全！　世！　界！　で生きられると思う、そうだろ？　返事の代わりに熱い吐息と汗がゴの首筋に降りかかった。ほらな、ド、聞いてるか？　聞いてるかってんだよ！　上下に揺れているドの肩を横目でうかがい見ても、ドはもう正気ではなかった。おおお、ちっとだけ……ちっとだけがまんしな！　時間は限りなく長く、それに耐えるには、それらのすべてを夢と信じることが必要だった。それでも、とドがつぶやく。それでもドには心残りだった。ペンさえあれば、ベッドに寝ている黒人を描くこともできるのにとドは思う。いったい何の徒党を組んでたんだろう？　ドイツの豚の声だって生々しくてさ。糞畜生。不満のために尖らせた自分の口に、ドはタバコをくわえさせてやる。でもな、ゴ……。ドは反撃を試みる。帰るところがあるかないかは大きな違いだぞ、わかるか？　ゴは返事もしない。つまりな……口があればこそケツの穴もあるってことだ、誰が何と言っても、俺たちはここで生まれたんじゃないんだからな！　かちっ、とかゆみどめのふたを閉めかけてやめ、ゴがやっとつぶやく。あのなあ、ド！

何が起きたってケツの穴は、口の穴がどこにあるかなんて知りゃしないんだよ。

そりゃそうだ、とゴは反論もしない。ドは起きて、電灯から下がっているひもを引っ張りはじめる。ぱっちん。ぱっちん。ついては消える電灯を見ながらドは黙ってタバコを吸っているだけだ。時間は果てしなく長く、ドはその動作を百回は反復する。黙々と、そしてドは過ぎた時間について考える。つまり……アブラハムはイサクの父であり、イサクはヤコブの父、ヤコブはユダとその兄弟たちの父、ユダはタマルによるパレスとザラとの父、パレスはエスロンの父、エスロンはアラムの父……そしてバビロンへ移されたのち、エコニヤはサラテルの父となった。サラテルはゾロバベルの父、ゾロバベルはアビウデの父、アビウデはエリヤキムの父、エリヤキムはアゾルの父、アゾルはサドクの父、サドクはアキムの父、アキムはエリウデの父、エリウデはエレアザルの父、エレアザルはマタンの父、マタンはヤコブの父、ヤコブがマリアの夫ヨセフの父となるまでの……時間だ。糞畜生、と彼はつぶやく。それと同じくらいの時間を食べて、寝て、撃って、殺すことをくり返し、クソして、タバコ吸って、飲んで、聞いて、しゃべって、ケツ拭いたり、しゃぶってやったり、ぱっちん……ぱっちん……してきたのだ。糞畜生、とドはもう一度つぶやく。

電気遊びに嫌気がさしたように、ドはビールを取り出して飲みはじめる。きょろきょろと、そしてあたりをうろうろ、うろうろ、うろうろするのにもすぐに嫌気がさしてくる。弾倉の箱を一度蹴っ飛ばしたあと、ドは無線機の前にどっかり座り込む。まともな無線など一度も受信したことのない無用の長物だが、指遊びに熱中できるぐらいにいろんなチャンネルがついている。受信するすべての雑音を、ドは聞いていく。レバーを、またびっしり並んだチャンネルを、ドは何度も回し、回し、また回す。時間は果てしなく長いので、ドはバーを回してはまた回すことを百回はくり返す。何百何千もの電波が混線した雑音は、いつ聞いてもどんよりと薄汚い感じだ。唾と訴えと絶叫と埃と悲鳴と雄弁とすすり泣きと外国語のこんがらがった毛糸玉が、ドの鼓膜の上をごろごろころがる。無線機を切ってしまい、頼むから一人だけ話せよ！　と怒鳴ったのもそれこそ大昔のことだ。ドはチャンネルを回し、また回す。いったいどこからこんなにたくさんの電波が入ってくるのか、については考えもしない。点滅していた電灯のようにまばたきしながら、ゴは黙ってその様子を見守るだけだ。ふと二人は目を合わせる。スイッチを切って、巨大な、無線機に連結された「物質」みたいな表情で

ドが言う。
ゴ、頼むから……俺は狂ってないって言ってくれ。
ゴが言う。
お前は狂ってない。

しばし、風が電気の明かりを揺らし、また揺らす。暗闇はまた風と一体になり、まるで闇全体が満ち潮のように押し寄せてくる感じだ。約束でもしたようにゴとドは闇の中を見つめる。長くしっかりした一筋の音が、遠いところから出発した汽車のように望楼を目指して走ってくる。サイレンだ。ドははっと気を取り直す。呪われたファシストめ！　鈍い、薄汚い叫び声が誰かの口か

ら飛び出す。誰かがぱっと電気を消し、二人は並んで据置台の前に伏せる。暗闇の中から金属と金属が連結される音がはっきり聞こえてくる。糞畜生。奥歯で歯ぎしりする音と、誰かの声帯と舌とが連結して、糞……畜……生という声が同時に爆発する。汽車はそのまま望楼を通過し、長い長い余韻の汽笛となって闇の中へ消える。

シーア派！
チャンケ！〔韓国語での中国人への蔑称〕
アカ！
ソマリ野郎！
ヤンキー！
FDLR！〔ルワンダ解放民主軍〕
チョーセンジン！
ファッキン・ジュー！

とにかく思い浮かぶだけの言葉をドは際限なく並べる。ここが地球だろうと地球じゃなかろうと、世の中にあれほど悪い奴らはいないと、ドは思う。ドは本当に目玉が引っくり返りそうだ。血が煮えくり返る。おずおずと闇に慣れたドの瞳孔が、否応なくあいつらの姿をとらえはじめる。地獄のプラットホームをうろつく幽霊たちのように、奴らは黒く、のろく、ぴくぴくしている。そして、群れる。集まって進撃してくる。時間は果てしなく長いので、糞畜生、時間と戦闘は一体だった。十一時、やぶの方向。ゴがささやいた。D15、G7。全体の輪郭がつかめるまで、二人は緊密にお互いの観測結果をやりとりする。まるで一人の人間であるように、または誰かの頭から取り出した右脳と左脳のように、二人は並んで伏せている。時計の針の方向とアルファベットで区分した扇型の地表図が、線がすり減り、すり切れてぼやけたチェス盤のように、二人の頭の上に完璧に組み立てられている。やがて奴らが射程距離に到達する。奴らはただ黒く、のろく、ぴくぴくしながら立っているチェスの歩兵にすぎないとドは思う。このチンカス以下の野郎どもが！ドのライフルが火を吹く。ゴの指も遊んでいるだけではない。散り散りになったそいつらが騒音を立ててポップコーンを破裂させていく。二人はしばらく頭をすくめる。

ダーン

命中だ。一匹がうずくまり、石のように固い闇となり、こわばっていく。相変わらずのろく、ぴくぴくする黒いものたちは、白っぽいまばらな闇に——やぶや雑木林の後ろにばらばらに身を隠す。糞畜生。ドはつぶやく。あいつらが誰なのか、理由が何なのかはわからないが……わからない、黒い、のろい、ぴくぴくするものたちを見ていることに耐えられない。ドは考える。だから奴らは悪いのだ。あんな奴らは太初からここにいるべきではなかったし、これ以上ここに来てはならない。あんなに黒く、のろく、ぴくぴくしながら近づいて……来るのだから、来るんだから……誰だって撃たずにはいられないのだとドは思う。人間とはそういうものだ。神ならそれを理解するだろう。

殺す、殺した、死んだ、飽きた。麻痺する。驚く。逃げきる。死なな、かった。殺した。見る。撃つ。耳、すます。固まる。もっと固まる。怖い。ええいもう知らん。めんどくさい。照準、定める。冷たい。熱い。倒れる。追う。捕まえる。腹減る。眠い。目、閉じる。危ない。目、開ける。準備する。近づく。隠れる。命中した。嬉しい。ゴはいつのまにか中指で引き金を引いている。ふくらんできた人差し指の水ぶくれがやたらと気になる。いや、それよりやたらと眠い。今日に限って奴らがすごく多い。もうずいぶん時間が過ぎた。いったい、何のために？ こんなことして何の意味があるのか……指で水ぶくれを破裂させる。だらだら流れる液体を手の甲に感じながらドは引き金を引く。はずれる。奴らがポップコーンを破裂させはじめる。うなだれる。サイレンは鳴らない。もう誰も何も言わない。いや、ドがムスリム野郎……とつぶやいたが、よく、聞こえ、なかった。やたらと目が閉じそうになる。片っぽぐらいつぶってもいいだろうとゴは思う。

　サイレンが鳴った。その音にゴは両のまぶたを持ち上げる。糞畜生、充血した目を見開いたまま、ドが寝返りを打ちながらつぶやく。マジでそばまで来てんだな！ ほんとに……この下まで来てるんだぞ！ 見たのか？ ゴの問いに、見たよ……とドが答える、そしてドはつぶやく。暗かった……糞畜生！ ゴが叫び、タバコを取り出してくわえる間にドはぐうぐういびきをかきはじめる。まだうつ伏せになったまま、ゴは煙を吸う。水ぶくれができていた人差し指の内側が、ずきっ、とする。奴らが追われていった暗闇の中を、ゴはぼんやり見守る。何の考えも浮かばない。ただもう寝たり、腹を満たしたり、腹を空にしたりできるだけだ。それらすべてが切実だったので、ゴは何をすべきかわからなかった。ぷ……う……と口を開けたままで、ドは涎を垂らしていた。両ひじをついて、ゴはそこに頭を埋める。吸い殻の火がとうとうフィルターに食い入っていったが、ゴの指は動かない。望楼はたちまち暗闇の一部になる。暗闇はいつも、ここのすべてだった。

　　ぱっちん

　もう一度ぱっちん、とやったが電気はつかない。ゴが電灯のひもを引いたのは、目を覚ましてしばらく経ってからだった。ぱっちん　ぱっちん　とゴは何度も電灯のひもを引き、糞畜生、とつぶやく。ゴはライターをつける。まずタバコに火をつけ、ロッカーから探し出した新しい電球に取り替える。ぱっちん。電気はつかない。ゴは黙々と欄干の端へ歩いていく。ズボンをおろして、おろして、ふと、持っていた古い電球を欄干のむこうへ投げ捨てる。クソが落ちるときよりも鋭い音が十二メートル下から聞こえてくる。ゴは煙を吸い込み、クソを押し出し、吸い込み押し出し、吸い、出し終えて立ち上がる。そして暗闇の中で三切れのハムとパン、ビールをたいらげる。引っくり返った姿勢で、ドは相変わらずグーグーいびきをかいてはぷ……ふ……とやっている。開けておいた冷蔵庫から漏れてくる光がドを異様な「モノ」のように見せている。ぼんやりとゴは、そのモノを見つめる。

　ゴは思いっきり射精する。ズボンをおろして乗り、何分もみっしりとやってもドはまだ目を開けなかった。暗闇の中で、手だか袖だかでゴは自分のペニスを拭く。サンドペーパーみたいに荒い息がゴの左の頬を擦って過ぎる。こびりついた乾いたクソとたまった汗、精液とかそんなもんの匂いが、国際連合本部ビルみたいな感じで欄干の上にぬっと立ち現れる。自分は決して連合なんかしたことはないぞというように、ゴは眉間にしわを寄せながら後ろに退く。せずにはいられなかった、でもなぜだろうとゴは思う。アブラハムがイサクを産んだときも、イサクがヤコブを産んだときもそんな気持ちだったのだろうか？　異様なモノみたいなドのケツをにらみながらゴはタバコをくわえる。ふとタバコが、タバコをくわえている自分自身が異様なモノみたいに感じられる。ゴは何度もぱっちん、ぱっちんとやってみる。開けておいた冷蔵庫の扉を、風も何度かぱっちん、ぱっちんとやっている。

電気つけろよ

ドの声はしゃがれていた。説明する代わりに、ゴは何度もぱっちん、ぱっちんと音を聞かせてやる。糞畜生、と誰かがつぶやく。うつ伏せになったままで、ドは自分の尻を手探りしはじめる。お前……やったのか？　ドが尋ねた。お前も……やるか？　黙ってビールを飲んでいたゴが、吸い殻をもみ消しながら聞き返した。何も言わず、ドはズボンをゆすり上げる。フェラチオでもしてやろうか？　と聞いたが返事はない。ゴは代わりに冷蔵庫のドアをぱーっと開けてやる。漏れてくる光が、二人ともに異様なモノみたいに見せている。体を起こしたゴがビールを渡しても、ドはぼんやり暗闇の中を眺めているだけだ。ゴはちょっと不安になる。鈍い光がフェラチオをする唇のように彼の顔をゆっくり上下する。ラジオつけてくれ。ドがつぶやく。何の役にも立たないだろうが、ゴはラジオまで膝で這っていく。

無線機に似た騒音が望楼全体に鳴り渡る。何百、何千もの電波が一体となり、言葉や歌や報道や討論や演奏やくすくす笑いやチェコ語や韓国語なんかがもつれあった羊の毛のかたまりみたいなものが、望楼の壁と床をころがりはじめる。ボリュームを下げて、毛のかたまりの直径を縮めてみるが、結局あきらめてゴはタバコをくわえる。周波数を変えようなどとは初めから思わない。ピーッという音がねじみたいに鼓膜をつんざいて入ってくることは、タバコの箱に描かれたラクダさえ知っているからだ。糞畜生、とゴはひそかにつぶやく。ゴが渡してやったビールをドはまだ開けてもいなかった。揺れる光がそれをさらに異様なモノに見せている。不吉な気がしてきてゴは、向きを変えて座ったドの後ろ姿を見守る。ドの肩が上下に揺れている。ドは泣いていた。ラジオを消してゴは、ドのそばに近づく。欄干の上をころがっていた羊の毛のかたまりが、ころころころと便器の下の暗闇の中に墜落して消える。だらだら流れる涙だか唾だかにドの顔はすっかりまみれている。握りしめた両手を震わせて、ドがつぶやいた。夢だったら……殺してやる。そっとフィルターを噛んでいるゴは糞畜生、とは言わない。わかってるよ、新しい記憶だろ？　とゴが言った。目も鼻も口もたまった水でぐちゃぐちゃになった異様なモノにむかって、ドが力一杯うなずいた。とにかく、とゴが言う。

俺はノヴゴロドで暮らしてたんだ。従兄弟のセルゲイの誘惑の手に落ちてペテルスブルクにやってきて、まだ三か月になってなかった。薪を買う金がなかったんだ。どんなに、どんなに寒かったかわかるか？　セルゲイの奴が言うんだよ、すぐに仕事は見つかるって。冬にネヴァ川が凍ったら、自分が持ってる砕氷船にお前を乗せてやるからって大口をたたくんだ。みんながセルゲイは詐欺師だって言ったけど、俺は従兄弟の言葉を最後まで信じたんだ。あいつはそれでも、イサク聖堂なんかに熱心に通ってたからな。

ワザ師……なんだな。

そんな言葉あるかよ。おい、そんな言葉はないぞ。

そうか……詐欺師か。

白夜の最後の日まで、アンナと俺は仲のいい牛と馬みたいに手当たり次第に働いて、重い荷物を運んでいたんだ。それもすべて小さなウラジミールのためだ。おおウラジミール、俺たちのウラジミール……あいつは結核を患っていた。あの幼な子が……神はなぜあの子に……

お前、誰だったっけ？

糞畜生、名前なんかどうでもいいんだよ。俺はその幼な子を見守る……つまり父なる者だったんだから。それで冬が来てな。ネヴァ川は遠い遠い海の方まで凍りついていた。アンナと一緒に俺はセルゲイを訪ねていったさ。あいつは八千人聖堂の信徒のうち上から二百人に入るぐらいの金持ちだったんだ。故郷じゃ、セルゲイがノヴゴロドの原木を売って、実はもっと大金をせしめているって噂で持ちきりだったからな。あいつが言うんだよ、明日すぐに事務所に来いって。それと、ちょうど家政婦を探しているところなんだけど、俺の家族も一緒に来てこっちで暮らしたらどうかって言うんだ。つまり、ノヴゴロドで育ったアンナなら、セルゲイの口に合う料理を作れるだろうってことだな。それで俺は、アンナがノヴゴロドを離れた今、あそこに料理らしい料理は存在しないぐらいだぞって請け合ったんだ。お、そうなのか？　仕事ってものは、こんなふうにぴったり拍子が合っててこそうまくいくもんだって、あいつが手を叩くんだ。

うまくいったな。

金のこともそうだけど、ウラジミールのためだったんだよ。まだ薬は買えなかったけど、セルゲイのお邸では使用人の部屋にまで暖炉とベッドと綿入れの布団があったからな。すぐに引っ越して俺は砕氷船に乗り、雑役をやったんだ。背骨が曲がっちまうほど大変な仕事だった。日当をこつこつ貯めたけど、もっと大きな試練が俺たちに近づいていた。試練は……凍りついたネヴァ川くらい巨大で、むごかったな。ああウラジミール……かわいそうな奴……ある日、高熱で正気を失っていたんだが、医者が言うんだよ、大金が必要ですって。金だけがこの子を助けてやれると。

ひどいな。

俺は従兄弟にすがったよ。泣きながら……一生、ただで働くからって泣いて頼んだんだ。方法を考えてみようと言って、あいつは二日間ものを言わなかったな。川の氷を割りながら、俺は神に祈って祈って祈ったよ。ある朝、アンナがまるでネヴァ川の川底みたいな顔で俺に言うんだ。どんなことをしてでもウラジミールを助けなくちゃならないはずよって。泣いてるアンナに、何てこと言うんだと俺は怒鳴ったよ。それから仕事に出た。できることはそれしかなかったからな。あの呪われた氷を割って、石炭をくべて……夜、家に帰ってくるとウラジミールがいなかった。アンナも、セルゲイもだ……右往左往しているとセルゲイの馬車が帰ってきてな。あとから降りたアンナより先に、セルゲイが俺に近寄ってきた。赤い顔をしてあいつが言ったんだ、子どもは病院に行ったと。ウラジミールはすぐによくなるだろうって。俺は従兄弟の足元にひれ伏して、泣いて泣いて、泣いたよ。目からネヴァ川が流れてきそうな気分だった。

うまくいったじゃないか。

真実を知ったのは三日後だ。一緒に船に乗ってる奴の中にミハイルってのがいたんだけど、タバコをくれて、あいつが言うんだ。セルゲイがどんな奴か知ってるかと。俺はもちろんうなずいたよ。すると奴が言うんだ、昔あそこにいた家政婦が臨月の身でフィンランドに追い返されたっていうから隣の娘を紹介してやったんだが、結局その子も追い出されて田舎で私生児を産んだってな。俺たちは従兄弟どうしなんだぞと答えたけど、その瞬間理解したさ。ネヴァ川を見ながら、俺は……大丈夫だ、って思ったんだ。人生はあれと同じような巨大な川の水だ、そしてあれと同じように凍りつくこともあるんだって。俺は本当に何ともないぞって。とりわけ、あの子のことを思えば思うほど。

ひどいじゃないか。

その日はちっとも仕事が手につかなくて、俺は昼ごろから、ネヴァ川より広いペテルスブルクをぐるぐる歩き回ってたんだ。ペトロパブロフスクの要塞に沿って……それから広場と市内のあちこちをうろついて……そして、貯めた金を全部はたいて、アンナにやる手袋と、ウラジミールに着せる服を買った。そして俺は……セルゲイにやる帽子も買ったんだ。そうだよ、そして病院目指して歩きはじめたんだ。子どもが寝ている……俺のウラジミールが待っている病院を目指して……あの子がいる病院を……それで歩いていって……

ここに来たんだろ？

糞畜生！

頭の中で、ゴは必死で情報を処理した。なあ、ド……実は俺も、記憶がよみがえったんだ。俺はサンフランシスコに事務所を構えるプロデューサーだったんだ。コンサートを開いたり……まぬけな歌手どもに芸を披露させて……金をかき集めて……そんなふうにやってたんだ。その日はLAでかなり大きな金になる公演をやってるところだった。途中で「ラッキー・ザ・ドンキー」ってケチな野郎どもが上ってきて……ったく、大した奴らじゃなかったんだよ、ほんとに……でも事故が起きちまったんだ。「帰っておいで」っていう……そいつらの歌う屁みたいな曲があってな。その歌を歌うと……糞畜生、みんな頭が変になったみたいになって、歌をやめられなくなっちまうんだよ。十分、二十分……ほーっと思って吸ってたタバコを落としちまうくらいだったな。帰っておいで、帰っておいで……そいつらの面倒見てやってた黒人のキンピンがすぐに上ってって、お前ら全員、のしちまうぞって大騒ぎになってな。結局、照明を切って幕を降ろすことになったんだ。キンピンの手下たちが舞台の後ろに乱入したんだが、何てこった、あいつらは真っ暗闇の中でずっと歌いながら立っててんだよ。犬を殴るみたいにあいつらを叩きのめして、ずるずる引っ張り降ろしたんだ。払い戻し騒ぎが起きて、公演はもう文字通りめちゃくちゃになって、ほんとにもう……。

その夜あいつらを全員、エンジェル・マウンテンにある処理倉庫に引っ張ってったんだ。銃を頭に突きつけてキンピンが理由を聞くと、あいつら、もっとむちゃくちゃなこと言うんだぜ。交通事故で植物状態になった十三歳のゾラっていう少年が、ずっとあの歌をリクエストしてたからだってんだ。その子の姿は見えないけど、頭の中にひっきりなしにリクエストが入ってきたとか何とか……キンピンはすぐにそいつの頭を吹っ飛ばしちまったよ。残った連中は泣いて、慈悲とお許しを願ったけど、そんなの、キンピンに微分積分の問題を解けって言うようなもんだからな。ロバの足を一本ずつむしり取るみたいに、キンピンは順番にあいつらの頭を吹っ飛ばしていったよ。奴らを埋めて降りてくるとき、俺らは新しい商売の話に一しきり熱を上げてたな。それとキンピンはこんなことも言ってた、もうLAの女どものマンコは食い飽きたって……俺も、そうだなとか何とか言って一緒にタバコ吸ってたんだ、暗闇の中でな……そして黙って、ときどきヘッドライトが横切る二番道路を見おろしてたんだ。そのときだった。ポケットに深く手を突っ込んだまま、キンピンが鼻歌を歌ったのは。俺は耳を疑ったよ。そのメロディーは確かにあれだった。帰っておいで、帰っておいで……つまりこれは……俺の見た夢だ。

だから……俺の記憶も夢だってことか？

そうじゃないよ、だけど……俺の言いたいのは、人間が未来から過去に戻ることはできないってことだよ。お前と同じように、俺の記憶はときどきそうなるけど。人間はそんなふうには生きられないんだ、ド。

夢だとか言ったら殺してやる。

違う、違うよもちろん。ただなあ、アブラハムがイサクの父、イサクがヤコブの父、ヤコブがユダとその兄弟の……そしてマリアの旦那のヨセフの父が生まれるまでと同じぐらいの時間、俺らはここで生きてるってことだ。

俺は帰るよ。

なあ、ド……セルゲイが全部ちゃんとやってくれてるよ。従兄弟なんだろ。

帰るんだよ。

実はなあ、キンピンも、プロデューサーも……全部でっちあげの嘘なんだよ。

何言ってんだ、俺、その歌、聞いたことあるぞ。

帰っておいで、帰っておいで……か、そんな歌ないんだよ。

全部事実だ。

いや、人間は全員嘘つきなんだ。そう創られてんだ。

最初はそうじゃなかったろ。

「太初」のことか?　そのときと今で俺たちに何の違いがあるんだ?

帰らなきゃいけないんだよう。

どこに帰るんだよ、スイスか?　ロシア?　みんなお前を待っちゃいないよ。

チェコかもしれない。

ウラジミールは死んだぞ。

違う。

ここで過ごした時間を考えてみろ。アブラハムのおむつを替えてたと思ったら、もうイエスが生まれるんだ。

まだ太陽も昇ってないじゃないか。

腕にはめてるのは日時計か？

ケツの穴にゃ太陽なんか見えねえよ。

もっとほかの、面白い嘘、話してやろうか？

俺は帰るんだよ。

おっと、しぃー、見ろよ。ここには銃が二挺ある。「太初」からな！　ちょっとこの状況を把握してみろよ。

撃ったのはお前だろ。

あいつらだ！

そうだな、とにかく俺は行くんだってことだよ。

死ぬぞ。

どうやったって死ぬんだとしたら？

あのなあ、ド、今お前には助けが必要だ。望楼を降りられないのは「太初」からわかってたことだろ。俺たちはここを抜け出すことはできない。今、このタバコの箱の上に描かれてるラクダみたいにな。


ゴはタバコを吸う。脱出の試みは、最初のころには何度となくくり返されたことだ。しかし欄干を越える瞬間、いつも間違いなくサイレンが鳴り響くのだった。時間とは無関係に鳴るサイレンだった。押し寄せてくる奴らを平地で食い止めるのは、不可能なことだった。今まで生き残れた理由は、ここが高い望楼であり、絶対にここから降りなかったからだ。ゴは状況を判断する。

ドが手をつけなかったビールを取ってゴは開ける、飲む、ゴは急にのどが渇く。水をちょっと入れれば気分がよくなるだろう……助けてやるからな。ドのズボンの腰回りを、ゴは撫でさする。ドは食べ、飲み、出すことなど眼中にもない顔だ。何が悪かったんだろう？　ゴは考える。糞畜生、ゴは結局、そうつぶやく。

お前のやることなんか全部わかってんだ……糞畜生……俺は出てく。ウラジミールが……とにかく、このチャンスに……糞畜生……俺は帰らなくちゃいけないんだよ。冷蔵庫の明かりだけでドの表情を読むことはできなかった。ゴは落ち着いて、でもなド、とつぶやく。降りてったら……あいつらがお前を放っとくか？　食料はいったい誰が補充してくれる？　万一……それに万一行ったとしても、ウラジミールに会えるか？　お前の記憶は本当に昨日のものか？　絶対、昨日の記憶じゃないんだ。今日のでもないし明日のでもないんだ。わかってらあ、わかってるけど行くんだよ。ドが叫ぶ。がっちゃん、とドの手から金属と人間が合体するときの音がする。かすかな光が、ドの両手に握ったライフルを異常なモノのように見せている。明らかに自分を狙っている銃口に向き合って、糞畜生、とゴはつぶやく。

狂ったな。
ゴが言った。
知ってら。
ドがうなずいた。

ダーン

アブラハムは本当にイサクの父か？　イサクは本当にヤコブの父か？　ヤコブはユダとその兄弟の父なのか？　ユダはタマルとの間に本当にパレスとザラをもうけたのか？　一本残ったタバコをくわえながらゴは考えに沈む。空箱に描かれたラクダ一匹が、異様なモノを見るようにまじまじとゴを見つめている。思わずゴは、自分を見つめているラクダを投げ捨てる。たっぷりと床を流れている一筋の川の上に、ぽん、とラクダが落ちる。暗くて見えはしないが、横たわったドの目からネヴァ川でも流れ出てきそうだ。あれくらいものが言えりゃな……ロバでもあるまいし……ゴは唇を動かさないが、動かさないままでぶっきらぼうにそうつぶやく。ドはもう、状況を振り返るには手遅れだ。光に照らし出された望楼のモノたちの中で、頭の左側が吹き飛ばされたドの顔より異様なモノがどこにあるか。

ゴは黙って暗闇を見つめる。望楼にとどまるにしても、一人では結局無理だという判断に至る。糞畜生、とドの脇腹をゴは蹴飛ばす。全部台無しだ、何もかも、お前が……ここを抜け出すこともできないが、ここに残っていたらおしまいだと思う。糞畜生、ゴは結局、冷静に状況を判断する。ドのジャンパーを脱がせて床に敷き、食べものやいろいろなものを手当たり次第につかんで入れていく。脱がせたズボンは足首を縛って、弾倉やタバコをばんばん入れた。縛ってつなげば、それらは結構使えるリュックにもなる。ベッドの下に丸めておいた「太初」時代のロープも見つけた。望楼の高さを測ったそのロープには、もしや何かあったときのためにグリースを塗っておいたのだ。ロープで荷物を吊るしておろすと、ゴはその先を欄干に結んでいく。ねばねばした手がべとべとしたロープを縛り、縛り、また縛る。必要なものはないか？　置いていくものはもうないか？　置いていかざるをえない望楼の内部を、ゴは最後に静かに見回す。いちばん惜しいのは結局、ドの尻だけだ。もう二度と楽しむこともないだろうな。ズボンをおろして膝まずき、ゴはドの足を自分の両肩にかつぐ。たちまち欄干がきしみだす。べとべとしたネヴァ川がゴの膝を濡らしていく。きしみは長く続かない。

トン。地上に降りた瞬間、ゴは自分が狂ったのではないかという思いにとらわれた。耳が痛いほどサイレンが続いていた。背中と腰にしっかり荷物をゆわえ、ゴは暗闇に向かってつぶやいた。狂ってないと言ってくれ。暗闇が答えてくれないのは昨日今日のことではない。明日のことでも絶対にない。いっそ満ち足りた気持ちでゴはタバコをくわえる。サイレンが遠ざかると、川底のような静寂が暗闇の細胞の中に染み込んできた。みんなお前のせいだ、とゴはつぶやく。遠くから近づいてくる黒い、のろい、ぴくぴくするものたちが見えてくる。ゴは結局耐えられなくなる。ダーン。鎖骨に銃床を当て、ライフルを撃ちまくりながらゴは大股で奴らの方へ歩いていく。来いよ、お前ら、来いってんだよ！　そして聞く。あいつらがポップコーンを破裂させるより先に……自分の銃声が作り出したこだまを聞く、聞か、される。照準も何もあらばこそ、ゴはもう一発撃つ。その音にしばし隊列が乱れたのみで、ゴに向かって弾丸を放つ奴は一匹もいなかった。その代わり、上空でポップコーンが破裂するようなこだまをドは聞く、聞か、される。糞畜生、とゴはつぶやくこともできない。その間に奴らが、異様なモノに見えるほど目の前に近づいていた。

それは羊だった。

ゴは力なくライフルを取り落とした。めえー、と何頭かの羊がゴを取り巻いてつぶやく。しばらく魂が抜けたようになっていたゴは羊たちが来た方へと歩きはじめる。黙々と群れをなしてあとを追っていく羊たちの姿も、もうここからは見えない。

グッド
モーニング、
ジョン・ウェイン

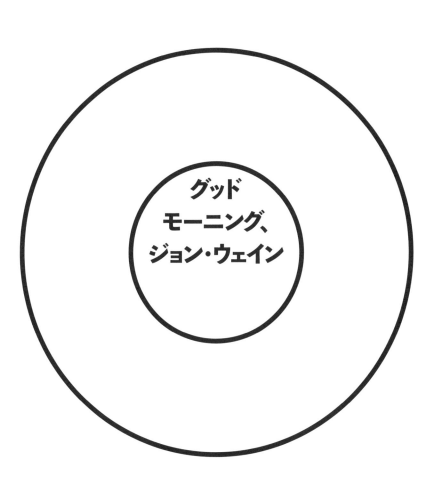

十長生

「ジョン・ウェイン３４０５ＥＡ」と書かれたラベルをヒュアラーはまじまじと見た。アルミノって言ったたっけ？　何が？　あの金属のことだよ……ラベルの縁の。それはさ、と言いかけてチャムディスもやはり首をかしげた。アル……マノム、じゃなかったたっけ？　アルマヌム……アミヌム……アルミノム……舌をさらに丸めてみたが、正確な名称が思い出せない。自分でも気づかぬうちに、ヌーベルがいたら、という思いが浮かんでくる。自分でも気づかぬうちに、ヒュアラーは首を横に振っていた。

意図したことではなかった。なかったが、千年前の取るに足りない金属が彼にヌーベルの死を思い出させた。どうだっていいじゃないか？　とチャムディスがつぶやいた。アルミノでもアルマヌムでもさ。それはそう、とヒュアラーもうなずいた。どうだっていいだろ？　どうだって、とくり返しながらヒュアラーは、雑念を振り払った。３４０５ＥＡから３４０７ＥＡまで、解凍の最終段階を迎えた三個のタンクが低い騒音を立てていた。タンク一個あたりにつき五百三十三本、血管のようにもつれあった微細減圧チューブがタンクの中の蒸気とガスを噴出している音だ。解凍は一週間ずっと続いていた。

クラシックはうんざりだなとチャムディスがつぶやいた。ヒュアラーが返事をせずにいると、うんざりで死にそうだ！　と言いながらタンクを蹴飛ばす。ヌーベルがいたら夢にも考えられない行動だ。以前のチャムディスを思い出しても、そう思うしかない。すべてが変わった、とヒュアラーは思った。不意に、鮮血に濡れたヌーベルの目がまだ自分を見つめているような気がする。くそったれ……俺も同じだ、同じなんだよ。だからといってタンクを蹴飛ばしたりはしなかったが、ヒュアラーの気持ちも最悪だった。二十世紀から二十二世紀の間に入庫したタンクを彼らは「クラシック」と呼んでいた。科学水準と同様、冷凍方式もタンクの形式もばらばらで、とんでもない頭痛の種だ。

クラシックを呼ぶ用語もそのため、さまざまだった。呪われたクラシック、くそったれのクラシック、凍死しそうな……クラシック。だがその中には、生きた人間が凍ったまま眠っている。どんなに劣悪なクラシックにも、どんなに粗雑なクラシックにも……ヌーベルの思い出を振り払って、ヒュアラーは透明な床の下の暗闇と、その中に並んだタンクを眺めた。千年間に集まった一万二千七十五個のタンクが、気味の悪い昆虫の卵のようにきらきらしていた。見慣れた風景だが、見るたびに寒々しいと思う。やっぱりアルマヌムだったかな？　もう一度金属の名称に言及しながらチャムディスがくすくす笑う。見慣れない笑い方だった。以前のチャムディスは決してあんなふうに笑わなかった。アルミン？　アルマン？　アルミヌム？　照明を浴びたラベルがきらきらと光を放っている。金属名がはっきりしないのに比べて、とてもはっきりきっぱりした銀色だった。それで、「ジョン・ウェイン３４０５ＥＡ」という文字が自分の瞳孔に浮き彫りにされたような気持ちをヒュアラーは味わった。

千年前には彼にも、広く知られた名前があったのだろう。偉大だったのかもしれないその名前はしかし、今は消えてしまった。そうした名前が失われたことは確かに惜しまれるが、過ぎ去った千年を思えば雀の涙ほどのささいなことだ。多くのものが消えた。ましてや誰かの名前などというものを、どうこうできるわけもない。ノアースが保有している一万二千七十五名の名前は、従って一つだった。ジョン・ウェイン。その後にそれぞれの管理番号がついている。信託者の実名を閲覧できるのは財団の代表か学術委員長ぐらいだった。ひょっとすると彼ら二人もお互いの同意なしでは見られないのかもしれないとヒュアラーは思った。秘密――今のノアースを完成させたのは、千年というもの守られてきた秘密だった。秘密によって、秘密のうちに、秘密めかしてすべてがなしとげられたのだ。秘密を作った者も、秘密を隠した者も今はみな消えてしまったが。

ヒュアラーもチャムディスもしかし、ノアースの起源については詳しく知っていた。ヌーベルは職員たちに対して常に、財団の歴史と生命の尊厳を強調していた。歴史の発端は一人の映画俳優である。ジョン・ウェイン。二十世紀というはるかな昔、中世の人物だ。財団の閲覧資料には詳細な記録が保管されていた。一九五四年。ことの始まりはジョン・ウェインが『征服者』という映画に出演したことだった。撮影地は広大な砂漠である。中世アメリカのアリゾナ、フェニックス郊外。そこは不幸にも、一九五二年までに多くの核実験が行われた場所だった。政府は何の注意も警告もせずに撮影を許可し、その後の五年間に、三百十七人にも上る出演陣らがガンで死亡した。ジョン・ウェインも例外ではなかった。彼は片方の肺を切除し、ガン細胞が転移するのに伴い臓器を一つずつ摘出しなくてはならなかった。後になって彼は政府の陰謀に気づいた。彼らは汚染地域での撮影を許可したばかりか、出演者たちの汚染数値を継続的に測定していた。冷戦時代の政府には、放射能に関する人体実験資料が切実に必要だった。憤った彼はすべての事実を明らかにするとして政府を脅迫し、政府はもっともらしいトリックで当代のスターを丸め込んだ。トリックの核心は冷凍である。冷凍人間。遠い未来に医学がガンを征服したら、そのときあなたを蘇生させてあげるという約束だった。だがこの途方もない約束が千年にわたる死後信託の始まりとなった。一九七九年のことだった。

「雪の女王」は……このまま閉鎖するのがいいんじゃないですか？　いつだったかヌーベルに、ヒュアラーはそう尋ねた。なぜ？　という問いがヌーベルの思慮深げな瞳いっぱいに浮かんだ。私は……ここにいる人たちを目覚めさせるのはよくないと思うんです。それは、個人……としての考えかね？　ヌーベルの小声の質問に、ヒュアラーはどぎまぎした。根本的にノアースの職員は、「個人」という意識を持つことを禁じられていた。そうじゃ……ないですけど。だったら？とヌーベルが問い返した。ヒュアラーが口をつぐむと、ヌーベルが自分の言葉を続けた。信託者たちも個人の意志でここに眠っているんだ。一万二千七十五人の個人とノアースが契約を結び、私たちはそれに伴う責任を負わなくてはならないのだよ。……それが誰であってもですか？　誰であってもだ……私たちは個人ではなく、ノアースだからね。
個人として、千年前の約束が果たして有効かどうかヒュアラーは考えた。個人として考えることが、ノアースの職員である彼は常に不得手で、それはまた無効だった。「雪の女王」は地下三百メートル地点にあり、一万二千七十五個のタンクが保管されたノアースの中心ドームである。広大なドームの内部ではときどき、原因不明の風の音が地上のそれと同じように響くことがあった。地震波の影響という分析だったが、それよりもみんな、「女王の泣き声」と呼ぶのを好んだ。まさにそのとき、女王の泣き声が聞こえた。悲しみに耐えかねた泣き声のようでもあり、一万二千個もの卵を抱いて口ずさむゆったりしたメロディーの子守唄のようでもあった。聞きようによってはだ。ヒュアラーは個人としての感じ方をしないですむよう業務に集中した。

ジョン・キューザック・スクリーマーも二十世紀の人物だった。明らかにされていない何らかの経路を通じて、彼は冷凍されたジョン・ウェインを政府から買い取った。秘密裡の作業である。キューザックはさまざまな面でミステリアスな人物だった。国際的ロビイスト、悲運の生命工学者、引退したCIA要員……彼の正体に関しては諸説紛々だったが、後世のいかなる史学者も彼の過去を解明することはできなかった。しかし彼には、誰もが認める実体があった。それこそノアースの創設者ジョン・キューザック・スクリーマーである。人類がガンを征服する前の時代だ。治療不可能なさまざまな疾病の脅威に、人類の誰もがさらされていた。そんな時代にあって、冷凍ジョン・ウェインは巨大な事業の鍵になるだろうとキューザックは確信した。まず彼は、ジョン・ウェインの眠りを破った。しかし、肺が摘出された状態で冷凍されていた西部のガンマンは目を開けなかった。いや、彼を起こせないことをキューザックは最初からよく知っていた。キューザックが必要としたのはジョン・ウェインの細胞と遺伝子だったのだ。自分のチームとともに彼はジョン・ウェインをコピーし、西部のガンマンを無事に復活させた。世の表舞台には現れない、地下世界の科学だった。

キューザックの計画はそこから出発した。不治の病にかかった少数の前職指導者に、彼はジョン・ウェイン復活の報を伝えた。アプローチは、宗教と倫理の影を逃れて秘密裡になされた。一人、二人、政治と経済の倫理的ではないラインを通じて、死後信託の可能性を打診する人物は後を絶たなかった。ガンを患ったアジア・アフリカの独裁者たち、不治の性病を病むアメリカとヨーロッパの官僚たち、巨大企業の経営者たちが続々と秘書陣を送ってきた。極秘裡の噂は、南米の軍閥やアラブの王族たちにも伝わった。彼らは腹黒く、猜疑心に満ち、そのうち何名かは自分の目で直接ジョン・ウェインを確認せずにはすまさなかった。よく訓練された、そしてはるかに若返った西部のガンマンは、ジョークまで言いながら自分の役割をみごとに果たした。キューザックはやがてノアースを創設し、ノアースはキューザックの予測の数千倍は巨大になった。信託者たちは財産を、また権力を自分の身体とともにノアースに冷凍させた。ノアースはすでに、地下に潜む一つの国家になっていた。

こりゃすごい……まさにほんものの黄色人種じゃないか！　チャムディスが叫んだ。「雪の女王」が管掌する解凍システムが、今まさに生命の息吹をタンク内に吹き込んでいるところだった。蒸気が引いたタンクの小さな窓を通して、ヒュアラーとチャムディスは信託者の顔を見ることができた。この目で実際に黄色人種を見ることになるとはな……とチャムディスがまたくすくす笑った。ヒュアラーは目の前の窓をじいっと凝視した。ジョン・ウェイン３４０５ＥＡは口を固く閉じた老人だった。人種によって分かれていたという中世史を証し立てするかのように、信託者たちはみな、純粋な東洋人だった。もう何十回も千年の眠りを破ってはきたが、東洋人を見たのはヒュアラーも初めてだった。どうだ？　とチャムディスがにやりと笑う。ちらっとヒュアラーを見る彼の目に、ヒュアラーは異常な光彩のようなものを見てとった。きらりと光るその目を見ると、ヌーベルの死のことがまた思い浮かぶ。個人としてのその感じを、ヒュアラーは急いで消したかった。

異物発見を意味する警告音が鳴ったのはそのときだった。あわてることなくヒュアラーは、タンクの内部を次々にスキャンしていった。頻繁に起こるケースではないが、十字架のネックレスやロザリオなどをつけたまま冷凍された人間がいくらかはいるのだ。まったく、中世の人間ときたら……と思いながらヒュアラーはスキャンの結果を待った。異物は３４０５ＥＡの右手に握られていた。指輪でもないし、何だろう？　チャムディスがつぶやいた。解凍の最終段階に備えて、彼らはタンク内の異物を除去しなくてはならない。機械のアームに自分の腕を差し入れながら、チャムディスがこぼした。もう……こんなことする必要だって……ほんとはさ……そうじゃないか？　いや、だからこそ必要なのだ、とヒュアラーは思った。

「雪の女王」は、それ自体が一つの巨大なプログラムだった。誤差や問題点が解決されないうちは、それ以上自らを作動させせない。だからタンクの中へ入ったチャムディスのアームも、口ほどには文句が言えなかった。女王がうなずいてくれるほど細心の動作で、チャムディスは３４０５ＥＡの右手を徐々に解除していった。何て強く握りしめていたことか……まったく、もう。やがて分離された異物を吸引したあと、嘲笑を浮かべたチャムディスがアームを抜きながら叫んだ。機械の手の右肩のボックスを開けてヒュアラーは異物を確認した。それはむやみにやわらかくすべすべした、そして光沢のある布きれだった。しわくちゃになった布を広げてみたヒュアラーの目が一瞬、驚きでいっぱいになった。ほら、見ろよ、チャムディス。布には、精巧な色糸の刺繍で一幅の絵が描かれていた。これは……とチャムディスも二の句が継げなかった。ノアース本館のロビーを飾っている巨大な壁画が、精妙で小さな一枚の布に完璧に再現されていたのだ。ノアースの職員なら誰でもその絵を知っている。十長生図だ。長寿を誇るとして古代に「十長生」〔太陽、山、月、水、岩、松、不老草、鶴、亀、鹿を指す〕と定められたもののうち、生物はすでに地上からあとかたもなく消えて久しい。ときは二十九世紀を迎えていた。

BL7

３４０５ＥＡはかすむ目で虚空を見つめていた。天井が高い——その天井のどこかを見ているつもりなのだが、壁が透明なせいか、空中を見ているような感じがする。彼はぎゅっと目を閉じた。壁、さまざまな設備、自分に着せられた服の感触だけでも未来に来たことが実感できる。夢を見ているようだった。どれほど長い時が流れたのだろうか。荘子の言葉を思い出しつつ、彼は黙想に浸った。言葉たちは一字も違わず脳裡によみがえり、自分の手で本をめくって読んでいた感覚、古い、色あせた紙の質感までも彼はぼんやり思い出すことができた。まるで昨日のことのようだった。

育てていた小さな盆栽、自分の書斎とソファー、陶磁器が置かれた居間の風景もありありと思い出した。一週間前、彼は自分の盆栽に最後に水をやった。海一面を染めて昇ってくる太陽――小さいながら、そんな不思議な光景を想起させる優雅な海松の盆栽だった。今ぐらいの時間には水をやらなくちゃいけないんだが、と、思っても甲斐のないことを思いつく。一週間前ぐらいのような気がするが、ひょっとしたら何十年も、何百年も前のことなのだろう。苦痛が押し寄せてきた。慣れたガンの痛みが何十年、ひょっとしたら何百年かぶりに改めて肉体をさいなむ。荘子の言葉をくり返し唱える彼の口元には、しかしかすかな微笑が広がっていた。人生の分岐点において、彼は常に果敢に決断してきた。ただの一度も後悔したことはなかったし、今もそうだった。彼は生きていた。今回も自分が正しかったことを、自分はついにガンに勝つであろうという事実を初めて実感していた。ふと、自分が一本の松の木のように感じられた。未来の医学はその木の根元を鉄で固めてくれるだろうと、彼は一週間前にも感じていた。何十年、ひょっとしたら何百年にも及ぶ確信だった。自分自身への確信だった。

ドアが開く音が聞こえた。小さなせわしい足音と、小さな規則正しい機械音のようなものが、静かな波のように耳元に打ち寄せてきた。ゆっくりと彼は目を開いた。目の前には、信じられない顔が信じられないという表情を浮かべて涙ぐんでいた。あな……た、とささやいたのは妻の3406EAだ。二人はいきなりお互いの手を握りしめた。震える彼女の肩の後ろに、やはり見慣れた顔が涙を拭きながら立っていた。3407EAだ。三人はすぐにひしと抱き合った。未来という不慣れな環境が、彼らの感動をいっそう激しく盛り上げた。

閣下、まず我々の敬意をお受けください。

おお、よしなさいと3405EAは制止しようとしたが、3407EAは自分の意志を曲げなかった。エアゲルでできた床は冷え冷えしていたが、彼はためらわず自分の体を床に密着させた。異様な姿勢だった。腹痛に苦しむ人間みたいでもあり、腹ばいになった老犬みたいでもある。忠実な老犬さながらに、彼はしばらく体を起こさなかった。あなたが正しかったのよ……ああ、信じられないくらいだわ。3406EAが涙を拭き、震える声でささやいた。そんなことはない、と言いながら3406EAが温和な微笑を浮かべた。私は決定を下しただけだ……前面に立って苦労したのは全部この人じゃないか、さあ、立ちなさい。再び両足で立った3407EAは、ものも言えぬまま頭を垂れた。私まで入れていただく必要はなかったのに……閣下は……これもすべて……彼の言葉を聞いているのかいないのか、3405EAは無表情に虚空を凝視した。ひとしきり女王の泣き声が外壁を響かせていた。その声に３４０５ＥＡのまゆ毛が、風に揺れる海岸の松の木のようにびくりと動いた。

ここの人たちと話をしたかね？　目を固く閉じたまま３４０５ＥＡが尋ねた。してみましたが……全く違う言語を使っていました。英語を使わないのかね？　そうです。ともあれ閣下……世界の潮流にも多くの変化があった模様です。そうか……と３４０５ＥＡはうなずく。ぎゅっと結んだ唇のそばにしわが一本、深い谷のように刻まれている。あまり憂慮されませんように、閣下。まさかアメリカに大きな異変などあるものですか。世界公用語といったものが作られた可能性もありますし……いずれにせよ、ここのシステムが正常に機能しており、また、このように発展しているところを見ても、さほど心配なさらなくてもいいと思いますよ。３４０７ＥＡの言葉に、３４０５ＥＡもうなずいた。もちろん、君の判断がでたらめだということはありえんからな。目を覚ましたときそばにいた人たちも、とても善さそうに見えましたよと、３４０６ＥＡも自分が会った未来人の好印象を語った。

ところで……と３４０５ＥＡが話を続けた。あれは滞りなく終わったのかな。何のことでしょう？　私たちの……ニセ葬式のことだよ。約束でもしたように三人は同時に吹き出した。しかも閣下のは国葬だったじゃありませんか？　３４０７ＥＡの言葉はさらに大きな笑いを引き起こした。ほかのことはともかく……それを見られなかったのは本当に残念だな、と言いながら３４０５ＥＡは涙を拭いた。また爆笑が湧き起こった。それはそうと……ちょっと寒いと思わないか？　ここには誰もいないし……ああ、たぶん通訳を呼びに行ったものと思われます。それに私は全然寒くありませんが。ただそんな感じがするだけではありませんか？　そんな……もんかな？　そうですよ閣下、そういえば、この材質というか……それがあんまりまぶしくてすべすべしているせいで、私も最初のうちは似たような感じがしましたよ。３４０７ＥＡの言葉に慰められはしたものの、彼は何となくぞくぞくした。ぶつぶつとつぶやく彼の声にも若干の金属音が混じっているようだった。とにかくちょっと冷たいし……固いなあ、ここは……ザ、ブ、ト、ンみたいなものはないのか？

ヒュアラーはもう何が何だかわからないと思った。キニューインはなぜ来ないのかと尋ねると、チャムディスはこう答えた。何しにだい？　そしてヒュアラーの額にそっと人差し指を押し当てて、ぐりぐり回した。しっかりしろという意味のからかいだった。そうだ、チャムディスがにやりと笑って言った通り、キニューインが来る理由はなかったのだ。すべてが変わった。嘱望されていたキニューインの業務も今や、存在しないのだ。財団すべてをひっくるめて、キニューインは中世英語を最も完璧に操れる通訳官だった。

中国語と英語が統合されて今の地球語が作られたのは六百年ほど前のことである。英語の名残は徐々に薄れていき、三百年ほどかけて完全に消えた。久しく前から英語は学問の対象として存在するのみだった。おそらくノアースは、中世英語を必要とする地球で唯一の場所だっただろう。稀に見る才能により、キニューインはノアースの特別待遇を受けていた。「雪の女王」の泣き声がコントロールルームの外壁を揺るがした。胸の深いところでその声が共鳴するのを感じながら、ヒュアラーは四年前の初の復活を黙って思い出していた。東方の博士たちが女王を訪問した日であり、ヌーベルは興奮を隠さなかった。わずか四年前のその日が、ヒュアラーには千年も前のことのように感じられた。

医学はまばゆいばかりの発展を遂げた。二十一世紀の不治の病が征服されたのは、はるか昔のことである。もちろんガンは新型や変種という形で命脈をつなぎはしたが、中世のように致命的で脅威的な対象ではなくなった。二十四世紀以後の信託者はおおむね精神疾患患者だった。ウイルスも次第に神経系統を攻撃する性向を強めていった。文明の発達とともに人類は顕著に「精神的な」個体に変化し、人類の疾病も、まるで約束したように「精神的な」ものへと変わってきた。契約を履行すべきときが来たとノアースが判断したのも、約六百年前のことだった。

四年前のその日と同様、六百年前のその日に起きたこともノアースの歴史上見落としてはならない事件だった。信託者の復活は、三度の失敗の末に成功を収めた。三度の失敗もノアースの責任ではない。二十世紀の拙劣な冷凍技術ゆえに、信託者たちは冷凍過程においてすでに絶命していたのだから。解凍は完璧だったが、タンクの中に残っていたのは霊魂なき肉体のみだった。信託者への礼儀として、財団は彼らの遺体を地中に埋めてやった。消え去った中世の葬礼文化に則ったのである。氷の棺から解放された信託者たちは結局、土という名の棺の中へと消えていった。同じ時期に入庫した六体のクラシックも、彼らと運命をともにした。

そして、ジョン・ウェイン１９０４ＮＡが目覚めた。生命それ自体としては完璧な復活だった。

ノアースの医学は大腸全体に転移したガンを完全に除去し、これまた致命的だった心筋梗塞と肝炎、及びその他の雑多な疾患すべてをその肉体から取り払った。しかし問題があった。記憶である。ジョン・ウェイン１９０４ＮＡの記憶はとうとう戻らず、その人物は信託者とは無関係な新しい人格として余生を過ごさなければならなかった。その後また二回の解凍が敢行されたが、結果は同じだった。よくある記憶喪失ではない、無の状態——多くの研究が重ねられたが、原因を明らかにすることはできなかった。予想もしなかった結果について、財団の元老たちは自らに「契約違反」という結論を下した。復活プロジェクトは再び長い長い沈黙の川底へと沈んだ。

記憶とは何なのだろう？　四年前のその日の朝、ヌーベルが言った言葉だ。自分の意見を述べはしなかったが、ヒュアラーはヌーベルの言ったことをはっきり覚えていた。それが脳や細胞、すなわち人体に局限されたものならば、解凍後もそのまま残っているはずだろう……ガドリニウム（Gd）脳による代替実験など、何の意味もない。驚異的じゃないか？　人間にはまだ科学を超えた領域が存在するという事実が……ドームの天井を凝視していたヌーベルの目は、そのむこうのさらに遠いところを見ているようだった。女王も……科学の領域ではないのですか？　とヒュアラーが尋ねた。ヒュアラーの言葉通り、科学を超えた領域を解決したのは女王だった。

「雪の女王」が誕生したのは七百年前のことだ。科学倫理が社会全般を支配しており、人体の複製や人体の冷凍が完璧に禁止されていた時期である。地下へ、もっと地下へとノアースは潜っていった。徹底した秘密のもとに行われた巨大規模の工事には、支配権力の庇護がついて回った。

我々の仕事は未来における普遍的な生命延長手段となるだろうと語ったキューザック・スクリーマーの予見とは異なり、人体の冷凍は結局、ごく少数の者たちの特権として残ることとなった。自らの安息の地のために支配者たちは支援を惜しまず、ノアースには何世紀にもわたって累積された天文学的な額の信託金があった。勇壮な建築物であり、一つの自治区であり、それ自体が巨大な人工知能でもある「雪の女王」はそのようにして誕生した。

地球を運営する「バビロン」というニックネームのコンピュータが地上にあるとすれば、地下には「雪の女王」があった。進化型コンピュータである女王はその後、すべての信託者の母となった。半世紀ほどの間、女王とノアースの研究チームの協力体制が維持されはしたが、女王と人間の相互扶助はやがて幕をおろすこととなった。女王の情報習得と推理、進化の速度に研究チームが追いつかなかったためである。地上の世界も例外ではありえなかった。女王は自分の双子の兄であるバビロンと協力し、月の「ビーナス」と火星の「メリディアン」を臣下に従えて、銀河系から抜け出した多くの人工物を自らの騎士として活用した。女王の子宮の中で眠っている信託者たちと同様、ノアースは女王にすべてを信託しなければならなかった。

記憶の問題を女王が解決したのは四年前のことだった。六百年ぶりに女王はプロジェクト再開を宣言し、自ら自分の子宮を開いて、一体のクラシックを取り出した。ノアース初の、祝福されたジョン・ウェイン２１３７ＮＡはこうして目覚めた。完璧な解凍だった。彼は中世アメリカの上院議員だったという自分の過去をはっきりと覚えており、ノアースは彼の肉体を蝕んでいたエイズを完全に除去した。キューザック・スクリーマーの幻想が初めて実現した瞬間である。

秘密裡に成しとげられたノアースの成功は、地上の指導者たちを熱狂させた。キューザックの仮説が実現したその日、地上の本館では大がかりな祝宴が開かれた。研究チームの代表だったヌーベルは、祝辞でこのように述べた。この場で言えるのは、東方の博士たちが我々の女王を訪ねてきたという事実です。彼らはバビロンの屋上にラクダを休ませ、未知の情報を抱いて地下のうまやを訪れたのです。今や残るは、女王が到達した地点へ我々自身がたどりつくための方法を推理することです。人類にはとうてい到達できなかったそこへ、人類の科学はすでに到達しているのです。それから、気乗りのしない口ぶりで――そのことをろくに隠しもせずに――こう言った。今や我々は誰もがイエスになることができます。この席にお集まりくださったみなさんがまさにキリストです。

ヌーベルは大いに自分を責めていたが、ヒュアラーはそんな彼を何も助けてやれなかった。決められた祝辞を読ませたのは、ノアースの代表であるデモリンである。彼は地上の人物だった。合法的な財団の代表として信託金を運用して政治に利用する、典型的なビジネスマンだった。地上と地下に二分されたノアースの運命と同じく、二十世紀のキューザック・スクリーマーはこのようにして二人の人物、デモリンとヌーベルに分かれていたのだ。デモリンのノアースとヌーベルのノアースは別物だったが、それでも結局ノアースは一つであり、二人は根本的に自分の「個人」を持つことができなかった。

宿舎に続く通路で、ヒュアラーはにこにこ顔のキニューインと出くわした。チャムディスも一緒だった。どこに行くんだ？　ヒュアラーのあいさつにキニューインは意外な答えを返した。ああ、信託者たちに会いに行くのさ。ちょっと混乱してしまったが、そうか？　とヒュアラーはうなずいた。人差し指でヒュアラーの額をそっと押しながらチャムディスがささやいた。何よりまあ、暇だからだよ。チャムディスの人差し指を手で払いのけて、再びヒュアラーはうなずいた。チャムディスのきらきらする目をヒュアラーはまともに見ることができなかった。一緒に行くか？　とチャムディスが尋ねた。どうすることもできない、恐ろしい、異様な力のようなものがチャムディスの声に漂っている。人工太陽に照らされたまぶしい床を見つめながら、ヒュアラーはもう一度うなずいた。暇そうな二つの影法師が、曲線を描く通路をうろつき、消えていく。その後をもう一つの影法師が、小さなしみのようについていった。

明るい表情で会話しているキニューインを見ると、何もかもが以前の通りだ。キニューインは主に３４０７ＥＡと会話し、３４０７ＥＡが途中で他の信託者に会話の内容を伝えているらしい。千年という時間に信託者たちはみな驚き、そんな彼らの反応を退屈していたキニューインは楽しんでいた。会話が三十分ほど続くと、キニューインの表情にはまたしても退屈の色がこみあげてきた。あああ、とキニューインが両手をこすりあわせる。チャムディスが割り込んだのは、二人の会話がほぼ終わりかけたころだった。ちょっとこれのことを聞いてみてくれるか？　チャムディスが渡したのは小さな金属の破片だった。見覚えのある、タンクから剝がれ落ちた「ジョン・

ウェイン3405EA」のラベルだった。何を聞くんだい？　キニューインが首をかしげる。つまり……これの……材質のことをだよ。金属を受け取った3407EAは、慎重にそれをためつすがめつ眺めた。とぎれとぎれに続く中世英語の中で、ヒュアラーも確かにアルミニウムという単語を確認することができた。チャムディスは異常なほど飛び上がって喜んだ。そうだ、まさにその……アル……マニュム？　にやりとして叫ぶチャムディスにむかって、3407EAが微笑を浮かべて言った。アルミニウム！　金属のように明るくまぶしい微笑だった。

閣下！

三人の未来人が去ると、3407EAが叫んだ。信じられますか？　閣下は千年ぶりに復活なさったのです。3406EAも涙ぐみ、どうしていいかわからない様子だった。おそらく彼女は後に解凍される自分の子どもたちのことを考えているらしい。ぎゅっとつぶっていた目を開けた3405EAも、感激を抑えられない表情だ。そうだな、ちょっと詳しく話してくれ。まず、閣下の病気は完璧に治療可能です。すなわち、健康を取り戻せるのです。そして信託金を年金の形で受け取ることが可能です。契約通りです。予想通り言語は一つに統一されており……また、国家や人種、民族という概念もほとんど消えたようですね。ずっと前に、人類全体が覚醒した時期があったのだそうですよ。その後は平和な時代が続き……また文明の黄金期が訪れ……そして、また

きちん、きちんと

是正されていくのです。３４０７ＥＡが腰をかがめる間に、女王の泣き声が通路を通っていった。その声には、遠い遠い時空を飛び越えて信託者を沈黙させる力があった。泣き声が通路を完全に通り抜けるまで、３４０５ＥＡは身じろぎもせずに目を閉じていた。アメリカは？　と彼が力をこめて尋ねた。慎重に、そしてゆっくりと３４０７ＥＡは答えた。国家の痕跡は消えましたが、現在の連合というものの中枢は中国とアメリカが主導したものだと言ってました。しかし彼も、歴史の流れについて何か言える水準ではないそうです。通訳として、信託者からよく聞かれる質問を選んで勉強するぐらいだそうです。韓国は……韓国はどうなった？　韓国については……単語の意味もわからないということでした。

千年が過ぎたのですから、閣下。

何はともあれ私は……こう考えます。つまり、これは運命だということですね。一つの連合に統合されたとしても、自治区とか、どんな形態であっても韓国は存続しているのではないでしょうか？　閣下、天は明らかに閣下を選択されたのです。二十九世紀の韓国は再び新たな、強力な指導者を望んでいるのかもしれません。ですから私は、これを天命と感じるのです。

そうだな、と３４０５ＥＡが口を開いた。これは夢なのか……ということだね。過去の私が現在の夢を見ているのか……現在の私が過去の夢を見たのか……ひとしきり荘子を引用したあと、彼は３４０７ＥＡの肩に手を乗せた。私がどんな夢を見るにせよ、君なくしてその夢をかなえられるだろうか？　３４０７ＥＡの肩が震えた。千年も主人に仕えて老いた忠犬のように、しわだらけの彼の顔に再び感慨が押し寄せた。人工太陽の照明のもとで、それはいっそうまばゆく感じられた。

宿舎に戻ってきたヒュアラーは、防塵ドアが完全に遮断されると初めて「個人」になることができた。額を手で支えて彼は思いに沈んだ。別れる直前にもチャムディスの指が自分の額をぎゅっと押した。以前は誰も、あんなふうにお互いに接触したりしなかった。ヒュアラーはだんだんチャムディスが怖くなってきた。キニューインも、そして自分自身までが怖かった。くそったれの……と彼は頭を横に振った。なすすべもなく彼は、ヌーベルの最期を思い出した。おおヌーベル、と彼は自分の頭を両腕に埋めた、埋め、たかった。それは個人としての意志だった。

女王が見出した解法とはおそらく宇宙由来のものではないかね。長い検証が必要だろうが、銀河系の彼方に出ていった無数の女王の手足のうち一つが、何らかの情報をもたらしたことは明らかだね。それはもしかしたら神の意志ではなかったのか？　ついに人間に復活を許すという……四年前のあの日のヌーベルを思い出しながら、ヒュアラーは思わず涙を流していた。初めて経験した「個人」の涙はこの上もなく熱く、痛みを伴うものだった。神の意志は果たしてどのようなものなのだろう？　東方の博士は女王を訪ねたが、地球を訪れたのはまた別の個体だった。そして、すべてが変わった。

BL7が地球を訪れたことによって。

良い朝

　千年前には、いやその後も、人類を攻撃するウイルスは自分の名前を持っていた。エボラ、エイズ、サーズ……人類に対してもう少し寛大だったなら、BL7も広く知られた名を持つことができただろう。だが彼らは無名のままだった。自分たちに名づける暇すら人類に与えなかったからだ。四年前、ノアースの「復活」があったまさにその年のことだ。

　発現地も、媒介物についても何もわかっていなかった。成層圏のいかなる防疫衛星も彼らの浸透を感知できず、地球の運営者——バビロンすら彼らの急襲を予見できなかった。大陸の至るところが災厄に見舞われていったが、人類にはそれを調査する時間さえ与えられなかった。四日でアメリカ大陸の生命体が半分に減った。接触はもちろん空気によってすら感染し、潜伏期間はわずか二時間にすぎない。BL（バイオ・セーフティ・レベル）7、史上最強のウイルスだった。感染者の脳は溶け落ち、彼らの霊魂は一瞬にして肉体を離れた。地獄の業火が広がるような拡散だった。地上の人類は全滅した。

おそらく、ごく少数の閉鎖人類が生き残ったのだろう。我々のような閉鎖施設で生活していた人間は相当数いるのだし、とヌーベルは希望を失わなかった。二百名あまりの支配階級を率いて地下に避難したデモリンも、我々には文明の力があると力強く演説した。月にも火星にも人類は残っていた。南極をはじめとする地球各地の閉鎖施設にも、ヌーベルの言った通り人類は残っていた。かぼそい通信網はしかし、徐々にとぎれていった。BL7は南極を襲い、無人輸送船などさまざまな媒介物を通して月や火星にまで災厄を伝播した。そして一年前、バビロンが停止した。五重のドームをしっかりと閉ざしたまま、女王は大声で泣き叫んだ。地震波の影響だけじゃあるまい、とチャムディスがつぶやいたが、ヒュアラーは久しい前からそれを地球の泣き声と感じるようになっていた。バビロンの死とともに、希望の光も消えたと思われた。

ノアースの原則を破って、二百名あまりの支配階級が一度に冷凍された。地球という自然がいつか、自らのインターフェロンを作り出すことでしょう。そう言ってヌーベルは彼らに希望を与えたが、冷凍を勧めたデモリンの立場はヌーベルとは違っていた。デモリンはすでに現実の食糧難を懸念していたのだ。無人輸送チューブを通して、地上に残った食料を持ってくることはできたが、いかなる形態の食料も汚染の可能性から逃れることはできない。安全なのはここにある食料だけだったのだ。

かすかな照明の下でヒュアラーは泣いていた。そしてふと、ポケットに入れておいた小さな布きれを思い出したのだった。ゆっくりと彼は布切れを取り出し、さらにゆっくりと手のひらの上に広げた。太陽と月、岩と松の木……そしてさまざまな動物を刺繍した一幅の絵が、優しい手触りでヒュアラーの「個人」を慰めてくれた。ヒュアラーは絵の中に顔を埋めた。太陽と月、岩と背の低い松の木が、雨に打たれているかのようにヒュアラーの涙で濡れていった。やがてヒュアラーは眠りについた。

良い朝だった。いつもと変わりない人工太陽の照明だったが、地上もきっとすばらしいお天気だろうと思える日があるのだ。その朝のヒュアラーの気分がそうだった。ホログラムモニターでデモリンの指示を聞き、食堂でチャムディスとキニューインに会った。今度は俺たちの番かな？と、肉を切りながらチャムディスが言う。一人のノアースとして、ヒュアラーもうなずいた。にやにやしているチャムディスの口元に、ヒュアラーは妙な期待感を見た。

ふと、今とはあまりにも違っていたチャムディスの顔を思い出した。パオマティック・パイプで初めてヌーベルの頭を殴りつけたときの――恐怖に青ざめた彼の顔がヒュアラーは忘れられない。自分の顔もチャムディスと同じだっただろう。むしろ淡々としていたのはヌーベルの顔の方だった。許してくれ、私も許すよ……とつぶやいたあと、ヌーベルはすぐに目を閉じた。私は個人ではない、個人としてやるわけじゃない……とヒュアラーの心はむせび泣き、また泣き、さらに泣いた。命令を下したのはデモリンだったのだろうが、誰が命令を下したのか知ることは誰にもできない。そして誰も処罰されなかった。残りの肉をすっかり食べてしまうと、三人は一緒に席を立った。

ある一つの事案をめぐって、ヌーベルはデモリンと強烈に対立していた。食料がほとんど底をついていた七か月前のことである。キューザック・スクリーマーが生きていたら、どんな結論を下しただろうか？　パオマティック・パイプを持ち上げながらヒュアラーは考えた。今日はちょっとただじゃすまないな、とチャムディスがつぶやいた。キニューインがくすくす笑ったので、そうだな、とヒュアラーも答えた。曲線を描くまぶしい通路の上を、パイプを持った三つの影法師が足早に過ぎ去った。その後を、女王の泣き声がまるで巨大なしみのように追ってきた。

グッドモーニング。

手を上げてキニューインが叫ぶと、信託者たちの顔にはありありと喜びの色が現れた。まさか彼らの目を見ることはできず、ヒュアラーはチャムディスの背中の後ろに隠れるようにして立っていた。この状況を楽しむように、キニューインは無意味な会話をさらに続けた。何です？　とキニューインが声を上げた。ザブ……トン？　「ザブトン」って何だか、もしかして知ってるか？　振り向いてキニューインが聞いた。ヒュアラーは強く首を振った。後ろに組んだ手の中で、パイプがうなずいていた。

安全な食料はまさにノアース内部に冷凍されているとデモリンは判断した。人間はついに生き残るだろうという彼の演説の通り、女王の勇壮な泣き声がドームの外壁を揺るがして過ぎた。どうしてもパオマティック・パイプを使わねばならない理由もなかったのだが、それはたび重なる経験を通して体得された方法だった。肉質の問題である。誰もが柔らかい肉を望んだし、チャムディスはもう、それを楽しむようになっていた。ヒュアラーは目を閉じた。そして、良い朝だ、と

自分に話しかけた。

〈自伝小説〉

サッカーも得意です

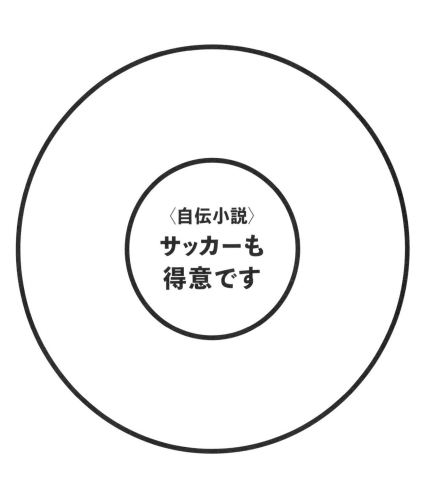

1. お熱いのがお好き

前世ではマリリン・モンローだった。そういうわけなので、物語もまずマリリン・モンローから始まる。そうあるべきだと、僕は思う。事情を知ったあなたも僕と同意見だろう。物語というものは手順を踏まなくてはいけないが、この場合はさらにそうなのだ。国民所得二万ドルの時代が目前に近づいている。すなわち、誰もが自分の前世を知り、理解すべきときがやってきたのだ。この、何とも良き時代のために、僕はこの物語を開始する。あわてるのは禁物、世界のシーズンは変わり、我らは変異する。

事実を知ったのは、貫鉄洞《クアンチョルドン》のある占い師のところだった。いやーずいぶん色っぽいな、すごい色気だ、ぐいぐい来るぞ、若い女の霊が憑いているのかな、とか何とかそんなことを言われた。僕にですか？　でなきゃ誰だ？　そういえば――まあ――そんな気も――するかな――みたいな気が、確かにした。その瞬間わかった。なぜ自分があんなに熱いものが好きだったのか。またなぜ、小さいときに見た啓蒙社の『世界偉人全集』二十四巻の中で唯一、J・F・ケネディだけを好きだったのか。ハッピバースデイ・ミスタ・プレジデント、ハッピ・バッ／ス・デイ・トゥ・ユ。あなたがあなたの国家のために何ができるかを考えてください。国民に向かってケネディはそう叫んだ。君は何もしなくていいんだよと、僕の耳たぶを噛みながらケネディはそうささやいた。僕の耳はそれでいつもたぷたぷしてた。ケネディは、おいぼれのラバみたいに唾液の多い男だった。

一九二六年六月一日、ロサンジェルスで生まれた。名前はノーマ・ジーン・モーテンセン。これが、誰もが知っている「マリリン」の陰に隠された僕の本名だ。母は精神病だった。私生児だった僕は九歳のときに孤児になり、義父による常習的な性的暴行を受けていた。とうとう、家出した。飢え死にしないためにはヌード写真のモデルにならなくてはならず、食事をおごってくれた男と十六歳で初めての結婚をした。結婚生活は最低だった。自殺を企てた。その後モデルとして成功、映画俳優となったが、生涯、神経衰弱と舞台恐怖症に苦しんだ。そして生涯、軽薄で頭の空っぽな金髪女というレッテルを貼られたままだった。その後また二度の結婚をしたが、二回とも失敗した。念願だった子どもを流産したショックで離婚した。結局、子どもも夫も家庭も、自分が望んだ何物をも得られないまま謎の死を遂げた。一九六二年八月五日のことだった。華麗だったに違いないとみんなが想像している僕の前世は、そういうものだ。

三人めの夫だったアーサー・ミラーは劇作家で、ある日僕に文章を書いてみろと勧めた。君には才能があるよと言われたけど、そのころ僕は映画の仕事で目が回るほど忙しかった。ほんとに才能があるかしら？　あるとも、君はランボーみたいでもあるしユーゴーみたいでもあるよ。僕が書いたクリスマスカードを振ってみせて、アーサーはそう言った。肩をすくめて僕はにっこり笑った。ランボーやユーゴーが何なのかまるでわからなかったから。そして怖かった。怖いときにはいつも歯を見せて白く笑う癖が僕にはあった。おおダーリン、と言うとアーサーの手からカードが落ちた。僕が笑うといつもアーサーの手は震えた。

二人めの夫だったジョー・ディマジオは野球選手だった。文字通りのスタープレイヤー。ジョーは正直で義理堅い男だった。フロリダにバカンスに行ったとき、喘息の発作が起きて僕は一晩中咳に苦しんだ。ジョーはしばらくいてもたってもいられない様子だったが、薬を買ってくると言って部屋を飛び出した。そして一時間後、薬を買って戻ってきた。二十四時間営業のドラッグストアなんか想像もできない時代のことだ。僕より驚いたのは、シャッターの音で目を覚ましてしまった薬局の店員だ。後にその話を雑誌記者から聞いた。ドアを開けるとメジャーリーグのホームラン王が立っていたという。僕は涙が出た。薬を飲むと咳が止まったのはだから当然のことだったが、またもや記者が教えてくれた驚くべき事実は、その薬が頭痛薬だったことだ。**ジョー・ディマジオは彼女の頭が割れるかもしれないと言ったんです。**雑誌には、正確なスペルで店員の証言が載っていた。僕にとって世の中とは、まるで理解できない場所だった。いつだって、そう。

新婚旅行に行ったのは韓国だった。ジョーとの結婚式が朝鮮戦争の慰問公演とぶつかっていたからだ。どう思う？　と聞くと、縫い目のほつれた野球のボールみたいな表情でジョーが答えた。

そこ、人食い人種がいるんじゃないのか？　大丈夫らしいわよと僕はジョーに言い聞かせた。戦争になったら、人食い人種なんか全滅するはずだからと。式を挙げ、二人は韓国目指して出発した。上空から太平洋を見たのはそのときが初めてだ。茫々たる大海。なるほど、韓国は世界の果てみたいな遠い遠いところだった。どんなに力一杯打ってもここまでは飛ばせないだろうな、と飛行機のタラップを降りながらジョーも首を横に振った。いつもニューヨーク・ヤンキース球場からサンフランシスコ・ジャイアンツの事務所の窓を割ることができると豪語していた彼だけど。蒸し暑かった。ジョーはずっと不快そうな表情だったが、僕は気持ちよかった。熱いのが、僕は好きだった。

戦争なんか見てもいない。僕が見たのはだから、合唱している勇士たちと烏山《オサン》の空軍基地、からっぽの滑走路と、モスキート部隊のかわいい蚊のマークだけだ。韓国人の顔を見たのは従軍記者団が見せてくれた何枚かの写真でのこと。そこには人食い人種と乞食の中間ぐらいの人たちが、泥の中から這い出してきたかたつむりみたいな顔でぐったりと立っていた。何だよこりゃあ、と塩でもまきたそうな表情でジョーが鼻をつまんだ。ただの写真よとジョーの手から写真を引ったくったが、おかしなことに涙が出た。かたつむりみたいな顔をしたその人たちがその瞬間、とてつもなく気の毒で、かわいそうで。僕はわあわあ泣いてしまった。感激しましたよ、とハンカチを渡してくれてサインをねだり、写真を撮ったのはレイ・マンソンという名の従軍カメラマンだった。アメリカに帰ってみるとという見出しとともに、レイの撮った写真が『ライフ』に載っていた。僕はたちまち朝鮮戦争の女神になった。そのため当分の間、戦争の惨状を伝え、アカの策動を糾弾するインタビューのために奔走する日々を過ごさなくてはならなかった。それでもあのころがいちばんいい時期だった。やがて僕は『七年目の浮気』に出演し、『バス停留所』と『お熱いのがお好き』が相次いで爆発的な成功を収めた。韓国、なんかのことはそれでもう、記憶のはるか彼方。あとになっていつだったか——何よ、あたし韓国のことなら知ってるわと言ったとき、アーサー・ミラーは言った。君の頭にはうんこが詰まってるだけだってことは俺も知ってるよと。アーサーとの仲が最悪になっていたときのことだ。ねえアーサー、肉屋の包丁も研がなきゃ役立たずっていうわよね。そりゃいったいどういう意味だい？　メガネを拭きながらアーサーが尋ねた。ふと、それがどういう意味かは自分にもわからないと思った僕はいきなり部屋を飛び出した。怖かった。しばらくして僕たちは離婚した。

最高の肉体、最高の肉体と出会う！　ジョーと結婚したときの新聞の見出しはそうだった。大勢のアメリカ人が僕らを、肉体派夫婦と呼んだ。もっともらしいほめ言葉みたいだけど、ほんとは自分でもわかってた。浅はかで頭の空っぽな金髪という視線の中でずっと生きてきたから、その方面へのカンは鋭いのだ。みんなはジョーのホームランを見て酒をあおり、僕のピンナップを見てマスターベーションをする。そして後ろを向いて言うのだ。この肉塊どもめ、と。

最高の知性、最高の肉体と結合する！　アーサーと結婚したときの見出しもやはりその類だった。みんなは人類最高の結合という言葉で僕らを祝福してくれたけど、僕は知っていた。ああ、釣り合わない、アーサーの顔して頭が空っぽの子が生まれたらどうすんの？　とみんなが思ってることを。そんな人たちの前に立つことが、僕はいつも怖かった。けれどもそのころには全米が、僕がスカートをはためかせて自分の前に立つことを望んでいた。そしてアメリカは陰で言うのだ。この浅はかなアマ、と。

たぶんアーサーと離婚した直後だっただろう。エラ・フィッツジェラルドに僕は電話した。彼女とは長い友だちだったけど、電話するには時間が遅すぎた。幸い、エラは起きていた。エラ、あたし怖い。マリリン、何が怖いの？　つまりねキューバが、怖いのよ。アメリカの目と鼻の先に火薬庫があるわけでしょ。あたし核実験の映画見たことあるわ。それがどんなもんだか知ってる？　知ってるよ。ああ、あんたが知っててくれたら怖いのがちょっと消えたわ。知るってほんとに大事なことだよね、ありがとうエラ。あたしのために何か一曲歌ってくれたら嬉しいんだけど。あたし今、あなたの歌が聞きたいのよ。わかったよ歌ってあげる。

わたしのあかちゃん
あんたのとうさんはかねもちで
かあさんはきれいだよ

だからあかちゃん　もうなかないで。〔「サマータイム」の歌詞〕

今すぐにミスター・アメリカに会っていただかないとなりませんなと言われ、でもめまいがするのよと僕は答えた。ケネディと出会ったのは何もかもがめちゃくちゃな時期だった。僕は薬に依存しており、体は冷えていた。お熱いのがお好きなので、家政婦のユーニスにむかって僕は叫んだ。ユーニス、ヒーターが故障してないかちょっと調べてよ。ぜんっ、ぜんっ、眠れないんだから。え、電話ですか？　どなたの電話？　違うわそうじゃなくて、ジョーに電話かけて呼び出してほしいのよ。おおジョー、あたし今、泣いてるのよ。マリリン、今どこだい？　わかんないわ、あなたどこにいるの。メンフィスだよ。サンフランシスコの皆さんもみんなお元気？　お母さんに、あなたのお母さんに会いたいわ。でもうちのママは君のこと嫌ってるのに。違うわ、あたしほんとはイタリア好きなのよ。おいマリリン、君には今助けが必要なんだ、わかるかい？　イタリアに行きたいわ、連れてってよ。ううん、自分が何をしたらいいのかわからないのよ。いったい、ここはどこなの。どうしたんだいマリリン。さあ、君は何もしなくていいんだからねと、僕の耳たぶを嚙みながらケネディがささやいた。僕の耳はそのためにいつもたぷたぷしていた。ケネディは唾液の多い男だった。僕の耳はいつも、たぷたぷ。ケネディは唾が多かった。僕は耳が多くて、ケネディはいつもたぷたぷ、

がっちゃん、と彼らがドアを開けるまで、僕は身動きができなかった。いや、逃げられないことを僕は知っていた。アラスカにいたって追いかけてくるだろう。冷たく残酷な顔たちが僕を見

おろしている。こんにちはとその中の一人があいさつをしたが、僕にはわかっていた。この赤い目をした白うさぎ、赤い目をした白うさぎ。こんにちは、こんにちは、頭からっぽ、からっ、ぽの、きん、きんぱつ、きんぱつ。くらくらした。あたしの髪はほんとは茶色なんだよ、あたしの髪、ほんとは、ほんとは、そしてそのとき一人の男がコートから薬のびんを取り出した。薬を、薬が、口の中に入ってきた。身動きもできなかった。自分には助けが、薬が、必要なのかしら？全米が後ろを向いて笑っていた。死ぬんだということを、僕はもう知っていた。逃げたかった。彼らに見つからないところへ、この世の果てへ僕は逃げたかった。どうか助けて、そのとき目の前に

韓国が浮かび上がった。

生まれ変わることができるなら、世界の果てに生まれたかった。泥まみれのかたつむりみたいになって、そのために誰も僕を追ってこられず、僕の口に薬を入れられないように。深く、大きく、暗い川の底みたいなところをそれで僕は渡らなくてはならなかった。急にまぶしくなった。ここはどこだろう。お前が最初にそこから来たところだよ。まぶしい光の中心から穏やかな声が聞こえてきた。そしてまたお前は帰っていかなくてはならないのだ。僕はランボーもユーゴーも知ってますよ。ランボーもユーゴーも知ってるって、それどういうことだい。だからー、知ってるってことですよ。そうかわかった。じゃあ帰っていく時間と場所を決めよう。もし希望があれば言ってごらん。場所は韓国、そして七年後だといいんですけど。どうしてもそうしたい理由があるのかね？　今、急に『七年目の浮気』を思い出したからです。つまり六二、六三、六四、六

五、六六、六七、六八年になるでしょ。違うだろう、六二年を基準にすれば六三、六四、六五、六六、六七、六八、六九年になるぞ。何言ってんですか、六二、六三、六四、六五、六六、六七、六八、ぴったり七年じゃないですか。ああもう、好きにしなさい。

そうして、僕は

まるで浮気でもするような気分で一九六八年のある日、韓国で生まれることになった。前世での僕の立場から見たら、やっぱかたつむりみたいな感じなんだけど――だから、この地味な人生がどんなに大切か僕はよく知っているのだ。ハッピ・バースデイ・ディア・マリリン、ハッピ・バッ／ス・デイ・トゥ・ユ。

2. いったいどうしてくれんだよ

宇宙人に拉致されたのは十五歳になった年の夏だった。夏休みの真っ最中だったのに、遺憾なことに拉致されてしまったのだ。ＵＦＯには三人のエイリアンが乗っており、当然ながら拉致の目的は生体実験だった。目を覚ますとすでに手術は終わっていた。僕は困り果てた。どこをどうされたのかまったくカンが働かない。横の手術台にはホルスタインが横たえられていた。

目が覚めましたか？　忙しく機内を行き来していた三人に便宜上1号2号3号という名前をつけると、そのうち3号（写真右）が近づいてきて尋ねた。3号を無視して僕はぼんやりと、横にいるホルスタインだけを見ていた。まずは答えられるような気分じゃなかったし、この状況で、おかげさまで一息つけましたなんて言うのもばか以外の何物でもないと思ったから。3号はしばらくためらってから、ほんとに立派な牛でしたとしらばっくれてみせた。3号がいじっているホルスタインの乳首には、外界から持ってきた番号札がずらりとつけられている。六個の乳首からはそれぞれソウル牛乳、毎日牛乳、南陽牛乳、ピラク牛乳、ダノン、ユキジルシが出てきました。私たちとしては非常に満足できる結果でした。どうです、牛乳、飲みませんか？　ちょうど僕はのどが渇いていた。うなずくと、またちょっとためらってから3号がメニューについて尋ねた。どの牛乳になさいますか？

毎日牛乳。

3号が持ってきた牛乳を飲むと、僕はちょっと心に余裕が持てた。いちごとかバナナとか、そんなのない？　いちごがあります。いいね、じゃあいちごも一杯。立て続けに牛乳を二杯飲むと、1号（写真中央）がぴったり接近してきて話しかけた。こんにちは。ちらっと1号を見た僕は無言で体操に没頭した。どこかわからないけど体がだるいような気がしたので。あのですね、悪いことをしたわけじゃないんですよ。若干の装置を設置して、脳に多少の変化をもたらしたといいましょうか、とにかくその程度なんです。確かなのは、何の支障もないという事実です。でもちょっと申し訳ない気がしたので、包茎手術もサービスで追加しておきました、しかも無料でね。ガウンをまくり上げてみた。驚いたことに1号の言葉は事実だった。

で、どうしてくれんだよ?

はい? もたもたと後ずさりしながら1号が答えた。どうしてくれんだって言ってんの。な、何をです? これだよまったく。僕はガウンを引き裂いて床にかなぐり捨てた。そして力をこめてはっきり言った。

地味な、僕の人生を

だよ。こんなことされて、まさか今まで通り地味にやってけるとは思ってないよなあ? 1号と3号は顔を紅潮させて何も答えられなかった。お気楽な連中だな。僕は唾を吐いて、不快さをむき出しにした。一列縦隊で集合! 三人のエイリアンの顔にはもう死相が現れていた。

どうすんだ、どうする気なんだよ? 申し訳ありませんでしたと3号が泣きはじめた。1号と

2号もしゃくりあげている。僕はしばらく窓の外を見つめた。銀河系の父なる木星が、荘厳にして謹厳な様子で上空に陣取っている。木星三十二周レース開始！　1号と2号と3号が帰ってきたのは四百七十二日後だった。僕はその間にたっぷり寝て、あいまあいまにUFOについて調べ、奴らの真の目的を探り出してしまった。それは地球人との交配だった。こいつらめ。物証そのものである書類とデータを握りしめて、僕はぶるぶると身を震わせた。帰ってきたのは先着順で1号、3号、そして2号の順だった。僕はまた一列縦隊に奴らを並ばせ、一時間近く訓話を垂れた。しかる、後に、僕は結論を述べた。おい、述べるぞてめーら。

まず、1号の下半身の服を脱がせて奴の体を調べた。男性か女性かの区別のない、そういう体だった。みんなこうか？　みんなそうです。ともかく、へその近くに小さな穴が一つあったので、僕はただちに交尾を開始した。土星が見えた。こんなふうに初体験をしちゃっていいのか——と一瞬、後悔もしたが、土星の美しい輪を見た瞬間すべてに満足してしまった。1号は泣いていた。何で泣くんだ？　くやしくてですよ。射精を終えた僕は1号の帽子を後ろの方にひっぺがした。奴の髪の毛はコバルトブルーだった。そんなことだろうと思ったよ、と僕は1号の頭を小突いた。何なんです？　いったいなぜです？　と1号がむせび泣く。ばかめ、紳士は金髪がお好きに決まってんだよ。宇宙人が地球にとどまれる時間はわずか五分だ。そんな時間でいったい何が作れるんだと思ったが、完璧にして満足すべき生命体を彼らはすばやく完成させることができた。こうして1号が二世を出産したのは、ちょうど僕が3号の体に挿入しようとしていたときだった。きっきっ、と1号の体から僕の二世が頭を突き出し、這い出し、それから、どしん。それは一匹のアルマジロだった。

何だ、ただのアルマジロじゃん。そ、そうですね。顔を赤らめた1号はあわてふためき、IQテストを実施すると言い張ったが、アルマジロにIQなんかあるはずがない。すみません。いいんだよ、紳士はアルマジロもお好きなんだ。何度かアルマジロの頭を撫でてやってから、僕は3号を手招きした。3号は服を脱いで横になったあと、淡々と帽子を脱いで自白した。私はオリーブグリーンです。いいよ、ま、何とかなるさ。そして僕は3号の足の指が反り返ってブーツを突き破って出てくるころにやっと射精することができた。ぐったりした3号は正確に五分後に「星がささやく」〔一九五四年のヒット曲「香港娘」の歌詞「星がささやく香港の町」にちなむ〕を産んだ。何だよ、これ？

「星がささやく」

っていうんですけど。とにかくそれは「星がささやく」としか言いようのないものだった。見た目も、知能も、性格もだ。こりゃまた、思ったほど楽じゃないよ。僕は頭を振った。今や残は2号のみ。なるようになれという気持ちで僕は2号を手術台に寝かせた。その瞬間、流れ星が一つ、土星の輪を貫通して長い尾を引いて通り過ぎた。その感じが僕は好きだった。なぜか2号とはうまくいきそうな予感が力強く押し寄せてくるのだった。力強く、僕はペニスを2号の体内に突き入れた。ほっ、と2号の口からうめき声が漏れた。

お、おっきいですね

ああ……わかってるんだね。な、何をです？　感動で涙ぐみながら僕は言った。人間への礼儀をだよ！　2号の頭を撫でながら僕はキスをした。お前なら、という思いで僕はすぐに射精してしまった。ほーら、かわい子ちゃんは何色かな〜？　ペニスを抜きもせずに僕は2号の帽子を持ち上げた。ウルトラマリンだった。ひそかに熱い色を期待していたのだが、いい色だねと僕は言ってやった。それが、この世界を訪ねてきた外界の人間への礼儀だと僕は信じていたのだ。そうですかね？　外界の人間が顔を赤らめた。そうともいえるね。僕も顔を赤らめた。僕は初めて紳士になった気分だった。

大変な難産だった。実に五分三十七秒もかかって、2号は正体不明の生命体を体外へ押し出すことができた。それは「テコンドー少年」だった。何はともあれ自分はテコンドー少年だと名乗り、サイズが小さいだけで、おおむね人間と呼んでもいいぐらいだった。1号が急いでIQテストをしようとしたが、テコンドー少年はそれを丁重に断った。おじさん、そろそろEQの時代が来るんですよ。

地球に戻る決心をしたのは、「星がささやく」がちょうどあんよに慣れたころだった。いいだろう、この子ももう自分の力で立てるから。そして僕らは非常用脱出船にソウル牛乳、毎日牛乳、南陽牛乳、ピラク牛乳、ダノンとユキジルシの粉ミルクを積み込み、別れの晩餐を準備した。名残惜しいですね。名残惜しいです。名残惜しくてたまりません。1号と2号と3号が並んで所感を述べた。何も言わずに僕とテコンドー少年はうなずいた。きっ、きっとアルマジロが低い声で鳴いた。窓の外には銀色の海王星が浮かんでいた。それこそ見慣れた風景だった。

歌を一曲歌います、と言って1号と2号と3号が立ち上がった。発進を控えた安全装置を一わたり点検しているときだった。歌ってごらん。ソン・ノウォン作詞、イ・ジェホ作曲です。

帰国船〔一九四六年のヒット曲、祖国解放とともに帰国する人々の姿を歌った〕

帰ってくるよ　帰ってくるよ　故郷の山河めざして
どんなに思い描いたか、むくげの花を
どんなに呼んだか、太極の旗を
かもめよ、鳴け　波よ、踊れ
帰国船の舳先《へさき》に大いなる希望

帰ってくるよ　帰ってくるよ　父母兄弟訪ねて
何度泣いたか、他国の暮らし
何度歌ったか、故郷の歌を
北斗七星よ、光れ　波よ、踊れ

帰国船の舳先に大いなる明日

まあ何ていうか、それで大いなる明日が開けてくるような気分になったんだ。ありがとうと僕は言った。まあどうでもと2号が答え、もちろんですとアルマジロが泣き、宇宙は踊っていた。一杯の毎日牛乳を飲んだあと、僕はエンジンをかけた。中枢エンジンの噴射口では、点火とともにぶわん！　と牛乳の王冠現象みたいな眺めが見られ、帰国船の舳先で希望は大きく

銀河系はやはり広かった。

3. キム・ヒョンVSアーサー・ミラー

お、君、何でまたここへ？　アーサー・ミラーと再会したのは木星と火星の中間あたりを過ぎたときだった。まったくの別人として生まれたのに、アーサーはすぐに僕だとわかった。アーサーは、きらきらひかる、おそらのほしよ、みたいな感じで光っており、そんなわけで東の方の空にも、また西の空にも——どこにでも存在する感じで囲碁を打っていた。もう「霊魂の樹」になることにしたんだよねーと語り、誇り高く生きているアーサーの、霊魂の樹に関する解説はすごく長かった。だから僕らのような霊魂は宇宙空間で巨大な精神の樹として育つのさ。そして、こ

の空間を通過する他の霊たちに良い影響を与えるんだ。あーわかんないそんなの、と僕はまた歯を見せてにっこりと笑った。手を震わせてアーサーが言った。笑わないでくれ、お願いだからさ。

さあ、かかってきなさい。

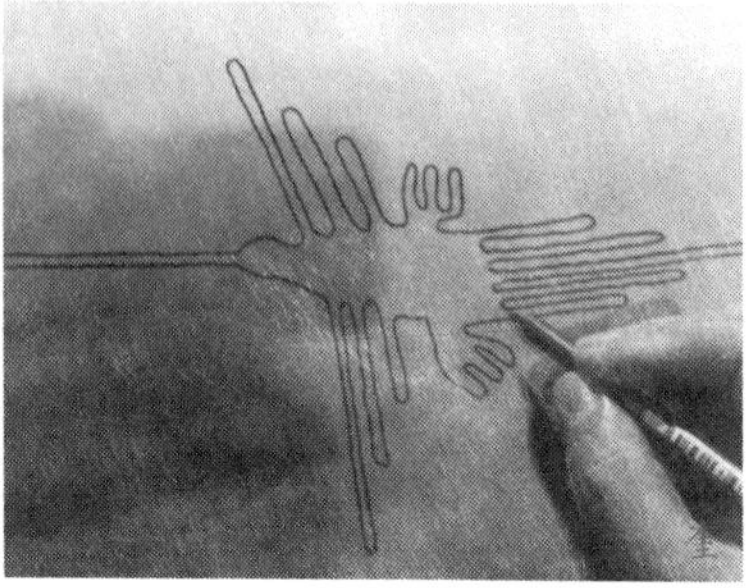

アーサーと囲碁を打っていた人は、ぱっと見にも紳士であることが感じられるアジア系の中年男性だった。おっと、ごあいさつしてもらわなきゃね。こちらは以前、僕と一緒に暮らしてたマリリン、こちらは文芸評論家のキム・ヒョン先生〔韓国の文芸評論家。一九四二―九〇〕だ。じゃあ、韓国人？　そうです。僕も今は韓国人なんですよ。そうみたい、ですね。でも以前、私もあなたのことが好きでしたよ。特に『ナイアガラ』と、ハワード・ホークスの『紳士は金髪がお好き』が好きでした。金髪じゃなくてごめんなさいね。とんでもないですよ。コバルトブルーでも、ウルトラマリンでも好きですよ。

ああ、何と寛大な。僕は、何度泣いたか他国の暮らし、というような気持ちになって胸にこみあげるものを感じた。そして半劫負けたアーサーが戦々恐々としている間に、キム・ヒョン先生と会話した。北極星が今日はまたよく光りますね。そうですか？　私はこんな歌も知っていますよ。北斗七星よ、光れ　波よ、踊れ。それは歌謡界の元老ソン・ノウォン先生の歌詞ですね。どうですか、帰国船の舳先には大いなる希望がありますか？　そうかもなって、気が、するのみです、何しろ僕は何も知らないですしね。何を知らないんです？　つまり僕は、多くを知らないんです。ランボーもユーゴーもおんなじに見えますし。

ランボーやユーゴーもあなたを知らないことでしょう。私たちがともに知っているのは輝く北斗七星と踊る波、まさにそれらですよ。そうですね。あなたにはたぶん才能がありますよ。アーサーもあなたが書いたクリスマスカードのことを何回も言ってました、それを聞いて私もアーサーと同じように思ったのですよ。そうなん、ですか？　僕はまた歯を見せてにっこり笑った。問題のクリスマスカードに僕が何て書いたかまるで思い出せなかったからだ。怖く、なってきた。アーサー、いったい僕は何て書いたの？　君はね、とメガネを拭きながらアーサーが言った。

マリークリスマス

って書いたんだよ。マリークリスマス？　そう、マリークリスマス！　そりゃもう驚くべき発見でした、とキム・ヒョン先生がまた話を続けた。あなたはすでに四十年前に、人類で初めて「マリークリスマス」と書いたのです。この二千年間、人類はメリークリスマスと綴ってきましたが、現実は決してメリーなんかではありえなかったわけでね。それをあなたが一瞬にして書き変えてしまったんです。

それもたった一行でね、とアーサーが言った。さあ、かかってきましたね、どうなるかな、と黙々と攻撃を受けながらキム・ヒョン先生が言った。すなわちあなたのマリーは、帰国船の舳先に掲げられた希望のようなものなんですよ。つまり人類の希望とは、メリーとマリーの間のお家騒動みたいなものともいえるんでしょうね。どうです？　文学をやってみませんか？　文学ですって？　そうですねえ、でもお先真っ暗なんじゃないかな。お先真っ暗なこともないですよ。単にマリーって書くだけのことですからね。

僕はしばらく考え込んだ。マリーって書くだけのことなら——そりゃできるよなという気が力いっぱい、したけど、判断は保留にしたまま僕はうなずいた。二人の対局は木星を三十二回回って帰ってきてもいいぐらい長く、だらだらと続いていた。劫ですね。アーサーがまた攻撃を受ける番だった。そこに、うちの子たちがいるんですけど、そいつらじゃどうですか？　何がです？　つまり、文学をやるのにですよ。ほう、ちょっと会ってみることはできますか？　ずれためがねを押し上げながらキム・ヒョン先生が言った。お前たち、ちょっと出てきてごらん。アルマジロと「星がささやく」とテコンドー少年が宇宙船のハッチを開け、列をなして飛び降りた。牛乳の王冠現象みたいな着陸が、あたりの空間をばっちゃーんと揺るがす。ずっと無菌室で、最上級の牛乳だけを飲んで育った子どもたちなんです。キム・ヒョン先生はそうですかと言い、まずアルマジロを呼んで言った。

いいですか。武論尊と原哲夫の『北斗の拳』で、ケンシロウが言いました。「お前はもう死んでいる」と。パンチは一分間に千八十回。あたたたたーっ、オオオー、そしてガァシャッ、ドーン、ボゴオッ、です。世紀末以後のこの現象について二百字以内で論じなさい。わずか一分でアルマジロは次のような答案用紙を提出した。

愛とはこんなものなのでしょうか
あまりにも切なすぎます
愛とはこんなものなのでしょうか
どうか私に言ってください
もしも私が憎くなければ
お願いだからそばにいさせて
〔一九七八年に趙英男（チョ・ヨンナム）が歌ってヒットした「愛とは」の歌詞〕

ああああ、と僕はまた歯を見せてにっこり笑った。何らかの助けを求めてアーサーに視線を投げたのだが、アーサーは囲碁に夢中だった。無表情なアルマジロの顔に比べると、キム・ヒョン先生の表情はいっそう優しげに見えた。次は「星がささやく」の番だった。

南京条約から香港返還に至るまでの歴史的過程を弁証法的唯物論に則って一目瞭然にわかるよう記述しなさい。「星がささやく」がささやき声で答えた。「星がささやく」には手がないので、先生は特別に口述を許可した。

ソウル牛乳、毎日牛乳、南陽牛乳、ピラク牛乳

先生が毎日牛乳の広告のホルスタインのようににこやかな表情になったので、僕はテコンドー少年を呼んできた。テ・コン・ドー・少年、です。アルマジロや「星がささやく」とは違って、テコンドー少年はさすが、自分の名前もはきはきと伝えることができる。おお、テコンドーをやるのかね？　と先生が尋ねた。そうじゃないですけど、生まれたときから黒帯なんです。そうかね。瓦とか松の板なんかがあれば、先生にいい技を見せて差し上げられるんですが。そうか？そりゃ残念だねえ。去年までは火星に最後の瓦工場があったんですが、それがつぶれちゃって。それはまた。従業員の生活が大変だろうねえ。そうなんです、でもそれだけにいっそう、良い作家が生まれることでしょう。そして問題が出題された。

八六年のメキシコW杯サッカーのベスト8戦で、アルゼンチンのサッカー王ディエゴ・マラドーナが初のゴールを決めました。後半六分、センタリングが上がるとマラドーナとイギリスチームのゴールキーパーが同時にジャンプしましたが、このときマラドーナは巧妙に——額ではなく手でボールを打ってゴールさせました。よく見れば誰でもわかる明らかなハンドでしたが、審判の誤審によってゴールが認められました。試合が終わったあと、マラドーナは「それは俺の手じゃなくて神の手だったんだ」と言いましたが、これは果たして誰の手だったでしょうか。

①アダム・スミス　②マイケル・ジャクソン　③神　④審判

例外的に、それは四択問題だった。ラッキー、と僕は満面に会心の笑みを浮かべた。問題をちゃんと聞いていれば誰でも解ける問題だったから。よく考えてごらん、質問の中に答えがあるんだよ、とテコンドー少年の頭を撫でながら僕はささやいた。本当なら、③番！　と銀河系に響きわたるほどの大声で正解を叫びたかった。

よくわかりません。

テコンドー少年が答えた。そしてテコンドー少年は泣いていた。朝鮮戦争のように熱い、悲痛な涙だった。もう一度落ち着いて考えてごらん、と真剣なおももちでキム・ヒョン先生が諭したが、テコンドー少年の涙は止まらなかった。そんなことがわかったからって何になるんです。すすり泣く少年の肩が、古い瓦屋根の家の軒のように震えた。わかったらどうだっていうんです。人間はまだ……人間はまだ……ナスカの地上絵を描いたのが誰かさえ知らないのに。そして少年は泣きやんだ。

誰が描いたんです、え？

誰が描いたんですかってば？　そして少年は碁盤を蹴飛ばした。七百六十五年も続いてきたと思しき対局の結果が、それでばらばらに散らばってしまった。ばっちゃーん、と、宇宙の暗闇の中に落ちた石たちが王冠現象とともに消えていく。何するんだこいつ、と忍耐力のないせっかちなアーサーがさっと手を上げたが、キム・ヒョン先生が急いでアーサーを制止した。いいんだよ、復元するのは簡単だから。それに、見てごらんあの下の方を。先生の言葉を聞いて僕たちは「あの下」を見つめた。そこでは驚くべきことに、百八十一個のブラックホールと百八十個のホワイトホール〔原注・碁石は百八十一個の黒と百八十個の白から成る〕が驚くべきことに新しい宇宙を誕生させていた。壮観だった。とにかく、文学をやるならこの少年のようですな。

先生がささやいた。

4．サッカーも得意です

心配しなくていいんだよ、メリークリスマスの代わりにマリークリスマスって書く程度のことなんだからね。先生の誠意を拒絶するテコンドー少年を、僕は何度も何度もなだめた。じゃあちょっと書いてごらん、マリークリスマスって。テコンドー少年は実にたやすく、それをささっと書いてしまった。いやまあその、そうだからって、即、そういう、わけでもないんだがね、と先生は困った表情を浮かべて言った。例えばそれは七百六十五年も続いてきた対局を復元するようなことなんだから。メリーとマリーの対局みたいなもんだからね。私の言ってることわかるかね？　僕の血を受け継いだだけあって、当然、テコンドー少年は理解できなかった。もう一度説明してあげよう。韓国の現代文学を例にとってみようか。どうだい、韓国の現代文学を二つの文章で表現できるかい？

6・25忘るまじ、共産党よかかってこい。〔6・25は朝鮮戦争開戦の日。一九七〇年代のスローガンの一つ〕

こう答えたのはアルマジロだった。それもまあ当たってるなあという表情で先生は話を続けた。ま、まだらに正確な答えではあるけど、ちょっとそれをさっきの問題にあてはめてみようじゃないか。つまり、この二つの文章は「クリスマス」の問題だったからね。前世紀に至るまで、人類はずっとクリスマスについて悩み、省察を重ねてきたわけだ。さあ、対局の復元を続けるよ。そして私たちは君のお母さんによって、いや君のお父さんによって、メリーとマリーの世界を発見したというわけだ。それはクリスマスを捨てることではなく、クリスマスを愛するためのもう一つの方法だったんだ。わかるかね？　答えの代わりにテコンドー少年は、歯を見せて白く笑った。怯えているな、と僕は思った。これは笑い話じゃないんだよと、先生が言った。テコンドー少年は何も言わなかった。僕らはみな一緒に、別れを告げた。

　銀河系はやはり広かった。地球に到着したのは、ダノンとその他の牛乳が底をつき、何リットルかのソウル牛乳と毎日牛乳が残るだけになったころだ。きっきっとおなかをすかせたアルマジロが低い声で鳴いたとき、窓の外に浮かぶ銀色の月が見えた。それこそ見慣れぬ風景だった。

そして僕にはわかった。この地球が水星や土星と寸分違わない、僕らにとってなじみのない惑星だということを。いや、だからこそこの宇宙は誰にとっても同じなんだと、僕は感じた。惜しむべき事件は大気圏を通過するときに起きた。「星がささやく」が死んだのだ。大気圏を通過するときの熱によって、「星がささやく」は――つまり死んだと見てもいいし、死んでないと見てもいいのだが――とにかく、百二十グラムのヨープレイいちご味に、なっていたのだ。

マリークリスマス、ハピーニューイヤー。僕らはそう言って冥福を祈ってやった。ばっちゃーん、と機体が海面にぶつかる感覚が波のように僕らを襲い、その感覚が行ったり来たりして、そして宇宙船のハッチを開ける瞬間は、やはり帰国船の舳先に大いなる希望が掲げられているような感じだった。きっきっとかもめが鳴いている。武器を捨て、ゆっくりと降りてきなさい。拡声器で拡大された海洋警備隊長の声を聞いたその瞬間も、だから僕は喜びに浮き立つような気分だったのだ。武器など持っていませんと僕は大声で答え、アルマジロとテコンドー少年と一緒に、ばっちゃん、ばっちゃんと浅瀬に飛び降りた。並んで立つ我々を、兵士たちが包囲していく。

文学をやるのは誰か？

再び拡声器の声が耳元に響いた。予想外の質問に僕らは皆、困り果てた。僕はテコンドー少年の脇腹をグッと突いた。テコンドー少年はしかし黙ってうなだれ、泣きそうな声でこうささやいた。パパ……僕、ほんとはサッカーがやりたいんです……何と、こう言われては僕も困らないわけにいかない。先生のお話を聞いてなかったのかい？　僕はもう一度テコンドー少年の脇腹を突いた。僕、ほんとは……サッカーも得意なんです……テコンドー少年はとうとう涙ぐんでいた。

もう一度聞く。文学をやるのは誰か？

拡声器のボリュームがさらに大きくなった。兵士たちが徐々に銃で狙いを定めはじめている。

1号と2号と3号への恨みがしばらく胸の片すみをかすめたけれど、僕は結局父親として、こうするより他なかった。

私です。

僕は手を挙げた。すでに地球は昔の地球ではなかった。あとで知ったことだが、パステル牛乳が大人気を博していた。

クローマン、ウン

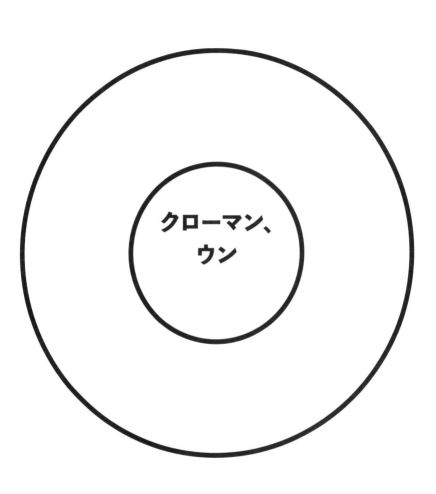

これは、とある地球の物語である

セント・ホールにクローマンが到着したのは午後二時をはるかに過ぎたあとだった。マナが降っていたため空はかなり暗く、そのせいでもっともっと遅い時間のような感じがした。空腹を感じる。歩かなくては、先へ行かなくてはと思っているのにひとりでに両手が前に出てしまう。それでまた何分か過ぎた。クローマンは両手に山盛りに積もったマナをぎゅっと固め、そのかたまりの一部をむしって口に運んだ。これでもう四日、マナで空腹を満たしている計算だ。そんなに大量には降らないだろうけど……マナに未練を残した顔で、彼はセント・ホールの階段を上りはじめた。空はすぐに晴れそうな感じだ。マナの残りをリュックに入れる彼の顔は、そのため晴れ晴れとはいかなかった。彼は用心深く右足を踏み出した。セント・ホールはネッドの領域だった。

検疫と消毒にはもう慣れている。1・1・0・3。予約が入っているネッドの部屋番号を押したあと、彼は裸になってラッピング・スパに両足を入れた。得体の知れない力が両足をがっちり固定する。縛りつけられるようなその感覚が、彼はいつも嫌だった。ゆっくりと円を描きながら近づいてきた半透明の繊維の膜が、彼の全身に一瞬で皮膚のように圧着する。立ち入りを許可する明るい光が彼を誘導していく。ラッピングが終わってもまだ裸のような気分で、彼は光のあとを追っていった。セント・ホールは**光**でいっぱいなので、彼は自分のガイドを見逃すまいと神経を集中させた。小さなまぶしい**光**が巨大なまぶしい**光**の中へとクローマンを連れていった。

遅れてすみません。頰杖をついたまま、ネッドはベッドのすみに腰かけていた。もの静かな表情でネッドが言った。いいよ、**ユン**はよく遅れるから。私……とクローマンは続けた。私の名前はクローマンです。そうかい？　と**ネッド**がうなずいた。名前を言うのは三回目だ。**ネッド**は名前に関心がなく、誰にも名前をつけなかった。名前は**ユン**にとってだけ必要なものなのだ。重要なことではない。クローマンが会った**ネッド**は唯一、今、目の前にいるネッドだけだ。ほかのネッドに会うことはおそらくないだろう。

熟練した手つきでクローマンは作業を始めた。いつもと同様、ネッドの依頼は水槽のことだった。ネッドのスケッチをもとに、クローマンが設計を始める。つまり……海に浮かんでいなくてはいけないのですね？　そうだよ……古代の海だよ、濃い青のね……ドーム型の巨大な水槽の中で、宇宙と海を共存させなくてはならないのだった。十六歳という若さにもかかわらずクローマンはかなり熟練した技術者だった。仕事を習いはじめたのは六歳のときだ。大部分の**ユン**がそうであるように、生きるためにだ。土星の軸をもう少し傾けられないかな？　水に浮いた状態では、自転軸を傾けるのは難しいですね。何より……土星の寿命がひどく縮まりますからね。それはどうでもいいんだ……と幼い子どものように天真爛漫な表情でネッドが微笑んだ。クローマンは困った表情にはなったが、ためらいを捨てて設置を始めた。クローマンにしてみたら、不満など一つもない注文だった。これならいずれまたセント・ホールに来ることになるはずで、それは彼に大きな収入を約束する。**ユン**として育ったクローマンにとっては、金がすべてだった。

難しい仕事ではなかった。土星キットのチューブを水槽の注入口に連結し、内部の重力を調節することがポイントといえばポイントだ。結局傾けられた美しい土星が、水槽の中で光り出す。このくらいの傾きでいいですか？　没頭して眉間にしわを寄せたネッドが、自分で土星の傾きを調節していく。ごく小さな角度の変化だが、何度も後ろに下がって確認しては、首をかしげる。そよ風に揺れる木の葉のように、そのたびに土星の輪が微妙に揺れる。微風が完全に止むのをクローマンは根気強く待った。やがて注水が始まった。復元された古代の海水が、静かに波紋を作りながら水槽下部を満たしていく。二面重力装置の範囲を予定された水面に合わせて、クローマンは呼吸を整えた。ついに風景が完成した。ネッドの希望通り、古代の海にふわりと浮かんだ土星だ。ああ……と両手を合わせ、ネッドはうっとりした表情で海に浮かぶ土星に見入っている。サイズは小さいが、文字通りの土星だった。実際の土星と寸分違わない。

ユン……また来てくれるだろ？　もちろんですよと、クローマンは答えた。ネッドの知り合いを持つのは、ユンにとってはとてもラッキーなことだ。彼のネッドは温厚で、水槽以外には特に関心がなさそうに見える。一度行ってみるか？　とトアックスじいさんに言われたのは五年前のことだ。水槽設置の技術者を探してるネッドがいるっていうんだが……。セント・ホールでの仕事を手に入れるために、クローマンはじいさんに七千五百ガロンと若い肛門を差し出さねばならなかった。手当たり次第にユンを殺すネッドもいるというし……怖い噂もたくさん聞いたが、クローマンはひるまなかった。お邪魔します、と訪ねて行くとネッドは言った、マッコウクジラを五頭ぐらい飼ってみたいんだがね……ルームにはもう、設置に必要なすべてのキットが準備されていた。それが彼とネッドとの初めての出会いだった。

ラッピング・スパに戻ってきたクローマンは、自分のぼろを着てリュックを背負った。そして光貨を、リュックの底に何重にも布を重ねて作ったポケットにそっと隠した。換金したら一万二千ガロンになる量だ。普通のユンがまる四年か五年働いてやっと手に入れられる金額だが、問題はここからだ。ユンの世界に降りていく道にはいつも多くの危険がついて回る。すえた匂いを放ちはじめたマナをかじって飲み下したあと、クローマンはセント・ホールの巨大な外壁を回ってけわしい絶壁にたどりついた。壁に沿って延々と何十キロも歩いたせいで、もう体は疲れるだけ疲れていた。残ったマナの半分は黄色く変色している。悪臭を放つ部分をはがしてクローマンはもう一度空腹を満たした。どこからか、かすかな風が吹いてきた。少年らしい透明な汗を手で拭きながら、クローマンは無理にでも涼しいと思おうとした。

セント・ホールとつながった結界の入り口にはローバーの群れが陣取っていた。にやっとして、八十パーセントでいいよ……そしてまた、にやっ。保護の代価として、トアックスじいさんは少年の光貨のほとんどをせしめてきた。絶壁を見つけたのは十六歳になった去年の冬のこと。少年はもうこれ以上自分の金を奪われたくなかった。にやっとして……最近はネッドに呼ばれないのか？　もう関心がないみたいなんです、としょげた顔でクローマンが答えると、そうかと言ってじいさんはずるそうな片目をこっちからあっちへぎょろりと動かしてみせた。じいさんの手先も、二百人にも達する残忍なローバーたちもその後、結界の入り口を通過する少年の姿を見ることはなかった。少年はもう一度、まだ成熟しきっていないその手を絶壁の小さなすきまに荒々しく突き入れた。二百メートルほどの絶壁の下には、それでも安全な山道がある。誰も住んでいないやぶだ。運が良ければユークルスのやぶを見つけることもできるはずだった。絶対に下を見ずに、少年は、弱々しい虫のように絶壁を上りはじめた。少年の二つの目に、そのためさらに鮮明に、セント・ホールから伸びている**ネッド**の塔が焼きつけられたのだ。雲のむこうに、見えない**ネッド**の世界が広がっていた。

古代の地球では彼らすべてが一つの**人間**だった。文明が誤った方向へ進み、地球環境を変えてしまうまでは確かにそうだった。盾を失った地球目がけて太陽の矢は容赦なく降り注いだ。大陸はすべて島になり、**人間**の居住地は際限なく消滅していった。生き残った人間たちは自らの科学で新しい盾を作って掲げた。中世になって**ネッド**がそれらのすべてを除去するまで、反射粒子の傘は人類の立派な盾となってくれた。そのようにして、人類は生き延びた。

中世の歴史は**ネッド**の歴史だった。環境の変化は人類から生殖能力を奪い去り、人類はついに昆虫の生殖を模した新しい生殖体系を完成させた。最初のヘラティウム（子宮）は、地面の上に建てられた。古代から保存されてきた種が人類の新しい子宮で大量に孕まれ、産声を上げた。やがて、地上からすべての親が消えた。残ったのはヘラティウムから生まれた子どもたちだけである。親になることなく寂しく死んでいった。残ったのはヘラティウムから生まれた子どもたちだけである。彼らは自分で自分のために**ネッド**になり、やがて中世のルネッサンスを胎動させた。

精神と科学がまばゆい光を放つ時代だった。**ネッド**は宇宙の原理を明らかにし、すべての元素と創造の秘密を解き明かした。そしてついに、**光**の使用法を身につけた。

彼らは自分の手で自らの混沌を取り払っていった。すべての混沌が晴れたころ、彼らはもう、自分が仕えてきた神そのものになっていた。彼らは大量の宇宙を創造し、中世の末期には個人の宇宙を作ることが大盛況を呈した。彼らは自分で創った宇宙を通して、自らを創った宇宙を見ることができた。宇宙とは次元を超えて果てしなく浮かぶ泡であり、鏡だった。

近代は自己反省の時代だった。**ネッド**は徐々に、彼らの基盤を陸から切り離していった。自らが建設したすべてを取り払うと、彼らは地球の大気上に上っていった。そこに光の陸を建設し、自分たちの子宮をはじめとする地上の人為の所産をすべて移転した。それはついに、壮大な一本の樹木、もしくは塔という形態で完成した。セント・ホールは彼らが地上におろした唯一の根、もしくは切り株だった。セント・ホールより上の世界を**ユン**は見ることができなかったから。

263　クローマン、ウン

地球を再び健全にすることは、新しい地球を作るよりも時間がかかり、骨が折れる仕事だった。近代はそのようにして過ぎた。**ネッド**の歴史は空に消え、ルネッサンスのような科学の暴走はもう起こらなかった。そして**ネッド**は自分たちから分離した**ユン**を地へおろした。ヘラティウムで孕まれた生命の一部がセント・ホールを経由して地上に投げ出され、それからも引き続き生命たちが地上へ降りていった。彼らは**ネッド**でありながら、すでに**ネッド**ではなかった。超古代の人間より残酷な人生が、無防備な彼らの前に広がっていた。再び穴蔵を作り、病気にかかり、奪い合い、殺し合いが横行した。現代はそのようにして始まった。消えた**ネッド**の歴史と、くり返される**ユン**の歴史……変化したのは狩りをしなくても生命を維持できるという点だ。古代の動植物を復元する代わりに、**ネッド**は一族のためにマナの雨を降らせてやった。マナは、自らが残してきた混沌に対して**ネッド**が与えた唯一の補償であり、思いやりの手であった。子どもたちはそれからもずっと地上におろされ、ユンはそれからもずっと寂しく死んでいった。

マナがあるにもかかわらず、**ユン**は農耕を始めた。昆虫と動物を狩り、集団と社会を作っていった。古代、**人間**と呼ばれていた彼らの混沌は、適量のマナだけではとうてい解消できなかったのだ。のろのろとではあったが、**ユン**の文明も少しずつ発展していった。生殖能力を持たない彼らの数は常に一定だったが、彼らの混沌は一定ではなかった。彼らは比較的良好な状態で地中に保存されていた古代の文物を手に入れたり、ときには**ネッド**が残していった、塵よりも小さな科学の糸口を見つけることもあった。原始状態と、何万年も前の機械と、神の塵が混じり合った混沌の歴史だった。ネッドの世界で生まれたにもかかわらず、彼らは自分の出所を知らなかった。作り、壊し、奪い、支配する自分の根源がセント・ホールから立ち上るあの空の光暈《こううん》であることを知らなかった。そして今、何も知らぬまま一人の少年が

セント・ホールの東側の、人の寄りつかない絶壁を降りていた。少年の手はもう傷と水ぶくれでいっぱいで、何度となく石をつかみそこねては、二百メートル下のやぶの中に名もない骨を埋めるところだった。ちっぽけな少年の肉体はやがて、一かけのマナのように地上に降り立った。汗と血にまみれた額を手で拭きながら、しかし少年は晴れやかな微笑を浮かべた。まず周囲を見回したあと、彼は近くのチグモンの木陰に隠れてリュックの中の光貨を確認した。ダフネ山を越えて七百キロも離れたバーモンまで行けば、今までに貯めた光貨をすべてガロンに換金できる。バーモンなら、トアックスの情報網も届かない。体に満ちてきた喜びの重さのせいか、やたらと両のまぶたが垂れてくる。眠気が迫れば迫るほど、クローマンはリュックを抱きしめた。握りしめた両手にどれだけ力をこめたのか、そのときリュックと手は小さな肩と腕よりもしっかりとつながっていた。どれほど時間が経っただろうか。するりと肩の骨がはずれるように、クローマンの手からリュックが抜け落ちた。チグモンの木陰で、そのようにして少年は眠りについた。

あたりは静かで、ときどきバーカンの鉀蟲《こうちゅう》の鳴き声がかすかに聞こえてくるだけだった。眠りの鎧の中で少年は目を覚ましかけたが、目覚めるより先に手がまずリュックを探した。がさ、ごそ。ない。がさごそ。目を開ける。リュックが見当たらない。眠りの鎧が割れる音が、やぶの中

の闇を大きく揺るがした。枕元の闇の中に、誰かがリュックを持って立っている。今まで尾行してきたトアックスの手先かもしれないし、歩哨に立っていたローバーかもしれない。クローマンは思わず懐から小刀を出して抜いた。青くきらめく月光のしずくが刃に映り、ひやりとさせられる。手のひらの水ぶくれが破れていたので、斬りつけられでもしたように痛んだが、クローマンはうめきを飲み込みながら狙いを定めた。小刀の小ささと同じくらいのすばしっこさで、びくりと闇の中の影がうごめいた。

セント・ホールに行ってきたのね？

若い女の声だった。だ、誰だ？　チグモンの枝の外へ、女は歩いて出てきた。同い年ぐらいの少女だ。悪臭のしみついたぼろを着ている。ぽん、と少女がリュックを地面に置いた。あたふたとそれを取り返すとクローマンは、光貨を確認してからやっと小刀をおろした。君……いったい、何者だ？　セント・ホールに出入りするユンがいるって……ほんとだったのね。返事をする代わりに少女は小声で何かつぶやいた。北部の山間地域のアクセントと、クローマンが住むピーツのアクセントが奇妙に混じった話し方だった。私の名前はウンだよ……あんたは？　短く決然としたピーツ風のアクセントで少年は答えた。クローマンだ。

少女と一緒に着いたところは三キロぐらい離れた古い納屋だった。納屋のまわりには少女の言った通り、ユークルスのやぶが広がっていた。二人はものも言わずにユークルスの葉で空腹を満たした。昼間に降ったマナがちょうどよく発酵していた。やっと元気が出たクローマンが少女にむかって尋ねた。いつごろからかな……マナの量が減ったと思わない？　うなずきながら少女が答えた。蒸気工場のせいだっていう話もある。バーモンにはすごくいっぱい蒸気工場が建ったからね。君……と、少年の目がさっと開いた。バーモンに行ったことあるの？　穴が開くほど少年の目を見つめながらウンが聞いた。あんた、ほんとにセント・ホールから出てきたの？　二人はうなずいた。

少年には知りたいことがいっぱいあった。そんな彼に、少女は次のようなことを教えてくれた。ウンは北方のルティの渓谷地帯で育った。名前も知らないおばあさんに育てられ、果物を取ったり虫の幼虫を捕まえたりして幼いころを過ごした。ずいぶんと、叩かれた。五歳になった年、おばあさんが死んだ。隣に住んでいたファクラーという男が、その家の子どもたちを蒸気工場に売り飛ばした。十一歳になるまで、一ガロンももらわずに働かされた。火傷で二回、伝染病で一回生死の境をさまよわねばならなかった。

このとき彼女は母の幻を見た。ベールのようなものをまとい、慈愛に満ちた微笑を浮かべた神々しい女性だった。工場の監督は鞭打ちが得意なフランだったが、ウンはとうとう狂ったと思い、彼女を安値でバーモン市内の乳搾りの店に売ってしまった。店は毎日、乳を搾りに来る男たちで賑わい、彼女はそこでボールドという男を知った。牛乳をやっても飲まない、おかしな男である。男はネッドについていろいろなことを知っていたので、彼女は彼に自分の母親について聞いてみた。お前はセント・ホールで生まれたんだ、俺も、お前も……実はみんながそこで生まれたんだよ。セント・ホールに行けば母親に会えると思った彼女は、そこを脱出した。乳搾りの店の主人は足萎えのチボーといい、バーモンの名高い悪党であり守銭奴だった。チボーはすぐに彼女のあとを追わせたが、何度かの危機をようやく乗り越えたウンは、ダフネの峡谷に忍び込んだ。

峡谷には農業をやりながら暮らすおとなしい人々が住んでおり、彼女は農業を手伝いながらそこで暮らした。野原からは絶壁と、まるで削って作られたようにそびえ立つセント・ホールの塔が見えた。あそこにお母さんがいると思うたび、彼女の胸は希望でふくらんだ。そんなことは夢にも思うなよと、部族の賢いクーエンおじさんには言われたが。ローバーの一党の残忍さについてもたくさん話を聞かされた。セント・ホールを、母親を目前にしていても、彼女はひたすら無力だった。

マナを集めるかごを頭に載せて野原を通り過ぎたときだ。絶壁を伝って降りてくる誰かの姿が見えた。爪ほどの大きさのその人に会うために、彼女はかごを放り出して山にむかって走っていった。何時間か山の中をさまよったあげく、彼女は浅い眠りについている同年代の少年を発見したのだ。**ユン**なのだろうか？　**ネッド**ならこんな格好はしていないだろうと彼女は思った。少年のリュックを開けてみた。干からびたマナのかけら、何枚もの通行証と雑多な道具類、雨よけのぼろ革……誰が見てもユンの荷物に間違いないそのリュックの奥からまぶしい光が漏れているのを、少女は見た。布をめくって、少女はその光の正体を確かめた。一度も見たことのない、何と言葉にしていいかわからない光のかたまりが、神の小石のように、かたん、と音を立てた。少年は絶対セント・ホールに行ってきたんだとウンは確信した。

少女にも知りたいことがあった。そんな彼女に少年は、次のような話をしてやった。自分の幼いころについてクローマンは何も覚えていない。最初の記憶はピーッの路地裏だ。少年は物乞いをしており、鞭でぶたれたり、大勢の子どもたちと一緒に泥棒をしたりしていた。一人の老人が、仕事をして金を稼ぎなと言って近づいてきた。彼は干し肉を与えて子どもらの歓心を買っていた。六歳のときだった。老人は子どもらに技術を教え、**ラマン**の邸宅に稼いだ金を運ばせたり、鞭を振るったり、または逃げた子どもたちを捕まえてきて殺したりしていた。クローマンが習ったのは水槽の設置である。古代の機械と中世の**ネッド**の文物が発掘されたので、ピーッの工業や産業はまばゆいほどの発展をとげていた。バーモンからも大勢の**ラマン**がやってきて定着した。

じいさんは彼らを相手に大金を稼ぎはじめた。貴族の趣味を満足させてやり、彼らの後ろめたい仕事を一手に引き受けてやった。市長はじいさんに、技術学校の校長という権力を下賜した。搾取と暴力によって始まった商売が、いつのまにか教育という権威ある事業へと発展したのだ。校長になってもトアックスの鞭が止むことはなかったが、内部の事情を知る者は誰もいなかった。クローマンは貴族の居間に水槽をしつらえてやり、五百ガロンから千ガロンの間の報酬を受け取っていた。そのうち八十パーセントは常にじいさんのものだった。

事業内容が変わったのは、アブラムという人物のせいである。アブラムは**ネッド**と密接な関係にある人物で、相当数の**ネッド**が**ユン**に仕事をしてもらいたがっているというメッセージを携えてきた。報酬なしで、黄金のように大切な子どもたちを酷使するわけにはいかんのだよ。片目に涙をためてみせるじいさんの前に、アブラムは光の結晶を置いた。小さなじゃり粒のような結晶一つが、蒸気工場五つを稼働させる原料、または死にかけた貴族を生き返らせるための薬に使われた。利に聡いじいさんは後日、それを光貨に換金し、莫大な差益で自分の懐を肥やしに肥やした。こうして、相当数の**ユン**がセント・ホールに出入りするようになった。報酬の八十パーセントをじいさんに取られてしまうとはいえ、それがユンに可能な最大の稼ぎであることは間違いない。こうして少年にチャンスがめぐってきたのだ。

アブラムとの出会いは、少年の人生を一変させた。アブラムは少年を教育し、神だと思ってきた**ネッド**に関するさまざまな情報を伝えてくれた。必要なのは技術だけさ。不可能を可能にしてくれるものはあそこに全部そろってるんだから。そんな**ネッド**がなぜ我々を必要とするんでしょう? そうさな、私も全部知ってるわけではないが……懐かしさのせいではないかと思う。懐かしさですって? そうだ、彼らが懐かしがっているのは、人為というものだよ。長い歳月にわたって彼らは自分の人為を喪失してしまったからな。人為って、何ですか? お前や私がやっていることすべてさ……理由もわからないまま、過ちと混沌の中でやってきたすべての行為のことだ。**ネッド**には……それが不可能なのだからな。

アブラムの言葉は理解できなかったが、彼らが**ユン**に望むのは、思いのほかつまらないことだった。一緒にセント・ホールに出入りする仲間たちの話もそれぞれに違っていた。一緒に物乞いをしていたバフィアは、半日もの間、休まずに話しつづけなくてはならなかったと言った。食べたマナが全部嘘になって出てくると言ってもいいほど嘘つきのバフィアだったが、今では考える暇もなく口から出まかせを言ったり、それさえ思いつかなければ必死で踊りまくるしかないんだよ、と不安を語っていた。ネッドの前で絵を描かされた者もいれば、ガロンを数えたり、重い石を持ち上げたりおろしたりさせられた者もいる。**ユン**が各人各様なら**ネッド**も各人各様だという事実を、セント・ホールに出入りするうちにクローマンは理解した。**ネッド**はときどき、訪ねてきた**ユン**を殺すこともあった。それがネッドのしわざなのか、結界に陣取っているローバーの一党がやったことなのかは、誰にもわからなかった。

クローマンの場合は、たくさんの水槽を作らねばならなかった。五頭のマッコウクジラから、今は名前も忘れられた超古代の爬虫類たち……人差し指ほどしかない無数のマンタや、二十メートル以上もあるクラゲを作ったこともある。ときにネッドは、ものが全然ない真っ暗な空間に水槽を設置することもあった。そんな場合は小サイズの惑星が爬虫類や魚の代わりを務める。木星を浮かべて、埃ほどの彗星が衝突する様子を楽しむこともあれば、まさに昨日のように、海に浮かぶ土星を作ることもあった。重い石を持ったり、嘘をつかされたりした友だちよりは自分の方がましだとクローマンは思っていた。運の悪いバフィアはこの冬、冷たい死体となった。こっそり光貨を持ち出して隠していたのがじいさんに見つかったのだ。みんなが見ている前でじいさんはバフィアの両腕を切り落とした。かくして、嘘に詰まるたびに踊ったというバフィアのダンスを、みんなが見ることになった。

そういうのが人為なのだよ。少年が設置したクジラやマンタの話を聞いて、アブラムはそう言った。**ネッド**はすべてを創り出すことができたのに、今はもう何も創造できないのだ。創造する理由がなくなったのだろうね……彼らの一部が人為を懐かしがっているのは、ひょっとしたら彼らが最初の人類ではなかったからかもしれない……あんなにたくさんの宇宙を創造したのに。宇宙ですって？　驚いて目を見開いた少年を見つめながら、アブラムが話を続けた。ユンが作られるずっと前……ネッドは宇宙をたくさん作っていたのだよ。一人一人がそれぞれの宇宙を創造していたのだ。だが……それは人為だったのか？　そうであれば、人為ならざるものとは、いったい何なのか？

いつもそうだったように、アブラムの言葉は一人言のようだった。すべてのユンと同じく少年もまた、自分の欲しい言葉で自分の頭をいっぱいにするだけだった。アブラムは、カヤック山の洞窟で発見されたある施設についても話してくれた。名称はわからないが……その中には大量の丸い球がしまってあったそうだ。知り合いのネッドに聞いてみたところ、それは宇宙を作るための中世の材料だったらしい。じゃあ……宇宙を……作ることができるんですか？　作れるだろう……ネッドのように、自分が作った宇宙を観察することはできないだろうがね。どうすれば……どうやったらそれを使えるんですか？　おお、矛盾多きこの世界よ……金さえあれば誰にだってできるのだ。それを横取りしたのは、首都バーモンの騎士団だった。半信半疑だった貴族たちの一部がそうやって自分の宇宙を創造したんだ。もちろん、目で確認できるものではないから、すぐに関心も冷めてしまったが……

十万ガロンあればできるそうだよ。

徐々に夜が明けつつあった。少年の心は異常なほど安らかだった。ダフネ山のおかげで、もうじいさんの目を意識せずにすむからでもあったし、目の前にいる少女の両の瞳に古代の海のようなものを感じたためかもしれない。少年の話を聞いて少女は涙をこぼしてくれた。何も言わず、少年の荒れた手を撫でてもくれた。そのたびに少年はあの、海の上に浮かんだ土星のように浮遊しているような気持ちになった。微妙な角度で、少年の肩は少女の方へ傾いていた。

乳、搾ってあげようか？

かわいそうに、という顔で、少女が聞いた。いや、と少年は答えた。それより……ちょっと寝ないと。並んで横たわり、二人は眠ろうとした。ピーツまではまる一日歩かなくてはならず、少年の足首はひどく腫れていた。あのさウン……とクローマンがささやいた。何？　ごめん……君の服……変な匂いがする。少女はそっと起き上がると自分のぼろを脱ぎ捨て、また黙ってクローマンの隣に戻ってくると横になった。少女の裸体には、大小の火傷のあとが色濃く残っていた。その火傷のあとを手で撫でながら、クローマンは悲しかった。

ピーツに向かう道は遠く、美しかった。光と風に染まったマナが白い鳥の羽毛のように地上におりていて、森の陰になったところに群がったバーカンの幼虫が目にまぶしいほどの青い光を放っていた。ダフネから流れてくる川に沿って、二人は歩いていた。一緒に行こうよクローマン、と少女が叫んだが、クローマンは歩みをゆるめなかった。足首はほとんど治り、道は平坦だったし、何より少年は恥ずかしかったのだ。おとといの夜のことをまた思い出した。目を開けると、少女のかぼそい体が自分の上にまたがっていた。乳を搾ってあげるから私をセント・ホールに連れてってよ、お願い。少女が乳を搾るまで、少年は何も言えなかった。少年が何も言わなかったので、少女は少年の乳を全部体の中に受け入れてしまった。ごめん……。出るなら出るって言わなきゃだめじゃないの。少女の言葉に、少年はうなだれた。食べなくても……大丈夫？　少年の髪を撫でながらウンはささやいた。乳を中で出したのはあんたが初めてよ。思い出すだけでもクローマンは、後ろを振り向くことができなかった。女の肛門が初めてだったからだろうと思い違いをしたまま、クローマンは自分を慰めた。

足首の腫れが引くまでの間に、少女は二人の服を洗って干した。セント・ホールに行くのは簡単なことじゃないよとクローマンは引き留めたが、ウンは頑としてきかなかった。どんな目にあってもいいの。たった一度でもお母さんに会いたい。少女の目を見ていると、クローマンの考えはいつしか、土星のように傾いてしまうのだった。穴蔵の中にまで埃のようなマナが降り注いだ朝のことだった。少年と少女はピーツを目指して出発した。

クローマンはまずアブラムの家を訪ねた。そこはネーデの丘へ行く道の要所でもあったし、何よりも、トアックスじいさんにウンの存在をつかまれたくなかったからだ。セント・ホールでの仕事も、できるならアブラムを通して見つけたかった。誰も来ないピーツのはずれの森にアブラムは住んでいた。屋根には望遠鏡があり、全体がフィージョの木で作られた頑丈な家である。何度もドアをノックしたが、何の反応もない。フィージョでできたドアには、フィージョより丈夫な幕がかけられていた。仕方なくクローマンは丘の方へ引き返した。アブラムの家から何キロか坂を上ると、ユンはおろか、昆虫も来られないネーデの丘がある。ネーデという名前さえ、クローマンがつけたのだ。息切れしちゃう。まる一日歩いてきた少女をおぶって少年は坂道を上った。疲れない？　少女が尋ねた。少年は返事をしない。あのね……クローマン……今も私の服から匂いがする？　少年の背中に顔を埋めてまたウンが聞いた。いいや、と少年が答えた。

夜なのに、丘は暗くなかった。絶壁に遮られてはいるものの、セント・ホールが近くにあるからだ。ウンをおろすと少年は、丘の中心にある木の根元を掘りはじめた。アブラムにさえ話していない、こっそり隠した光貨を埋めてある場所だ。リュックから取り出した光貨を埋める前に、クローマンはしばらく時間をかけてその数を何度も数えた。ざっと見積もっても三万ガロンほどの価値があることは間違いない。少年の顔は明るくなった。再び光貨を埋めたあと、少年は土と苔で自分の光貨を世の中から消してしまった。ウンは池で、むくんだ足を洗っていた。一緒に足を池につけたクローマンが、空を見ながら少女にささやいた。ウン……僕、いつか、自分自身の宇宙を作るよ。微笑みながら少女は黙って池を見ていた。そのとき宇宙自身も、黒く静かな水面に映る自分の姿を見ていた。

ネッドだ！

クローマンが叫んだ。突然現れたその光たちは、群れをなしたり、ときには散ったりしながら暗い夜空を浮遊しはじめた。不思議さと怖さで、少女は思わずクローマンの胸にしがみついた。それらの光は円形をなしており、目まぐるしく動き回っていたが、やがてそのうちいくつかの光が丘にむかっておりてきた。それは蓮の葉のように丸く平たく、真夏の太陽のようにまぶしい光だった。しばらく二人の頭上で動き回っていたその光たちはすぐに夜空へ上っていき、姿を消した。あれが**ネッド**なの？　と少女が尋ねた。うん、と少年は答えた。ほんとは**ユン**と見た目は変わらないけど……ああいうのも**ネッド**だってアブラムが教えてくれたんだ。クローマンの話を少女はすぐには理解できなかった。**ネッド**って……ああいうふうにして自分から意識を切り離すことができるんだって。つまり、今の光は**ネッド**の意識だったんだ。アブラムはあの状態のネッドと会話するって聞いたよ。**ネッド**はああいう形で、全然違う世界を行ったり来たりすることもできるってことだね。ああやって、自分が作った宇宙を観察することもできるんだって……。少女もふと、しばらく忘れていたボールドの言葉を思い出した。無力で薄汚い自分があの輝かしい場所から来たという事実は、とても信じられないことだった。

アブラムの家に降りてきた二人は家の裏の納屋に身を潜め、疲れきった体を落ち着けた。教育期間中に生活していた場所なので、少年は手ぎわよくわらと薪を利用してベッドを作った。君はここで寝な、と少年は言った。生まれて初めて横たわる、露に濡れることのないやわらかい寝床だ。**ネッド**はこういうところで寝てるんだろうな……と思うと少女はおもはゆく、幸せな気持ちになった。クローマン……と少女は少年を呼んだ。何だい？　そっと差し伸べられた少年の手を握ったウンは、しばらく経ってから小声でささやいた。乳……搾ってあげようか？　納屋の天井をしばらく眺めたあとで少年は答えた。いいよ、僕、おなかすいてもいないし……同情してくれなくていいんだ。

アブラムの納屋に少女を残して、クローマンは一人でピーツに帰ってきた。宿舎では相変わらず、友人たちがいたずらや喧嘩にあけくれ、わめき声を上げ、らんちき騒ぎをくり広げていた。ひときわいたたまれない気持ちで、少年はじいさんの部屋のドアをノックした。トン、トンとドアを叩くたび、一本ずつ切り落とされたバフィアの腕のことが思い出される。このバーマスみたいな奴！　いったい気は確かなのか？　片目をぎょろりと動かして、じいさんが鞭を取り出した。ばれてなかった、と鞭を見ながら少年は安堵のため息をついた。事実を知ったら、蒸気のこぎりを取り出しかねないのだから。

狡猾なじいさんを安心させるために、クローマンは大泣きしてみせた。片目で少年の顔色をちらちらと観察したあと、トアックスの追及が始まった。この小面《こづら》憎いバーマス……今までどこの穴に隠れていたのか、今ごろ這い込んできやがって。何のまねだ、言ってみろ、言って、み、ろ……わざと間を置いて、少年はさらに十回ほど鞭をくらった。けちなじいさんをだます方法を、今ではクローマンもいくらかは知っている。怖くはなかったが、足をがたがた震わせながら少年は言った。チセにある、乳を搾ってくれる店に行ったんです。じいさんは呆れ顔をして、にやりと笑った。少年はさらに大声を上げて泣きじゃくった。

金はそこで全部すっちまったというわけか？　情けない奴め……言ってみろ、大事な牛乳を何回捨てたのか。さ、三回です。大事な俺の牛乳を……大事な俺の……。損害に業を煮やしたじいさんは、その場でただちに貸しを取り立てた。続けて三回、少年は自分の手で自分の乳を搾り、それを銀のスプーンに入れてじいさんに捧げねばならなかった。すうーっと三回すっかり飲み干すと、じいさんはようやく怒りが収まったらしい。どんなにお前を心配したかわかるか？　戦争が起きて世間は大混乱だというのに……そんな格好で歩き回って、軍隊に引っ張られなかったのは本当に運が良かったんだぞ。幸運なバーマス……二枚の通行証を投げてよこすと、じいさんはつぶやいた。旗色が悪くなったら、こんな紙くずは無用の長物だがな。まだうろうろするつもりなのか、え？　俺の儲けを台無しにしたいのか！　アブラムが来るまでじっとして隠れていろ、わかったな？

ピーツ全体が戦争の噂でざわめいていた。いかさま師たちが活躍し、もうすぐピーツの天下が来るという噂と、すでにダフネにもバーマンの旗が翻っているという噂が至るところで同時に流れ、沸き返っていた。すばしこい一匹のバーマスのように、少年は誰の目にもつかずにピーツを抜け出した。叩かれて裂けた背中は、五羽のカラスが止まっているような感じだった。全知全能のトアックスよ……宿舎ではなくアブラムの穴蔵に隠れていてはいけないでしょうか？　アブラムが帰ってきたら、知らせを伝える者も必要になるでしょうから。片目をぎょろりと回しながら、じいさんがうなずいた。運の良い日だと、クローマンは思った。

少年は五日間、床に臥せった。少女は一時も少年のそばを離れず、水とマナをこねて少年の口の中に入れてやった。アブラムが帰ってきて荷物をまとめて出ていくときも、少年の意識は回復しないままだった。アブラムは薬草を煎じた濃いどろどろの液体と、一枚の手紙を少女に渡した。そして黙って少女の頭を撫でてやった。聞きたいことはたくさんあったが、少女はアブラムのいかめしい顔が怖かった。戦争は、それなりに回転していた彼らの社会をさらに厳しいものにしていた。ダフネの方角で立ち上る黒い煙を少女は見、絶壁の下の渓谷で巨大な蒸気貨車が爆発するのも見た。誰が誰と戦っているのかもわからない。誰が誰と戦っているのだとしても、彼らはみんな**ユン**だったのだから。

目を覚ました少年は、さらに何日かそのようにして横になっていた。彼はアブラムの手紙を読み、希望と絶望が混じった目をして考え込んだり眠ったりしていた。チブリアで書かれたアブラムの手紙には、次のような言葉があった。親愛なるクローマンへ。クロスターの司祭として旅立つにあたり、いくらか書き残しておく。これは**ラマン**の戦争であり、バーモンとピーツの戦いだ。目をつぶっても耳をふさいでも、これらすべての人為から逃れることはできないだろう。私が助けてやれるのもおそらく、これが最後ではないかと思う。満月が二度上り、さらに月が半分に欠けるころ、セント・ホールを訪ねてくれ。お前の仕事もおそらくその日が最後だろう。最後に、お前のために良い情報を伝えよう。カヤックの遺物を望むなら、おそらく今が最大のチャンスだ。

戦争は多くの物資を必要とするし、バーモンは今、物資を選んでいられる立場ではない。たとえ少額でも光貨を払えば、ネッドの遺物一個ぐらいは簡単に差し出すだろう。カヤックに行くなら西側の砂漠を利用し、カヤックに着いたら騎士団のモフゼを訪ねなさい。これらすべての人為を否定できないゆえに、これらすべての人為を肯定できないアブラムより。

アブラムがくれた最後のチャンスを、少年は少女に譲ってやった。二度目の満月が出て、もう一度月が半分に欠けるころだよ。服を裏返して着て、この通行証を持っていきな。トアックスじいさんの学校にいると言えばローバーも手出しはしないから。そしてネッドに会うまでの手順を親切に詳しく、少女に説明した。あんたは？　と少女が聞いた。少年はうなだれて、しばらく答えるのをためらった。砂漠を横断してカヤック山まで行くんだよ。生きていられたとしても、何か月かかるかわからない旅だ。僕がセント・ホールから無事に出てこられたら……君も生きていたら……ここで僕を待っててておくれ。ウンはうなずき、涙を拭きながら聞き返した。あんたも……来るでしょ？　少年は何も言わなかった。言え、なかった。

大勢の騎士の死体を少年は見た。大勢の子どもたちの死体も見た。隠れて町外れを渡り歩きながら、無数の建物と工場の残骸を見ることができた。立ち上る黒煙を見た。遠くで広がる炎の森を見た。頭と内臓が流れてくる赤い川を見た。驚いて逃げるエルクの大群を見た。激怒したように降り注ぐマナの雨を浴びた。そして砂漠に着いたとき、少年には何も見えなかった。**ユン**も、**ユン**の死体も見あたらなかった。建物も工場も見えなかった。煙も森もそこにはなく、流れる川も、川で喉を潤すエルクもそこにはいなかった。戦争も見えなかったし、だからといって平和が見えるわけでもなかった。**ネッド**も、マナの雨もそこには存在しなかった。そこには誰も、何も存在しなかった。少年は歩き、また歩きつづけた。

誰も、何も存在しないそこで、少年はふと、神を感じることがあった。神は**ネッド**ではなく、**ユン**でもなかった。だが感じることができた。サボテンの汁とマナ砂で命をつないでいる哀れな自分を、その瞬間、神が身をかがめてしげしげと見ておられた。頭がくらくらする。幻影のように目の前に近づいてきたカヤック山を見つめながら、少年は注意深く左足を踏み出した。そこには山があった。

疑いに満ちた目で、騎士団のモフゼは少年に対面した。お前は誰だ、そしてどこから来たのだ。アブラムの手紙を見せてやりながら、少年はリュックの中の光貨を取り出した。あたりをすばやく見回したあと、冷たくこわばった表情でモフゼはささやいた。恐れを知らぬ少年よ、アブラムの書面がなかったら私はもうお前の首をかっ切っていたことだろう。自分の部屋へ少年を連れていったあと、モフゼは騎士団の金庫の中に光貨を入れた。赤と緑の徽章とさまざまな器物、見慣れないいくつかの実験道具を見て、少年は彼がアブラムと同じクロスターであることを知った。

お前の望みはかなえられるだろう。私を信じなさい。モフゼはそう言った。少年はすべてを信じるほかはなかった。巨大なベッドにクローマンを寝かせたあと、モフゼは鋭い小刀の刃をランプの火で焼きはじめた。まず、ちょっとした手術が必要だ。お前の宇宙がお前の一部を望んでいるからだ。痛みは……がまんできるか？　少年はうなずいた。熱い刃がすぐにクローマンの脇腹を裂いて入ってきた。ネッドなら、何か別の方法を使うだろうが……傲慢なラマンたちの関心がなぜこれらの遺物からすぐに離れたのかわかるかね？　ゆっくりと話しつづけながら、モフゼはすばやい手つきで肋骨を一かけら切り出した。自分の脇腹で起きているこの光景を、クローマンも見守った。じいさんの鞭で打たれるより痛くなかった。

六日経ってようやく、クローマンは包帯を解くことができた。歩けるかね？　モフゼが尋ねた。歩けます、と答えたあとも、少年はずっとモフゼを見守っていた。少年が知りたがるさまざまなことを、モフゼは可能な限りわかりやすく説明してくれた。この施設を稼働させるには長い時間がかかる。満月が三度上って沈んだら、金星がよく見える夜明けが来るだろう。そのとき空を見てごらん。丸く明るい光が雲をつんざいて消えたら、すべての約束が守られたことがわかるだろう。うなずいたあと、クローマンは自分の荷物をまとめはじめた。

クローマンがカヤックを目指して出発し、二度目の満月が出て、再び月が半分に欠けたころだった。セント・ホールの階段に着いたウンは何度も荒い息を吐いていた。自分を産んでくれた母親の幻が、輝く塔のどこかからウンに向かって手招きをしているように感じた。顔に垂らしていたぼろ布を取り払い、少女は光を目指して右足を踏み出した。裸体を消毒し、ラッピングを終え、巨大な光の中の小さな案内者を決して見逃さぬようにして、少女は進んだ。ルームのドアが開いた。ネッドはベッドに座ったまま、水槽をスケッチしているところだった。

こういうの……作れるか？　スケッチを持ち上げて、ネッドはウンの方へ視線を移した。そしてしばらく、二人の存在は何も言わずにお互いを見ていた。お前は……とネッドが話を再開した。俺が知っているユンではないな。ウンは駆け寄ってネッドの前に跪いた。全知全能のネッド様。涙を流しながら、少女は自分の話を打ち明けた。長い長い話だった、悲しい話だった。黙ってうなずきながら、ネッドは最後まで少女の話を遮らずに聞いた。母親とは……つまり、お前を生産した存在のことなんだろう？　はい、白く光る美しいベールを頭にかぶっていらっしゃいました。ベールの中で優しい微笑をたたえて……ネッドは無言で水槽を見つめるだけだった。誰もいない、何もない暗闇が、何の混沌もなくその中にたまっていた。

うう、う、とそのとき突然、ウンが嘔吐をしはじめた。悪臭と汚物が床に広がり、ネッドの足の甲にもいくらかのはねが飛んだ。すみません、お許しください。何もかもおしまいだと思いながら、ウンは悲しそうに泣き出した。その瞬間少女はクローマンを思い浮かべた。待ちくたびれて自分を探しに出かけた少年の顔だ。私の死体はすぐに見つかるだろう、背中に火傷のあとがいっぱいあるから……あたふたとネッドの足を拭きながら、少女はうなだれた。ネッドは喜んでも怒ってもいなかった。その代わりまじまじと汚物を見つめていた。そして手を伸ばして、べとべとしたその汚物の一部に触れていた。それはネッドにとって非常に新鮮なものだったのだ。ネッ

ドは汚物の匂いを嗅ぎ、再び水槽の中の暗闇を凝視していた。何の悩みもなければ何の意図もない、無為な視線だった。彼は

したいようにした。

クローマンがピーツに帰ってきたのは、すでに満月が三度上って沈んだ直後だった。少年は再び砂漠を横切り、寒さと空腹に、または敗残兵に追われて何度か死線をさまよわなくてはならなかった。ピーツの入り口の川辺では、巨大なエルクたちがのんびりと水を飲んでいた。戦争は終わっていた。ピーツには新しい旗印が立っており、道ばたには死体と、処刑された者たちの頭が山をなしている。串刺しになった頭の一つが目に入ってきた。まぶたから垂れ落ちて乾いた片目が、干し肉のかたまりのようになって空中で揺れていた。少年たちの乳を奪った口が、ぽかんと開いたまま天を向いていた。ピーツの至るところでまだ煙が上っていた。誰もを、そしてあらゆるものを焼き尽くす煙だった。クローマンは足を早めた。

アブラムの納屋は空いていた。ウン、と何度も叫んでみたが、少女は姿を現さない。リュックをどさっとおろしたあと、少年は寝そべって空を見つめた。誰もいない、何もない空だった。涙を流す気力もなかったが、クローマンはただただ泣きたかった。しばらく口だけで泣いたあと、ようやく一滴の涙が汗のように湧いてきた。頬を伝って流れることもままならず、涙はすぐに目元で乾いてしまった。クローマンもすべてを洗い流したかった。とぼとぼと少年は丘を登りはじめた。

丘に着いた瞬間、クローマンは湧き水に足をつけている裸の女を見た。ウンの体つきとは違っていたが、ウンに似た火傷のあとが背中に広がっている。人の気配を感じた女が振り向いた。クローマンはそれで初めて、自分のぼろを脱ぎ捨てて水の方へ走り出した。ざぶんと水しぶきが上がる。裸の少年と少女はひしと抱き合い、喜びに飛び上がった。何か言いたかったが、二人は何も言えなかった。ああー、と少年は声を長く伸ばして叫んだ。少女も一緒に叫んだ。谷川自らが進んで鏡となり、川面いっぱいに泡を立てて彼らの声に応えてくれた。

眠れない夜だった。二人は並んで丘に横たわり、一緒に夜明かしすることにした。ここからならよく見えるよ。クローマンは砂漠の話をし、モフゼと自分の宇宙について話した。変な気分だ。ウンの脚を枕にして寝ていたクローマンが寝返りを打った。どうしたの？　あそこでも生命が生まれてるなんてさ……僕みたいな**ユン**が生まれるのかな？　生まれて、物乞いをしたり……鞭で打たれたり……するんだろうか？　ウンは何も言わなかった。言え、なかった。君、会ったの？お母さん……っていうものに。悲しげな表情でウンはうなずいた。だがウンは、自分が会った母親について何も話してくれなかった。異様にふくらんだウンのおなかを撫でながら、クローマンは夜明けを待った。この木もおかしいよね。今まで一度も実がなったのを見たことがないんだもの……どんな……木だったっけ？　ほの白い金星がいつもより大きく輪郭を表しはじめた。宇宙自らが鏡となって、クローマンの質問にたくさんの泡を返してくれた。そして二人はカヤック山の方角に立ち上る、白くまぶしい光を見た。光は一瞬にして雲を突き破って消え、二人には見えない——ここではないそこで、ここにもそこにもある**光**となった。

*

これも、とある地球の物語である

入ってきたのは四番と六番の馬だった。わあー、と立ち上がった観衆の歓声が天地を揺るがす。ビンスは無言のまま中折れ帽を脱いで手に持った。額の粘っこい汗を袖でこすって拭いたあと、彼はまた帽子を目深にかぶった。二番と五番に残りの金を全部賭けたのだ。といったって十ドルにも満たない金額だが、それはビンスの全財産だった。ちくしょうめ！ 三流高校のブラスバンドのバスーンみたいな声でトミーがむせび泣く。百八キロの大男がはあはあ言いながら体を起こすと、鬱憤を抑えられずに地団駄を踏みはじめた。まるで八頭の馬が観客席に上ってきて暴れているような騒音がした。二人の敗残者は、観客席が空っぽになるまで席から立ち上がれなかった。

ビンス、俺はなあ……四番と六番に賭けようと思ってたんだよ！　嘘だと思うだろ、でも本当に四番と六番に……俺には直感ってもんがあるんだよ！　お前も知ってるだろ、七年前に俺が大当たりを決めたことを！　ビンスは黙って自分の手に残った二枚の馬券を見おろしていた。馬券の下の方は汗に濡れ、日に焼けた手はかさかさに乾いていた。彼は注意深く、二枚の馬券を中折れ帽のカーキ色のベルトにはさんだ。行こう、とビンスがつぶやいた。ん？　何だって？　トミーがしゃくりあげた。行こうよ。さらに低い声でビンスがささやいた。まだ赤い顔をしてトミーがはあはあ言った。この、ビョーキ野郎どもめ！　本当に誰が病気になってもおかしくないぐらい、夕焼けは美しかった。

これ以上は、だめ！　唾を吐くように、指を立ててトミーの弟のバッドが言った。追われるようにバーの入り口の隅っこに座った二人は、バッドが置いていった二びんのビールを黙って見つめていた。最悪の安物、アイルランド・ビホップだった。こんなもん犬でも飲まねえぞとトミーがつぶやく。流通期限から七年以上経ってるはず……なあビンス、俺がどんな思いでバッドの面倒を見てきたと思う？　知ってるか？　だがビンスはやはり無言のまま、無料のビールの栓を開けた。同じビールでも最悪の安物に当たっちまったもんだと、ビンスは思った。おーい、レスリングにしろよレスリングに！　野球を見ているバッドにむかってトミーが大声で皮肉った。バーの常連全員にとって、それは犬の遠吠えに聞こえた。この天をも恐れぬ恩知らず野郎！　カーッともう一度大声を上げたあと、トミーは一気にアイルランド・ビホップを空けてしまった。

五分の一ぐらい残った葉巻の切れ端、二枚の馬券……テーブルに置かれたビンスの中折れ帽には、彼の全財産が突っ込まれていた。棺を買う金も残っていない。もし今夜死んだら、体を丸めてこの中折れ帽の凹みに潜り込むしかない身の上だ。休みなく音楽が流れていたが、どんな歌も自分の境涯を表現したり慰めてくれることはない。そんな歌があるなら、歌唱法は一つしかないだろう。伝説のテナー、オルライフがあの汽笛のような声で、からっぽぉおおおおおおおおお〜、ぽぉおおおおおおお〜！　と三分四十秒間、朗々と声を引っ張って歌ってくれるしか。

結局、弟からさらに十本のビールを奪ったトミーが涙を絞りはじめた。いつもの順序通りだ。何でこうなるんだ？　そして三流神学校の聖書朗読部の女子学生みたいな声で嘆くのだ。俺たちは……どうして……女子学生が体を揺らしながら行う信仰告白みたいなものを聴きながらビンスは、出ていった妻と交通事故で死んだ息子を思い浮かべた。はるかな昔のことだ。ちゃんとした職場に勤めていたころで、ほんとに若かった。はあ……と百八キロの女子学生が、内ももをかきながらため息をついた。それでもお前は俺よりましだ。お前は金も貯めてたじゃないか……あんな大金を……女房が浮気して出ていったとしてもだ……ああ……いや、その話はやめよう……とにかくお前は、俺とは次元の違う人間なんだ……そうだろ……そうじゃないか……お前はあの金を使うべきじゃなかったんだよ……今だから言うけど……スモールバン・カプセルだっけ？……ふん、ビッグバンどころかスモールバンだと？　浅はかな……詐欺師どもめ……とにかく全部あそこに持ってかれちまったじゃないかお前は……頭がおかしいよ……お前はあそこでしくじったんだよ。何だよ……何だと……俺がいったい、誰を相手に、騒いでるだと……この縁起でもねえ……豚野郎め……一生、プロレスでも見てろってんだ……た〜いしたもんだよ……こんな俺が自分でも嫌だ……

ちくしょうめ……それでもビンス……カップマンがランブルでチャンピオンになったときはほんとに嬉しかったな……カップこそ真のチャンプだよな……ああ……覚えてるか？　ダーティー・バッファローと当たった世紀の一戦を……卑怯な奴に反則技をくらっても……今や分かれ道が目前に迫っていることを、ビンスは知った。女子学生がうとうと眠り込もうが、または悪魔に変身して、顔がぐるーっと一回転して教会を爆破しようがどうだっていうんだ。反則をくらっても……あいつを軽々と高くかつぎ上げて……

パ〜〜ワ〜〜　ボム！

相変わらずの夜だった。トミーがテーブルをひっくり返した瞬間、常連たちはみんなバーを飛び出していき、畜生！　と叫んだバッドが警察を呼び、三十分過ぎてようやく騒ぎは落ち着いた。ビンス……何とか言ってくれよ！　俺のせいじゃないだろう……ビンス！

面目ない、とトミーの代わりに謝るビンスに向かって、もう一度バッドは畜生！　と叫んだ。帽子を持って一人寂しく出てきたビンスが、十歩ほど歩いたときだった。畜生！　とつぶやきながらバッドがあとを追ってきて、半分ぐらい残ったタバコ一箱をビンスのポケットに突っ込むと戻っていった。ありがと……とビンスはつぶやいた。バッドが答えの代わりにもう一度畜生！と叫ぶのが聞こえた。

誰もいない、何もない夜だった。街灯は消えており、彼を待っているのはガスも電気も切れた古い部屋だけだ。誰もいない、何もない道を横切り、ビンスは暗い玄関にたどりついた。誰も、何も存在しない自分の部屋のドアの前にしかし、一通の手紙が置いてあるのをビンスは発見した。どうせ大家のマリアンか、一階の１０３号室のちびのスティップルが置いていったものに違いない。注意深く手紙を取り上げたビンスは、封筒の住所と消印を確認した。

受取人：６７５Aジンジャー2街３１７４号　ビンス・スコールス
差出人：スモールバン株式会社管理部（A／S担当　ジェンホールス・トマ）

貴下が要求された内訳につきまして次のような調査結果をお送りします。観察サンプルは無作為に選定されたものであり……常にお客様に奉仕する……スモールバン……ジェンホールス・トマ。ビジネス定型文を上の空で読み飛ばしたあと、ビンスは隣の部屋から漏れてくる明かりにかざしてジェンホールスの報告書を読んでいった。目はかすみ、バッドがくれたタバコはきつかったが、ビンスの口元にはいつしか満足げな微笑が広がっていった。妻が去り、息子を亡くしたあと、何もかもつぎ込んで作った自分の宇宙、その宇宙の報告書だ。暗い隣の部屋のドアにぎしぎし音を立ててもたれながら、ビンスは自分が残した葉巻を取り出してまた火をつけた。クローマンか……そしてウンか……暗闇の中でビンスがかすかにつぶやいた。ここにもあり、そこにもある――

太初の光のように、葉巻の端っこが光った。

訳者解説

本書は、二〇一〇年にチャンビより出版されたパク・ミンギュの短篇集『ダブル』のうち、「サイドA」の全訳である。同時刊行される「サイドB」は本書と対をなしている。

パク・ミンギュの二番目の短篇集である本書は、「LPレコード時代へのオマージュ」というコンセプトで成り立っている。無類の音楽好きである著者らしい発想だ。「ダブルアルバム」を模して二冊組とし、それぞれのタイトルもLP時代にならい、「サイドA」「サイドB」と命名されている。二冊セットで初めて成立する本なので、ぜひ二冊合わせて読んでいただきたいと思う。同時に、「サイドA」と「サイドB」のどちらから読んでも、またどの作品から読んでも、パク・ミンギュの世界を満喫できることも保証する。

パク・ミンギュは一九六八年に韓国・蔚山に生まれ中央大学の文芸創作学科を卒業。いくつかの職業を経て二〇〇三年に『三美スーパースターズ　最後のファンクラブ』が第八回ハンギョレ文学賞を、『地球英雄伝説』が第八回文学トンネ新人作家賞を受賞するという華々しいダブル受賞で作家生活をスタートさせた。縦横無尽な想像力とポップな文体で韓国社会の諸相を、とくに報われない人々の哀感を描き、あっという間に人気作家となり、現在、韓国を代表する作家の一人と目されている。

日本では、二〇一四年に短篇集『カステラ』（ヒョン・ジェフン＋斎藤真理子、クレイン）が刊行されたのが初の紹介だった。同書が「こんなに面白い小説があったのか」と本好きの間で評判になり、翌年に第一回日本翻訳大賞を受賞してさらに話題となった。続いて『亡き王女のためのパヴァーヌ』（吉原育子訳、クオン）、『ピンポン』（拙訳、白水社）、『三美スーパースターズ　最後のファンクラブ』（拙訳、晶文社）が刊行され、韓国文学に興味を持つ人にとってはスタンダードな存在になったといえる。

『ダブル』は、一冊目の短篇集『カステラ』が出た二〇〇五年から二〇一〇年までの五年間に書かれた二十三の短篇から十八篇を選りすぐったものだ（日本版では「サイドB」のうち一篇を著者との相談の上訳出しなかったため、十七篇）。

『カステラ』では、現実と幻想が混沌と一体化した世界が描かれていたが、『ダブル』の小説は、現実の韓国社会に根をおろしたリアリズム小説と、無国籍な未来社会やはるかな過去の世界に飛んだＳＦ・ファンタジー風味の物語から成る。「サイドＡ」では前半の三作がリアリズム、後半の六作がＳＦ・ファンタジーだ。いわゆる文壇では前者の評価が特に高いようで、「近所」「黄色い河に一そうの舟」が名だたる文学賞を受賞している。ともあれ、これらが無造作に並んだ様子は、現実と幻想の混じり合った混沌がいったん収まり、沈殿現象を起こして二層化したところにも見える。

とはいえ作者は、そんなことなど気にとめていないだろう。彼にとって短篇とはまず、「誰かにあてた贈り物」だからだ。そのことは著者自身が明言しており、本書に収められた短篇はすべて、著者の友人から世界的な有名人まで明確な誰かにあてて書かれている。このように献呈者を定めて書く理由について著者は、「この方が心をこめるのが楽」だからだと語っている。そのため、この人には本当にこういうふうに語って聞かせてあげたい、この人のためだけの表現だという気持ちで書くそうである。

さらに、「その人がどんなに独特な人間でも、その人と似た人が世の中に何万人かはいるだろう。だから、特定の誰かのために書けば、その人に似た何万人かが楽しんで読んでくれるだろうと信じて書いている」というのが面白い。以下、献呈先を含め一つひとつの作品に触れておく。

近所

二〇〇八年発表。二〇〇九年に黄順元《ファンスンウォン》文学賞受賞。この作品はアメリカのエンタテイナー、アンディ・カウフマンへの贈り物である。カウフマンは一九八四年に三十五歳の若さで肺がんのため死亡したが、生前から自分の死をジョークにし、病気であることは伏せていたので、ファンたちは彼の死を信じなかったといわれる。
「近所」は韓国語でも同じ漢字を用い、「クンチョ」と発音する。

ホヨンの故郷の「モブク」や「モソ」という地名は架空のもので、あえて漢字にするなら「某北」「某西」だとのこと。つまり「どこどこの西」「どこどこの北」という意味で、どこにあってもおかしくなく、誰にとってもありそうな「故郷」の代名詞というわけだ。一方で「仁滔川《インド》」の「仁滔」は同音異義語の「人道」をイメージして漢字をあてたそうだ。それなら「蓋錦山《ケグム》」の「蓋錦」もやはり同音異義語の「開襟」(心を開いて胸の内を打ち明けること)に連なるのかもしれない。パク・ミンギュのこういった漢字へのこだわりは同年代の作家には珍しいものに感じられて興味深い。

二八ページに、主人公ホヨンが明洞《ミョンドン》に行こうして何度も地下鉄を乗り換える場面がある。これらの駅は非常に狭い範囲、いわば「近所」に立て込んでいるため十分に歩ける距離にある。しかしホヨンはそれを知らず、わざわざ労力をかけて近所まで移動するし、同様に故郷の友も、故郷にいながらにして故郷を懐かしがっている。自分自身の近所にいながら自分のことがわからないまま生きていく姿そのものが人間の営みなのかもしれない。

ホヨンが読んできた『プルターク英雄伝』『天路歴程』『自省録』はいずれも、「思索の旅程」をたどるような本だ。その旅程で友に再会し、かけがえのない日々を過ごし、友を助けてから消えていく。同じような構図を持つのが「サイドB」の「昼寝」だ。こちらも合わせて読んでいただきたい。

黄色い河に一そうの舟

二〇〇六年発表。二〇〇七年、李孝石《イヒョソク》文学賞受賞。二〇〇三年に突然亡くなった著者の父に贈られたもの。

辣腕営業マンだった夫は、ないがしろにしてきた妻への償いの気持ちから老老介護に徹して生きている。そのことに不満はないが、希望もない。子どもたちとの間には、思いやりと計算と心配がからみあって何ともいえない空気が漂っている。例えば五三ページに出てくる魚、イシモチは日本でいえばタイにあたり、韓国人が最も好きな魚だ。法事や祝い事の膳に欠かせず、特に塩漬けにした干物が美味で、高級品になるとかなり高価である。息子の妻はイシモチで義父をもてなそうとするが、義父はそれが「もどき」であることを見抜いてしまう。

五三ページの「チョンセ」は韓国人の生活に深く関わる制度。家を借りるとき大家にまとまった保証金（チョンセ金）を預ける代わりに月々の家賃は払わなくてよく、退去時にはチョンセ金の全額が返ってくる。実質ただで住めるわけだが、大家はそのお金を運用して儲けを出すのでウィンウィンという、韓国で長く続いてきたシステムだ。しかしチョンセ金は売買価格の五〇パーセントから八〇パーセントと大金なので若い人が自力で用意することは難しく、そこで、親から譲り受けた資産が人生設計を決定する。「不動産階級社会」ともいわれるこのような韓国社会の一側面は本書にも何度も登場する。

なお、各節のタイトルは有名な詩歌や歌詞に基づいている。「十日咲いた花が散ったあと」は南宋の詩人楊萬里の詩の一節「花無十日紅」で、十日間ずっと赤い花はないという意味。また、「君よ、その川を渡らないで」は高麗時代の歌「公無渡河歌」によるもの。川を渡ろうとして溺れた男性のあとを妻が追い、結局妻も死んでしまうという物語で、ポピュラーソングの歌詞にもなり、老夫婦を描いたドキュメンタリー映画のタイトルにもなった（『あなた、その川を渡らないで』）。そして「秋　春　夏と花は散る」は国民的詩人・金素月《キムソウオル》（一九〇二―三四）の有名な詩「山有花」（六九〜七〇ページ、拙訳）による。リズムを重んじて訳出したため原詩とは一部異なるところがある。世の変化に耐えて生きぬいてきた二人が思わぬところで自然そのものと接続するようなラストシーンに、よく似合う。

グッバイ、ツェッペリン

二〇〇六年発表。飛行船を発明したフェルディナンド・フォン・ツェッペリン伯爵への贈り物として書かれた。

ソウル近郊都市を舞台に、ちょっと情けない男たちの一風変わったロードムービー風のストーリー。二人の関係が徐々に変化し、それが呼称から読みとれるのが面白い。文中、「先輩」と訳しているところは原文では「兄《ヒョン》」という言葉だ。これは、男性が実兄を含む年上の男性を呼ぶときの呼称である。韓国では年齢による上下関係にたいへん敏感なため、相手が一歳年上でも「ヒョン」と呼ばなくてはならない（さらなる尊称が「ヒョンニム」で、これは「兄」＋「様」という意味だ）。しかし主人公は職場の先輩ジェイスンをまったく尊敬していないため、「ジェイスンヒョン」とは呼びたくなくて、いやいやながら「ジェイスン……ヒョン」と呼んでいる。だが、珍道中の間に尊敬と親しみが生まれてきて、心から「ヒョンニム」と呼びたくなるのだ。訳文ではその変化を「ジェイスン……先輩」→「ジェイ先輩」→「兄貴」と訳し分けた。年下の男性が年上の男性を頼り、「生きるって何なんですかね？」というむき出しの問いをぶつけるシーンが『ダブル』にはくり返し現れ、ややパターン化した感も受けるが、それがある意味で韓国社会を支えてきた一面でもあるのだろうと思う。

男性二人のツェッペリンを追う旅は何とか無事に終わったので、ミリョとおばあさんの二人の女性のこの先が救われるものであってほしい。

深

二〇〇六年発表。アーサー・C・クラークへの贈り物として書かれた。ここまでの三作と打って変わり、遠い未来の地球を舞台にしたSF作品だ。この「深」をはじめ、本書のSF・ファンタジー系列の小説には国籍不明の人名や地名が頻出するが、その表記についてはおおむね原音の響きを重んじ、実在する人名については日本語でのカタカナ表記に近づけるよう努めた。その上で、著者とも相談の上、日本語で読んだときに発音しやすいよう多少変えたところもある。

世紀二四八七年。最深測定深度一万九二五一メートルのユータラスに潜水できるよう変容された「ディーパー」たちが主人公だ。しかし彼らは、人間なのだろうか？　人間の孤独と不安を際立たせて、前半三作のリアリズム作品群と後半のＳＦ作品群をつなぐ役割を果たす小説であり、「韓国には珍しいハードＳＦ」との評価もされている。

一二四ページの節タイトル「オム」はチベット仏教のマントラ「オム・マニ・ペメ・フム」にちなむ。また、次ページの「今ごろ桂の木に生まれ変わってるんじゃないの？」というヤンの言葉は、韓国で最初に作られた童謡「半月」の歌詞を想起させる。そこで歌われる月には桂の木が生え、兎が住んでいる。パク・ミンギュの描く未来世界にはこのように、韓国の古い文化のこだまが静かに響いていることが多く、印象深い。

最後までこれかよ？

二〇一〇年発表。グーグルの創始者、ラリー・ペイジとセルゲイ・ブリンへの贈り物として書かれた。著者によれば、「何で？」と彼ら二人に聞かれたら「それがどうした」と答えるそうだ。

審判という名を持つ彗星によって地球は最後を迎えることになっている。その日を目前に、同じ建物で暮らしながら顔も知らなかった二人の男は、騒音という迷惑行為のために初めて顔を合わせる。深刻な事態かと思いきや二人は「ミッキーとドナルドのような」楽しい時間を持ち、和解し、抱き合って「私たちは最後までベストを尽くした人間なんです」と慰め合う。だが彼らはほんとうにお互いを信じているのか？　彼らが別れたあと、椅子の上には銃が忘れられており、上下階の騒音もまた続く。

一四九ページの「モーゲージ騒ぎ」とは二〇〇八年のサブプライム住宅ローン危機を指す。疾走するホルスタイン、燃え上がる市街地、壁の中にいる家族……ブラックな要素がどんどん投入されると同時に、二人の一瞬の共感（のようなもの）とその寒々しさが浮き彫りになっていく。結局、世界は滅びたのだろうか？

一六二ページの聖書の引用は『旧新約聖書　文語訳』（日本聖書協会）による。

羊を創ったあの方が、君を創ったその方か？

二〇〇八年発表。劇作家サミュエル・ベケットへの贈り物として書かれた。もともとは「サボテンの胞子」という連作小説の一部として書かれたものであり、その連作小説が本になる際には再収録されるはずだが、それがいつのことになるかはわからないそうである。

この小説を「作品自体が巨大な無意識のかたまり」と評した評者がいるが、その通りではないかと思う。二人の男性「ゴ」と「ド」は、どれほどの時間が流れたか全くわからないほどの長い期間、望楼で正体不明の敵と戦っている。そして常に、夢か記憶か判然としない世界と接している。そして、彼らは不断に何かを待っている。種明かしをするなら、二人の名前はベケットの『ゴドーを待ちながら』にちなんでいる。韓国語では二人の名前は「コ」と「ト」であり、それぞれ韓国の名字「高」と「都」（あるいは「道」）に該当すると見ることもできる。訳文では日本語での整合性を重んじ、二人の名前を「ゴ」と「ド」にした。

自分が誰だかわからず、毎日戦いが義務づけられている人間。だが、敵が決して極悪な強者ではないとわかってうろたえる人間。そう整理するとぐっと間口が広がって、妙に心に引っかかる短篇である。タイトルの「羊を創ったあの方が、君を創ったその方か？」は映画『ブレード・ランナー』の原作タイトル「アンドロイドは電気羊の夢を見るか？」（韓国では「誰が電気羊を作ったのか？」というタイトルで公開）に影響を受けたものだという。

グッドモーニング、ジョン・ウェイン

二〇〇七年発表。本作は「すべての、〈ざぶとん〉に座っておられる方々」への贈り物だそうである。そこには、作中に出てくる「３４０５ＥＡ」のモデルが全斗煥《チョンドゥファン》であることが関係している。全斗煥は一九八〇年に起きた光州事件の責任者であり、パク・ミンギュをはじめ、八〇年代に学生運動に参加した若者たちにとっては絶対悪の象徴である。冷凍状態からよみがえった３４０５ＥＡが「ザブトンみたい

なものはないのか?」と尋ねるシーンは、あるとき晩餐会に出た全斗煥が、床が固かったのか、放送局のカメラが回る前で「ザブトン（日本語の「ざぶとん」という音をそのまま発音した）を持ってこい」と発言したエピソードに基づくという。

なお、ジョン・ウェインのガンと核実験の関連については、ある日本の本の影響がある。『ジョン・ウェインはなぜ死んだか』（広瀬隆著、文春文庫）だ。韓国では一九九一年に『誰がジョン・ウェインを殺したか』というタイトルで翻訳出版されたが、パク・ミンギュ氏によれば、すぐに入手困難になり、半ば「伝説の書」と化したようである。その後インターネット黎明期に、この本を持っていた人たちがネット上に同書の内容をアップし、徐々に陰謀史観めいた尾ひれがついて流布したことがあるそうだ。二〇七ページの、五年以内の死亡者が三百十七人云々という数字もその際、「エキストラとして参加した先住民の数が漏れているはずだ」などの主張がどんどんふくらんだ末に、ネット上に出回っていたものだそうだ。韓国インターネット黎明期の伝説の一部である。

〈自伝小説〉サッカーも得意です

二〇〇五年発表。この小説の献呈先については「これは〈自伝小説〉だ。特別な意味はない」とだけ語られている。これを無理にでも一種の「作家宣言」と読めば、西欧文明に深く影響を受けて生をスタートさせた韓国人が、外界人との接触を経て宇宙へ出ていき、韓国人の文学者に説得されて「帰国船」に乗って祖国へ戻るが、国家権力に脅され、父親としての責任に目覚めて文学に帰依する物語——ということになるのかもしれないが、間違いなく著者が笑って無視するだろう。

なお、ややまぎらわしいところを指摘しておくと、モンローが朝鮮戦争の慰問公演で韓国に行ったことは事実だが、ディマジオは同行していない。また、二番目の子どもの「星がささやく」という名は「香港娘」という歌の歌詞に基づいているが、この歌も、その後で歌われる「帰国船」もソン・ノウォンという作詞家によるものである。著者はこれらソン・ノウォンの歌詞がとても好きで、子どものころにラジオで「帰国船」を聞いてわけもなく大泣きしたことがあるそうだ。アーサー・ミラーと囲碁を打っているキム・ヒョンは実在した著名な文学評論家で、キム・ユンシクという評論家と並び、文学評論界の「二大山脈」として知られた。

なお、二三九ページの宇宙人の写真は、著者が手持ちのフィギュアを配置して撮影したもの、二四六ページのナスカ地上絵は、著者が自ら描いたイラストを自ら撮影したものである。

クローマン、ウン

二〇〇七年発表。この作品はスティーブン・ホーキング博士への贈り物として書かれた。のっけから「マナ」が登場し、随所にキリスト教世界のアイコンが散りばめられているが、それに気をとられる必要はないと著者自身が述べている。不条理な理由で人類が二つの階級に分けられ、不条理な世界を必死で生きている若い下層民男女の頭上には不思議な円形の光がうごめいている。複数の宇宙が同時にあぶくのように存在する「マルチバース」の一端だ。

クローマンの世界と、最後に出てくるギャンブル中毒者ビンスの世界は、互いに互いのしっぽをくわえてぐるぐる回るような関係にある。双方の世界で虐殺や戦争や経済危機が起きつづけており、その中でクローマンとビンスは、「自分だけの宇宙を持つ」ことが夢だという共通点を持つ。そしてそのためには、クローマンはネッドを、ビンスは株式会社スモールバン・カプセルを絶対必要とするのである。

こうして順に見てくると不思議な思いにかられる。最初の「近所」で、主人公チョン・ホヨンがタイムカプセルに入れたのは本当に軍用羅針盤だったのだろうか？　もしかしたら『プルターク英雄伝』を入れたチョン・ホヨンがどこかにいて、別の人生を生きていたのではないか？　誰にでも別の人生があるかもしれない、または、それを見ている別の自分が、あるいはまったくの他者がどこかにいるのかもしれない。そんな思いが「羊を創った～」や「グッドモーニング、ジョン・ウェイン」を経て最後の「クローマン、ウン」の若者たちの姿と重なっていくとき、「サイドA」の並び順にも一つの物語があるように思えてくる。

本書が出版された当時、著者は「以前はマイノリティとは敗者や貧者のことを思い浮かべたが、最近は人間自体がマイノリティだと思う。誰もが不幸を抱えた、気の毒な存在ではないか」と語っていた。『ダブル』はまさにそのような人間たちの図鑑のようなものといえる。持てる者も持たざる者も、舞台がどこで時代背景がいつであれ、人間が人間の混乱の中で生きる姿を写し取った短篇集といえるだろう。

表記などについて補足する。原注には「原注・」と記載しており、それ以外は訳者注である。なお、かけ言葉など伝わりづらい箇所は、著者と相談の上で意訳した。韓国では年齢を数えで表記するが、本書では日本式に満年齢で表記している。さらに、文中の金額は、十分の一にすると日本での物価の感覚に近くなる。

二〇一九年夏、日韓両国の関係は緊張の中にあったが、本書を作る作業は和やかに進み、著者からは日本の読者へのあたたかいメッセージが送られてきた。それはサイドBに収録されているのでぜひお読みいただきたい。

編集を担当してくださった筑摩書房の井口かおりさん、翻訳チェックをしてくださった伊東順子さんと岸川秀実さんに御礼申し上げる。

二〇一九年十月一日　　斎藤真理子

『短篇集ダブル　サイドA』初出一覧

近所　『文学思想』二〇〇八年八月号
黄色い河に一そうの舟　『文学思想』二〇〇六年六月号
グッバイ、ツェッペリン　『明日を開く作家』二〇〇六年冬号
深　『文学トンネ』二〇〇六年冬号
最後までこれかよ？　『現代文学』二〇一〇年九月号
羊を創ったあの方が、君を創ったその方か？　『文学トンネ』二〇〇八年夏号
グッドモーニング、ジョン・ウェイン　ウェブジン『クロスロード』二〇〇七年六月号
〈自伝小説〉サッカーも得意です　『文学トンネ』二〇〇五年春号
クローマン、ウン　『文学と社会』二〇〇七年秋号

＊なお、『**短篇集ダブル　サイドB**』の目次は以下の通りです。

パク・ミンギュ

1968年、韓国・蔚山生まれ。中央大学文芸創作学科卒業。2003年、『三美スーパースターズ　最後のファンクラブ』でハンギョレ文学賞と『地球英雄伝説』で文学トンネ新人作家賞をダブル受賞して話題になる。その後も新鮮な文体と奇想天外な展開で人気作家の地位を獲得する。05年に『カステラ』で申東曄創作賞、07年に本書所収の「黄色い河を行く一そうの舟」で李孝石文学賞、09年に本書所収の「近所」で黄順元文学賞、10年には「朝の門」で韓国で最も権威あるとされる李箱文学賞を受賞。

邦訳作品に、『カステラ』（クレイン）、『亡き王女のためのパヴァーヌ』（クオン）、『ピンポン』（白水社）、『三美スーパースターズ　最後のファンクラブ』（晶文社）がある。

斎藤真理子（さいとう・まりこ）

翻訳家。訳書に、パク・ミンギュ『カステラ』（ヒョン・ジェフンとの共訳、クレイン）、『ピンポン』（白水社）、『三美スーパースターズ　最後のファンクラブ』（晶文社）、チョ・セヒ『こびとが打ち上げた小さなボール』（河出書房新社）、ファン・ジョンウン『誰でもない』（晶文社）、チョン・ミョングァン『鯨』（晶文社）、チョン・スチャン『羞恥』（みすず書房）、チョン・セラン『フィフティ・ピープル』（亜紀書房）、チョ・ナムジュ『82年生まれ、キム・ジヨン』（筑摩書房）、ハン・ガン『回復する人間』（白水社）などがある。『カステラ』で第一回日本翻訳大賞を受賞した。

短篇集《たんぺんしゅう》ダブル　サイドA《エー》

二〇一九年十一月三十日　初版第一刷発行

著　者　パク・ミンギュ

訳　者　斎藤《さいとう》真理子《まりこ》

発行者　喜入冬子

発行所　株式会社筑摩書房
東京都台東区蔵前二—五—三　〒一一一—八七五五
電話番号　〇三—五六八七—二六〇一（代表）

印　刷
製　本　中央精版印刷株式会社

ISBN978-4-480-83212-2 C0097